ullstein

KRISTINA LÜDING

MARGARETE STEIFF

Teddybären und Kinderträume

Roman

Ullstein

Besuchen Sie uns im Internet:
www.ullstein.de

Wir verpflichten uns zu Nachhaltigkeit

- Klimaneutrales Produkt
- Papiere aus nachhaltiger Waldwirtschaft und anderen kontrollierten Quellen
- ullstein.de/nachhaltigkeit

MIX
Papier
FSC FSC® C083411

Originalausgabe im Ullstein Taschenbuch
1. Auflage Dezember 2022

Umschlaggestaltung: bürosüd° GmbH, München
Titelabbildung: © Ildiko Neer / Trevillion Images
(Frau am Fenster); www.buerosued.de (Inneneinrichtung)
Gesetzt aus der Quadraat Pro powered by *pepyrus*
Druck und Bindearbeiten: CPI books GmbH, Leck
ISBN 978-3-548-06668-4

Es macht keinen Sinn,
immerzu seinen Beinen nachzujammern,
wenn einem das Leben davonläuft.

Margarete Steiff

I.

Die Jahre 1874 – 1877

Kapitel 1

Giengen a. d. Brenz im Sommer 1874

Margarete saß draußen vor ihrem Elternhaus und ließ sich die Sonne aufs Gesicht scheinen. Sie hatte die Augen geschlossen und genoss den Wind, der aufgekommen war und ihr Haar zerzauste.

Heute war ihr siebenundzwanzigster Geburtstag. *Siebenundzwanzig*, dachte sie mit einem verhaltenen Seufzen.

Wo war nur die Zeit geblieben?

Ihr war, als wäre es erst gestern gewesen, dass sie bei Doktor Werner und seiner Familie gewohnt hatte. »Das mit deinen Beinen, das bekommen wir schon hin«, hatte er voller Zuversicht gemeint, als er sie zu sich geholt hatte.

Doch er hatte es nicht hinbekommen, genauso wenig wie die anderen Ärzte vor ihm. Es war aussichtslos, das hatte Margarete schon lange vor ihren Eltern begriffen. Sie war gelähmt und würde bis zum Ende ihrer Tage im Rollstuhl sitzen. So war das nun mal. Auch hatte sie sich lange vor ihren Eltern damit arrangiert und beschlossen, das Beste aus ihrer Situation zu machen. Offenbar hatte der Herrgott dieses Leben für sie vorgesehen.

Bei Doktor Werner und seiner Familie hatte sie eine gute, eine fast himmlische Zeit gehabt. Zum ersten Mal in ihrem Leben hatte sie sich nicht wie jemand gefühlt, der immerzu bedauert werden musste. Bei den Werners hatte sie ganz selbstverständlich dazugehört, niemand hatte sich daran gestört, dass sie nicht laufen konnte. Sie durfte unbeschwert sein und war sich nicht wie ein Krüppel vorgekommen, der ständig hierhin und dorthin getragen werden musste.

Die Werner-Kinder hatten sie in alles miteinbezogen, als wäre sie ein ganz normales Kind. Und nichts hatte Margarete sich sehnlicher gewünscht, als normal zu sein.

Außerdem durfte sie endlich lernen, ohne ein schlechtes Gewissen haben zu müssen, weil sie so schnell begriff und anderen gedanklich immer einen Schritt voraus war. Sie lernte einfach ungeheuer gern, und dass es ihr leichtfiel, dafür musste sie sich doch nicht schämen.

»Was willst du mit all deinem Wissen anfangen, Grete?«, hatte ihre Mutter Maria gefragt. »Was nützt es dir? Wen willst du damit beeindrucken?« Als diente Wissen einzig dazu, jemanden zu beeindrucken.

Margarete hatte sich mehr und mehr angewöhnt, den Mund zu halten, wenn ihr eine Erwiderung auf der Zunge lag. Doch es fiel ihr schwer. Was sie nicht in den Beinen hatte, hatte sie nun mal im Mundwerk.

Mit ihrer Zielstrebigkeit und ihrem Ehrgeiz hatte sie ihre Eltern ein ums andere Mal verblüfft. Zum Beispiel, als sie sich durchgesetzt hatte, die Nähschule zu besuchen. »Nähschule?« Ihre Mutter hatte sie angesehen, als hätte sie behauptet, durch Wände schauen zu können. »Wie soll das mit deinem rechten Arm gehen?«

»Ich hab ja noch den linken.« Ihr rechter Arm war nur sehr eingeschränkt zu gebrauchen, der linke jedoch war kräftig.

Sie hatte die Schneiderlehre bestanden und gemeinsam mit

ihren beiden älteren Schwestern eine kleine Näherei in einem der oberen Zimmer im Elternhaus gegründet. Die Frauen in der Nachbarschaft hatten keine Zeit, sich um die zerschlissene Kleidung ihrer Kinder und ihrer Ehemänner zu kümmern.

Nachdem auch ihre zweite Schwester geheiratet hatte und fortgezogen war, betrieb Margarete die Schneiderwerkstatt allein. Was aufgrund ihrer Behinderung – sie nannte es lieber Einschränkung – nicht ganz leicht war. Deshalb hatte ihr Vater vorgeschlagen, ihr einen neuen, breiteren Tisch mit einem eingebauten Schränkchen zu bauen. So lagen die einzelnen Arbeitsschritte nah beieinander, und es war für sie weniger anstrengend.

Im Haus hinter ihr waren die Fenster geöffnet, und ein stetes Hämmern und Sägen war zu hören, das hin und wieder von einem Fluch oder einem Niesen unterbrochen wurde, wenn ihrem Vater Sägespäne in die Nase geraten waren.

Die kleine Marie, ein Nachbarskind, kam angelaufen und kuschelte sich auf ihren Schoß. »Erzählst du mir eine Geschichte? Eine von einer Königin, die sich einen großen Garten wünscht.« Das Mädchen breitete die Arme aus. »So groß soll er sein, der Garten. Ich wünsche mir auch so einen.«

Margarete lächelte. »Wünschst du dir etwa auch, eine Königin zu sein?«

»Hast du dir das nie gewünscht?«

»Nein. Ich wäre immer viel lieber ein Pirat gewesen.«

Mariechen sah sie verwundert an. »Ein Pirat? Aber die verhauen andere.«

»*Ich* hätte das natürlich nicht gemacht.«

Das Mädchen schmiegte sich an sie. »Nein, du nicht.«

Margarete strich ihr eine blonde Haarsträhne aus der Stirn. »Ich stelle es mir entsetzlich langweilig vor, Königin oder Prinzessin zu sein. Man säße den lieben langen Tag auf dem Thron und müsste anderen dabei zusehen, wie sie sich vor einem verbeugen.«

Mariechen schien die Vorstellung zu gefallen.

»Und man müsste immer artig sein.« Margarete kitzelte sie. »Das wäre doch auch nichts für dich, oder?«

Das Mädchen wand sich kichernd. »Nein. Erzählst du mir jetzt eine Geschichte?«

Im Geschichtenerzählen war sie unschlagbar, genau wie darin, sich für die Kinder in der Nachbarschaft Spiele auszudenken.

Als sie selbst noch ein Kind gewesen war, hatte sie Tag für Tag darum gebeten, vors Haus getragen zu werden. Sie wollte mitten im Geschehen sein. Wenn sie schon nicht mitspielen und mitrennen konnte, so wollte sie wenigstens dabei sein.

Doch sie war nicht nur Spieleerfinderin gewesen, sondern auch Streitschlichterin. »Grete hat aufgepasst, sie hat bestimmt gesehen, dass Peter schon wieder gemogelt hat«, hatte es oft geheißen, wenn der Junge drei statt zwei Kieselsteine in der Hosentasche verschwinden lassen wollte.

Margarete verstand sich auch ausgezeichnet aufs Seelentrösten. Immer hatte sie gewusst, wie sie Mut machen oder besänftigen konnte. Wie man einem stillen, schüchternen Kind genau die richtige Portion Aufmerksamkeit schenkte, damit es aus sich herauskam. Und Margarete war stets für jeden Spaß zu haben.

Könnte sie doch nur Mutter sein und ihrem Kind all die Liebe geben, die sie in sich trug. Doch das war nicht nur ein frommer, es war schlichtweg ein törichter, unnützer Wunsch, der sich nie erfüllen würde.

»Hast du die Geschichte vergessen?« Mariechen sah sie treuherzig an, und sie schüttelte den Kopf.

»Ich musste nur gerade an etwas anderes denken. Also gut. Was hältst du von einer Geschichte über eine Piratentochter?«

Margarete hatte lange erzählt. Auch Leni, Mariechens Freundin, und drei andere Nachbarskinder waren dazugekommen und hatten aufmerksam und gespannt gelauscht.

»Und wenn die Piratentochter nicht gestorben ist, dann lebt sie noch heute«, beendete Leni die Geschichte. »Nicht wahr?«

»So ist es.« Margarete strich ihr übers lockige Haar.

Der siebenjährige Ludwig, der eigentlich nichts übrig hatte für Geschichten und schon gar nicht für welche, in denen Piratentöchter vorkamen, zeigte zum Haus. »Was hämmert dein Vater denn da?«

»Er baut mir einen neuen Tisch, damit ich bald weiterarbeiten kann.«

»Ist dir langweilig?«, fragte er, und sie musste lachen. »Ehrlich gesagt, ja.«

»Langeweile ist grässlich.« Ludwig verzog das Gesicht.

»Es ist schon spät«, sagte sie zu den Kindern. »Ich glaube, ihr solltet heimlaufen.«

Die Haustür wurde geöffnet, und Friedrich Steiff trat heraus. »Hier bist du.« Er kam zu Margarete und blickte einen Moment schweigend in die Ferne. Dann räusperte er sich und wischte die schwieligen Hände an seiner Hose ab. In seinem dunklen Schnauzbart hing eine Spinnwebe. »Dein Tisch ist fertig. Willst du ihn gleich sehen?«

»Und ob! Du hast da was im Gesicht.«

Ihr Vater beugte sich zu ihr, und sie zupfte die Webe heraus.

Er hob sie aus dem Rollstuhl und trug sie ins Haus. Auf der Diele war es angenehm kühl, und Margarete spürte erst jetzt den feinen Schweißfilm auf ihrer Oberlippe.

»Du bist schwer geworden«, meinte ihr Vater, als sie auf der Treppe waren.

»Ich bin kein kleines Mädchen mehr, daran muss es liegen. Und ein Fliegengewicht war ich doch noch nie.«

Ein flüchtiges Grinsen huschte über sein Gesicht.

Er ging mit ihr über den Flur und betrat die Nähstube, deren Tür nur angelehnt war. Ihr Vater trug sie zum Tisch und sah sie erwartungsvoll an. »Und? Was sagst du?«

Der Tisch war aus dunklem, glänzendem Holz und so breit, dass gerade genug Platz war, dass Margarete zu beiden Seiten entlangfahren konnte. Unter dem Tisch befanden sich ein hübsches Schränkchen mit zwei Türen und daneben ein kleines Regal.

»Er sieht prächtig aus! Bist du so gut und setzt mich ab?«

Sie nahm auf dem Tisch Platz und strich mit der gesunden Hand über die Maserung. »Hübsch. Und so ungemein praktisch. Danke, Papa, vielen tausend Dank.«

»Gern geschehen.« Er war verlegen, was sie rührte. »So hast du's viel leichter.«

»Und ich kann viel mehr schaffen und muss nicht alle ständig vertrösten, weil's länger dauert.«

»Übernimm dich trotzdem nicht, hörst du?«

»Keine Sorge, Papa.« Sie zeigte auf zwei nagelneue Stühle aus demselben Holz, die an der gegenüberliegenden Wand standen.

»Hast du die auch gemacht?«

Er nickte. »Falls doch mal wer warten muss.«

»Eine schöne Idee. Du bist der Beste!« Sie hatte das Bedürfnis, ihn zu umarmen. Hin und wieder gab sie ihm auch einen Kuss auf die Wange, was er jedes Mal mit einem Schnauben quittierte und so tat, als wische er den Kuss rasch weg.

»Ist schon recht«, murmelte er. Mit Gefühlsausbrüchen war er seit jeher überfordert.

Wenn sie doch nur umhergehen und alles gebührend bewundern und anfassen könnte!

»Meinst du, Mutter hält ihr Versprechen, und ich bekomme den alten Sekretär?«

»Bestimmt. Ein Versprechen ist ein Versprechen.« Ihr Vater ging ein paar Schritte umher, als wollte er sich davon überzeugen, dass auch alles seine Ordnung hatte. »Jetzt hast du einen anständigen Tisch. Wurde auch Zeit.«

Kurz darauf hatte er das Zimmer verlassen.

Margarete hatte ihn gebeten, sie in einer halben Stunde abzuholen. Sie wollte noch etwas allein sein.

Für einen kurzen Moment hatte sie das Bild vor Augen, wie sie gemeinsam mit ihren Schwestern am Tisch saß und nähte. Wie sie immer geschwatzt und gelacht hatten. Manchmal hatten sie sich Geschichten erzählt oder Lieder gesungen.

Dann und wann hatte Margarete am Abend ihre Zither geholt. Das Musizieren hatte sie ebenfalls bei den Werners gelernt.

»Übe nur brav und fleißig weiter«, hatte der Doktor gemeint. »Es wird deine Finger lockern.«

Und er hatte recht behalten. Sie, deren rechter Arm so gut wie unbrauchbar war, beherrschte das Spielen inzwischen so gut, dass sie sogar ein paar Unterrichtsstunden gegeben hatte, um etwas dazuzuverdienen. Leicht hatten es die Steiffs nämlich oft nicht gehabt, und jeder hatte sein Bestes getan, um etwas zum Lebensunterhalt beizutragen.

Margarete sog den harzigen Holzgeruch durch die Nase und atmete tief ein und aus.

Es riecht nach Neuanfang, dachte sie selig und lächelte.

Es fühlte sich gut an, so gut.

Kapitel 2

Das Schlimme daran, im Rollstuhl zu sitzen, war, dass es immer wieder Situationen gab, in denen man gern davonlaufen würde.

Rasch davonlaufen.

Wenn man zum Beispiel über den Flur rollte und hörte, wie die Eltern in der Küche miteinander sprachen. Wenn man Wortfetzen heraushörte, die nicht für einen bestimmt waren, Sätze wie »Was soll nur aus Grete werden?«. Wenn man hörte, wie die Mutter schluchzte und der Vater sie unbeholfen zu trösten versuchte. Wenn man dasaß und sich an einen anderen Ort wünschte – und doch nicht fortkam. Weil es kein rasches und schon gar nicht unauffälliges Davonkommen gab. Weil der Rollstuhl sich nicht so schnell wenden ließ, weil man mit einem Rad an den Türrahmen stieß und dabei so viel Krach machte, dass die Eltern augenblicklich verstummten. Und der Vater aus dem Zimmer kam und den Rollstuhl wortlos, aber mit einem Blick, der alles sagte, davonschob.

Solche Situationen hatte es wieder und wieder gegeben, und Margarete hatte sich angewöhnt, laut zu singen oder so zu tun, als führe sie Selbstgespräche, um niemanden in die Bredouille zu bringen. Sie wollte einfach nicht, dass jemand sagte: »Tut mir leid, armes Ding, das solltest du gar nicht hören.« Oder wenn jemand nur leise seufzte, als wäre es doch irgendwie ihre eigene Schuld, dass sie nicht laufen konnte.

Auch an diesem Abend hörte sie die Eltern in der Küche miteinander tuscheln. Summend rollte sie die Diele entlang in der Hoffnung, ihre Eltern würden sie hören und sofort verstummen. Doch sie flüsterten weiter. »... reine Zeitverschwendung«, hörte sie ihre Mutter raunen. »Wie soll sie das denn allein schaffen? Hast du dir das mal überlegt, Friedrich?«

Margarete wollte es nicht, doch sie fuhr trotzdem näher und legte das Ohr an die Tür. *Der Lauscher an der Wand hört seine eigene Schand.* Ach du Schreck, das wusste sie doch!

»Unsere Grete ist viel stärker, als du denkst, Maria. Hat sie das nicht oft genug bewiesen?«

Ihr Herz klopfte bis zum Hals, und sie schluckte gegen einen plötzlich aufkommenden Hustenreiz an. Ihr Vater glaubte an sie. Wenn er wüsste, wie viel ihr das bedeutete!

»Neuer Tisch hin oder her. Wunder kann er auch nicht bewirken. Über kurz oder lang werden die Frauen ihr Zeugs anderswo hinbringen«, raunte ihre Mutter.

Margarete schluckte. *Das hast du nun davon. Du wolltest ja unbedingt lauschen und dich davon überzeugen, dass die Mutter nicht an dich glaubt.*

»Und wohin, Maria?«, fragte der Vater. »Die Grete ist die Einzige im Umkreis, die ausbessert.«

Ihre Mutter entgegnete etwas, das sie nicht verstand. Sie hörte, wie mit dem Topfdeckel geklappert wurde. Dann klirrte Geschirr, offenbar deckte ihre Mutter den Tisch.

Margarete öffnete schwungvoll die Tür und fuhr ins Zimmer. »Lass mich das machen.« Sie hatte sich damit abgefunden, ihrer Mutter nicht die Hilfe zu sein, die nötig war, aber das wenige, das sie tun konnte, erledigte sie ohne Murren.

Sie stellte die Teller in ihren Schoß und begann, den Tisch zu decken. Dabei sprach sie kein Wort.

Doch sie spürte die Blicke der Eltern wie heiße Nadelstiche. Bestimmt schauten sie sich gerade betreten an. *Ob sie was gehört hat? Wir hätten leiser sein sollen.*

Margarete legte Löffel neben die Teller und drehte sich zu ihrer Mutter um. Ihr lag etwas wie »Zufrieden?« auf der Zunge, doch sie hielt es zurück. Stattdessen schenkte sie ihrem Vater ein strahlendes Lächeln und bedankte sich erneut für den Tisch. Sie sah, wie ihre Mutter ihm einen vielsagenden Blick zuwarf, den er jedoch ignorierte.

Es roch nach Linseneintopf, und ihr Magen grummelte. Sie hatte lange nicht mehr solchen Appetit verspürt.

Ihre Mutter stellte den großen Topf auf den Tisch. »Hast du dir die Hände gewaschen?«

»Natürlich.« Margarete stellte die Bremse am Rollstuhl fest und lugte in den Topf. Sie hob erfreut die Augenbrauen. »Oh, schwimmt da ein Stück Schinken drin?«

Maria Steiff nickte.

»Ist heute ein besonderer Tag?«

»Muss immer ein besonderer Tag sein, damit's Schinken gibt?«

Margarete hielt ihrem Blick stand. »Ja, bisher war das so, oder etwa nicht?«

Ihr Vater räusperte sich und begann zu essen.

»Friedrich!«, mahnte die Mutter und schüttelte den Kopf.

Er brummte eine Entschuldigung und faltete die Hände zum Gebet.

»Vater, segne unsere Speise, uns zur Kraft und dir zu Preise. Amen.« Sie füllte die restlichen Teller.

Margarete bat um das Brot, und sie begannen, schweigend

wie immer, zu essen. Ihre Mutter glaubte, der Herr Jesus sähe es nicht gern, wenn man bei Tisch saß und munter miteinander plauderte.

Margarete dagegen fand, dass man seine Dankbarkeit für Speis und Trank auch durch eine nette Unterhaltung bei Tisch zeigte. Würde sie nicht mehr bei den Eltern leben müssen, ginge es an ihrem Tisch anders zu. Bei ihr dürfte ausdrücklich erzählt und gelacht werden.

Am Tag darauf räumte Margarete die Garne, Stoffe und Filze in das Schränkchen, legte Näh- und Stecknadeln in kleine Schächtelchen und wischte anschließend mit einem Leinentuch über die Tischplatte. Sie musste an ihre Schwestern denken, daran, wie sie früher zusammen hier im Zimmer gesessen und genäht hatten.

Eigentlich war es doch schön. Wir hatten neben der ganzen Arbeit auch immer viel Spaß.

Sie hatten so gut wie nie gestritten, aber Margarete wusste, dass die beiden zur Rücksicht erzogen worden waren. »Die Grete kann nicht so wie ihr«, hatte es oft geheißen.

Gedankenverloren strich sie über die Holzmaserung. *Wir hatten es wirklich schön.*

Sie löste die Bremse und fuhr zum Fenster. Es war ein herrlicher Sommertag mit einem Himmel so blau, dass man hätte meinen können, jemand hätte ihn mit sämtlichen Blautönen angemalt. Unten auf der Gasse spielten wie immer die Kinder der Nachbarschaft. Meistens spielten sie alle gemeinsam, nur dann und wann bildeten sich kleinere Grüppchen.

Margarete wandte sich wieder um und ließ den Blick durchs Zimmer schweifen. Es würde sich rasch herumsprechen, dass sie wieder ausbesserte.

Mit einem Mal jagte ihr der Gedanke, von nun an ganz allein

dafür zuständig zu sein, blanke Angst ein. Was, wenn ihre Mutter recht hatte und sie es nicht schaffen würde?

Es klopfte.

»Herein – wenn's kein Schneider ist.« Sie musste lachen, und weg war die Angst, zum Fenster hinausgeflattert.

Ihre Mutter steckte den Kopf zur Tür herein. »Brauchst du was, Grete?«

»Nein, danke, Mutter.«

»Den hat dein Vater aber hübsch hinbekommen.« Maria Steiff nickte anerkennend. Als ihr Blick auf die beiden Stühle fiel, hob sie die Augenbrauen. »Und sogar Stühle hat er dir gebaut.«

Sie trat näher. »Die Frau Stahlmann ist unten und lässt fragen, ob du wieder Aufträge annimmst.« Die Nachbarin brachte regelmäßig zerrissene Hosen ihrer Buben.

Nun fuhr der Schreck Margarete doch wieder jäh in die Glieder, dabei sollte sie doch jubeln. »Natürlich, schick sie nur rauf, Mama.« Sie zupfte nervös an ihrem dunklen Rock.

Ich schaffe das!

Ihre Mutter nickte und verließ das Zimmer. Hatte sie flüchtig gelächelt? War da womöglich ein Anflug von Stolz in ihrem Blick gewesen?

Diesen Tag werde ich mir merken. Und den Gesichtsausdruck der Mutter würde sie tief in sich verschließen und sich hoffentlich daran erinnern, wenn sie wieder mal glaubte, ihr nichts weiter als eine Last zu sein.

Es klopfte erneut, und sie musste sich räuspern. »Herein.«

Ganz geschäftsmäßig, dachte sie und lachte in sich hinein.

Adele Stahlmann betrat den Raum und blieb vor dem Tisch stehen. »Grüß Gott, Grete.« Sie schaute sich neugierig um. Dann zog sie eine Jacke hervor, unverkennbar die eines Buben. »Die Ärmel sind an den Ellbogen hinüber. Ich weiß nicht, wie er das immer schafft.« Ein resigniertes Seufzen. »Ich komm nicht dagegen an, hab noch anderes zu tun, als Seppis Jacken und Hosen auszubessern.«

Margarete griff nach der Jacke und sah sie sich genauer an. »Das sollte kein Problem sein.«

»Dem Himmel sei Dank, dass du weitermachst, Grete.«

Margarete wurde von einem heißen Glücksgefühl durchflutet. »Morgen Abend können Sie die Jacke wieder abholen.«

Als es erneut klopfte, schauten beide zur Tür.

Bruni Köhler von schräg gegenüber kam zögernd herein. »Darf man?«

»Aber natürlich.«

Sie zog einen Kleiderpacken unter dem Arm hervor und legte ihn auf den Tisch.

Margarete gingen die Augen über, das waren bestimmt fünf, sechs Kleidungsstücke. Allmächtiger! Da hätte sie für die kommenden Tage genug zu tun.

»Die Lausbuben.« Ihre Nachbarin seufzte kopfschüttelnd.

Adele Stahlmann, die im Begriff war zu gehen, lachte lauthals. »Wem sagst du das, Bruni. Und ich hab vier von der Sorte, du nur zwei.«

»Die mir weiß Gott genügen. Meine Mädchen zerreißen nichts, sie bringen höchstens mal ein Paar Strümpfe durch.«

»Dann bis morgen Abend, Grete.« Adele Stahlmann nickte ihr zu und schloss die Tür.

Bruni Köhler klopfte auf den Wäscheberg. »Ich hatte schon befürchtet, dass du aufhörst.«

Margarete wollte gerade zu einer Antwort ansetzen, als es wieder klopfte und ihr Bruder Fritz hereingestürmt kam. »Grete, ich will ... Oh, ich bitte um Verzeihung.« Er war abrupt stehen geblieben und begrüßte Frau Köhler, während Margarete sich das Lachen verkneifen musste.

»Fritz.« Bruni Köhler schmunzelte nachsichtig. »Immer mit der Tür ins Haus, was? Was machen die Hochzeitsvorbereitungen?«

»Sie sind in vollem Gang.«

Margaretes ein Jahr jüngerer Bruder würde im Winter heiraten und – es sei gelobt und getrommelt! – nicht aus Giengen wegziehen. Sie konnte dem Herrgott gar nicht genug dafür danken, dass er ihr blieb. Fritz war ihr Herzensbruder, sie beide waren immer ein Gespann gewesen, eine geschwisterliche Einheit, die nichts und niemand auseinanderbringen konnte.

»Gottes Segen für dich und deine Anna, Fritz.« Bruni Köhler ging zur Tür und drehte sich noch einmal um. »Wann kann ich die Sachen abholen, Grete?«

»Sagen wir …« Margarete überschlug es rasch im Geiste. »Kommenden Mittwoch?«

»Soll mir recht sein. Ade.« Sie machte die Tür hinter sich zu.

Fritz begutachtete Tisch und Unterschrank mit Kennerblick. »Prächtig, nicht wahr?« Er musste es wissen, schließlich würde er das Baugeschäft des Vaters eines Tages übernehmen.

»Und ob.«

Gut schaute er aus, kein Wunder, dass er der hübschen dunkelhaarigen Anna mit den ebenso dunklen Augen den Kopf verdreht hatte. Und er war ein anständiger Mensch mit einem guten Herz und wachen Verstand. Anna konnte sich glücklich schätzen – und umgekehrt war es nicht anders.

Wieder klopfte es, und Margarete stieß den Atem aus. Wie im Taubenschlag, wahrhaftig. »Nur herein.«

Hermine Krug, die zwei Gassen weiter wohnte, öffnete und

blieb in der Tür stehen. »Grüß euch Gott. Eure Mutter hat mich raufgeschickt.«

»Kommen Sie nur herein.«

Fritz begrüßte sie mit einem freundlichen Lächeln, gab Margarete ein Zeichen und ging hinaus.

Frau Krug, eine hagere, blasse Frau mit rötlichem Haar, trat näher und legte zwei Männerhosen auf den Tisch.

Margarete nahm sie auf und betrachtete sie. Die Hosen wiesen jeweils ein größeres Loch am Knie auf, bei der einen war auch der Hosenboden durchgescheuert. Sie fragte sich, wie Arno Krug das wohl hinbekommen hatte. War er etwa den Berghang hinuntergerutscht? Sie musste grinsen, verbarg es aber.

»Wie lange wirst du brauchen, Grete? Mein Arno besitzt außer den beiden hier nur noch ein Paar.«

»Bis morgen Abend, denke ich.«

»Ach, da bin ich aber froh.« Hermine Krug strahlte, was sie gleich um viele Jahre jünger und hübscher machte. Sie nestelte an ihrer Kleiderschürze. »Kann ich das Geld gleich dalassen?«

Ein ungewöhnlicher Wunsch. »Es soll mir recht sein.«

Sie ließ ein paar Kreuzer auf die Tischplatte fallen und sah Margarete fragend an.

»Das ist genug. Danke, Frau Krug.« Margarete wartete, bis die Tür hinter ihr ins Schloss fiel, dann lehnte sie sich zurück und schloss die Augen. Das war mehr als ein guter Anfang.

Sie würde sich gleich an das erste Kleidungsstück machen.

Kapitel 3

Dieses Jahr war der Winter ungewöhnlich früh hereingebrochen. Margarete saß im Rollstuhl am Fenster und schaute den dicken, flauschigen Schneeflocken zu, die umeinanderstoben und den umliegenden Dächern bereits weiße Hauben aufgesetzt hatten. Ein paar Kinder mit tief ins Gesicht gezogenen Mützen hatten sich zusammengefunden, um einen Schneemann zu bauen. Mariechen war damit beschäftigt, ihm einen Zweig als Nase ins Gesicht zu stecken.

»Er sieht aus wie der Lehrer Kuhlmann!«, rief Ludwig, und die anderen wollten sich vor Lachen ausschütten.

Margarete musste ebenfalls lachen. Ludwig hatte nicht ganz unrecht. Alois Kuhlmann war auch ihr Lehrer gewesen, ein kleiner, krumm gewachsener Mann, der aussah, als hätte er sich sein Leben lang gegen den Wind stemmen müssen. Kuhlmann war ein ewig mürrischer, unnachgiebiger Lehrer gewesen, mit einer, seiner schmächtigen Statur zum Trotz, verblüffend lauten Stimme. Die meisten Kinder hatten Angst vor ihm gehabt. Den Rohrstock hatte Kuhlmann bereits in der Hand, noch bevor man begriffen hatte, dass man ungezogen gewesen war.

Margarete beugte sich weiter vor und lehnte die Stirn gegen die kalte Scheibe. Sie lächelte, als sie sah, wie die Kinder im Kreis um den Schneemann herumtanzten.

Sie mochte den Winter, aber sie freute sich schon jetzt darauf, wenn es wieder Frühling wurde. Sie hatte ihrer Freundin Irmchen versprochen, sie in Schwäbisch Gmünd zu besuchen. Es war eine Weile her, dass sie sich gesehen hatten.

Margarete verreiste ungeheuer gern, auch wenn das mit ihrer Behinderung immer einer gut vorbereiteten Planung bedurfte. Anfangs hatten ihre Eltern sie begleitet, später dann ihr Bruder. Mit dem war es wenigstens lustig gewesen.

Margarete erinnerte sich noch gut an ihre erste Reise mit der Eisenbahn. Ihre Mutter hatte ihr gegenüber auf der harten Holzbank gesessen, die Hände im Schoß gefaltet, um jederzeit für ein Gebet bereit zu sein. Mit besorgtem Blick hatte sie aus dem Fenster gesehen und beobachtet, wie die Landschaft an ihnen vorbeihuschte.

Margarete hatte ständig hierhin und dorthin gezeigt. »Sieh doch nur, Mutter, der riesige Baum dort drüben! Ist das eine Linde? Oh, schon ist er nicht mehr zu sehen. Und da, die Kühe, die uns genauso verwundert ansehen wie wir sie!«

Der Zug ratterte über die Schienen, und sie wurde an die Sitzlehne gedrückt und durcheinandergeschüttelt. Sie hatte wieder das schrille Pfeifen im Ohr, als der Zug schnaufend in den Bahnhof einfuhr. Stundenlang hätte sie noch weiterfahren können, ihre Mutter dagegen konnte gar nicht schnell genug aussteigen. »Ich danke dem Herrgott, dass er uns heil hat ankommen lassen.«

Margarete fuhr zusammen, als die Tür aufflog und Fritz hereinkam. »Musst du mich so erschrecken!«

»Ich dachte, du hättest mein Klopfen gehört.«

»Nein, ich war weit weg.«

»Und wo, wenn ich fragen darf?«

»Ich saß gerade in der Eisenbahn.«

Ihr Bruder grinste. »Was du nicht sagst.« Er schob die Hände in die Hosentaschen und wippte auf den Zehenspitzen. »Rate, was ich dir mitgebracht habe.«

»Einen besonders hübschen Stein?«

»Nein.«

»Oh, ich weiß, einen Schneeball, den du in deiner Hosentasche versteckt hast.«

Er lachte. »Deine Zither. Ich hab sie reparieren lassen.«

»Wie schön! Ich danke dir.«

Fritz hatte sie zum Kachelmeier Schorsch gebracht, der sich mit Instrumenten auskannte und sich zudem recht gut auf das Zitherspiel verstand.

»Ist es sehr teuer geworden?«

Ihr Bruder schüttelte den Kopf. »Wir haben eine Abmachung getroffen: Du bekommst die reparierte Zither und die Kachelmeiers geflickte Kleidung. Bist du damit einverstanden?«

»Und ob. Eine Hand wäscht die andere.« Sie zwinkerte ihm zu.

»Sie liegt unten in der Stube. Die Anna lässt fragen, ob du auf der Hochzeit etwas vorspielen würdest?«

»Das wäre mir eine Ehre.«

Fritz schaute auf die Straße hinab, und die beiden schwiegen eine Zeit lang. Ein Schweigen, das nicht unangenehm war. Das war es nie. Es bedeutete lediglich, dass beide darüber nachdachten, was sie einander erzählen könnten.

Margarete sprach aus, was ihr mit einem Mal durch den Kopf schwirrte. »Ich möchte eine Nähmaschine anschaffen.«

»Ich frage mich, ob ich ein guter Ehemann werde.«

Beide hatten zugleich gesprochen.

»Du zuerst«, forderte sie ihren Bruder auf.

Er schüttelte den Kopf. »Erst du. Du willst also eine Nähmaschine.« Er nickte, als läge es auf der Hand. Natürlich bräuchte sie eine Nähmaschine, sie mit ihrer steifen rechten Hand, mit der sie kaum einen Knopf schließen konnte.

»Der Gedanke hat sich urplötzlich in meinen Kopf gemogelt und es sich dort bequem gemacht. Von jetzt auf gleich, ohne Ankündigung. Ich bin selbst ganz überrascht. Seltsam, nicht?«

Er zuckte die Schultern. So merkwürdig schien er es nicht zu finden. »Denkst du an eine neue, oder darf's auch eine gebrauchte sein?«

»Eine neue wäre schon fein. Aber zur Not tut's auch eine gebrauchte. Würdest du dich für mich umhören?«

»Das mache ich.«

Margarete sah ihn an. »Findest du es nicht eigenartig, dass ich eine will? Fragst du dich gar nicht, wie ich das anstellen soll?«

»Bei dir frage ich mich schon lange nichts mehr, Grete. Du hast uns so oft überrascht.« Er legte die Hand auf ihre Schulter. »Und beeindruckt.«

»Mutter wird mich für verrückt erklären.«

»Dann wirst *du* ihr erklären, dass du es dir gründlich überlegt hast.«

»Gründlich.« Sie lachte. »So kann man's auch nennen.«

Eine Nähmaschine wäre in der Tat eine große Hilfe. Die Arbeit wäre viel schneller erledigt, und sie könnte genug Geld verdienen, um für sich selbst zu sorgen. Vielleicht würde dann das ewige »Was ist, wenn wir nicht mehr sind? Wer kümmert sich dann um Grete?« aufhören.

»Und jetzt du, Fritz.«

»Ich?« Er blinzelte zerstreut.

»Du hast dich gefragt, ob du ein guter Ehemann sein kannst. Ich sag dir was: Du wirst der beste Ehemann, den die Anna sich wünschen kann.«

»Woher willst du das wissen?«

»Wer ein guter Bruder ist, wird auch ein guter Ehemann sein.«

Zwei volle Tage wurde Hochzeit gefeiert.

Margarete hatte die meiste Zeit an einem der langen Tische gesessen und den anderen beim Tanzen zugeschaut. Es musste herrlich sein, so ausgelassen und unbeschwert umherzuspringen und sich im Kreis herumwirbeln zu lassen. *Alles würde ich dafür geben, könnte ich das nur ein einziges Mal erleben*, dachte sie wehmütig. Dann jedoch nahm sie sich zusammen, wie immer. Was half es, sein Schicksal zu beklagen?

Als endlich auch die letzten Gäste gegangen waren, fuhr sie ans Fenster und blickte nach draußen. Die Traurigkeit kam ganz plötzlich und wollte sie übermannen.

Warum war sie denn nur so niedergeschlagen? Sie sollte sich doch für Fritz und Anna freuen.

Das tue ich ja auch. Es wird daran liegen, dass etwas Vertrautes zu Ende geht und etwas Neues beginnt. So ist das nun mal. Das nennt man das Leben, du Schaf.

Als ihre Schwestern geheiratet hatten, war Margarete nicht so trübsinnig gewesen. Das lag aber gewiss daran, dass sie und Fritz etwas ganz besonders Inniges verband.

Ihr Vater kam herein, die Schritte schlurfend. Er schien müde zu sein, müde vom vielen Feiern, Trinken, Essen, Erzählen und Lachen. Sogar den einen oder anderen Tanz hatte er gewagt, auch wenn er sich sonst lieber davor drückte. »Ein, zwei Schnäpsle genügen, und dein Vater schwingt das Tanzbein«, sagte ihre Mutter gern.

»Soll ich dich zu Bett bringen, Grete?« Er gähnte, und sie nickte matt. »Was hast du denn?«

»Gar nichts.«

Er sah sie an. »Gar nichts also, ja? Danach sieht's aber nicht aus.«

Sie konnte ein Seufzen nicht zurückhalten. »Es ist nur ... Ich war gerade ein bisschen ...« Sie suchte nach einem Wort. »Niedergeschmettert.« Das war ein wenig übertrieben, aber nun war es gesagt.

»Und wieso?« Er verschränkte die Arme und gähnte wieder.

»Weil der Fritz und ich ...« Margarete verstummte. Sie ärgerte sich. Bestimmt hatte sie zu viel vom Apfelwein getrunken, der in diesem Jahr besonders süffig war. »Nein, ist schon gut. Ich weiß, was du sagen willst. Dass der Fritz ja nicht aus der Welt ist, er bleibt in Giengen.« Sie hob die Arme. »Sei so gut und bring mich in meine Kammer, Papa.« Ganz selten nannte sie ihn so. Früher nur, wenn sie etwas ausgefressen hatte. Wenn sie Widerworte gegeben hatte, nicht einsichtig gewesen war.

Er hob sie aus dem Rollstuhl und trug sie hinauf in ihre kleine Kammer. Mehr als ein Bett, ein Nachtschränkchen, ein schmaler Kleiderschrank und daneben ein Stuhl befanden sich nicht darin.

Als ihr Blick auf das Bett fiel, spürte Margarete schlagartig, wie erschöpft sie war.

»Brauchst du noch was?«

Sie schüttelte den Kopf.

»Richte Mutter aus, dass ich heute Abend auf ihre Hilfe verzichten kann.« Normalerweise war sie ihr beim Auskleiden behilflich.

»Wie du meinst. Schlaf gut.« Er ging zur Tür.

»Ach, eins noch ...«

Er drehte sich zu ihr um.

»Ich will eine Nähmaschine anschaffen.« Bisher wusste nur Fritz davon. »Ich wäre viel schneller, könnte mehr Aufträge annehmen.«

Ihr Vater machte »Hmm« und kratzte sich den dunklen Bart. »Ob das eine gute Idee ist?«

»Und ob.«

»Und wie willst du das anstellen?« Er hatte noch nie viel Federlesens gemacht und sprach das aus, was ihm durch den Kopf ging. »Mit deiner Hand?«

»Mir fällt schon was ein.«

»Dir fällt immer was ein«, brummte er.

Sie wusste nicht, ob es anerkennend oder verwundert gemeint war. »Was bleibt mir übrig?«

Er schwieg einen Augenblick, die Hand auf dem Türknauf, bevor er sagte: »Wir haben immer gedacht, dass wir uns für den Rest unseres Lebens um dich sorgen müssen. Aber ich glaube inzwischen, dass das gar nicht nötig ist. Du bist viel selbstständiger, als wir je hätten hoffen können. Nacht, Grete.« Er ging hinaus.

Jetzt, da sie allein war, gestattete sie sich ein tiefes, lang anhaltendes Seufzen. Sie räusperte sich energisch und beschloss, ihre Schwermut und Traurigkeit abzustreifen. »Der Fritz ist nicht aus der Welt«, wiederholte sie und fasste mit der linken Hand in ihr Haar, um den Knoten zu lösen.

Dann schnaubte sie kopfschüttelnd. *Erst Kleid, Unterkleid, Strümpfe und Unterwäsche, dann das Nachthemd und erst dann der Knoten, Dummerchen.*

Sie begann, ihr Kleid aufzuknöpfen, und bewegte die linke Schulter nach unten, bis das Kleid darüber rutschte. Mit der rechten Seite war es wie immer etwas schwerer, aber gelernt war gelernt. Anschließend zog sie Unterkleid, Unterwäsche und Wollstrümpfe aus und rollte sie zusammen.

Beim Überstreifen ihres Nachthemds steckte sie kurz fest, hatte sich aber gleich wieder befreit und zupfte es mit der gesunden Hand zurecht. Sie war verschwitzt, obwohl es eiskalt im Zimmer war. Das An- und Ausziehen war jedes Mal wieder ungeheuer anstrengend und schweißtreibend.

Margarete kuschelte sich unter das dicke Plumeau. Bestimmt fühlte es sich herrlich an, verheiratet zu sein. Es musste schön sein, jemanden bei sich zu haben, mit dem man gemeinsam älter wurde. Dessen Hand man halten konnte, wenn man sich fürchtete, und der zuhörte, wenn man etwas auf dem Herzen hatte oder einfach nur so viel im Kopf, dass es unbedingt hinauswollte.

Das ist das Romantische, besann sie sich. »Die Ehe ist kein Zuckerschlecken«, behauptete ihre Mutter schließlich gern und oft. »Sie ist ein kratziger Scheuersack, in dem beide ihren Platz haben und versuchen müssen, sich nicht allzu sehr aneinanderzureiben.«

Dann und wann erschien Margarete so ein Scheuersack allzu verlockend, weil es bedeutete, jemanden gefunden zu haben, mit dem man sein Leben teilen konnte. Aber möglicherweise war es wirklich nur das Verklärte, das Romantische, das ihr Hirn sich zurechtspann und so aus dem Schwierigen etwas Schönes, Leichtes machte.

Es klopfte, und ihre Mutter kam herein. »Ich wollte nur rasch nach dir sehen.« Sie kam zu ihr ans Bett. »Ich hab gehört, du willst eine Nähmaschine anschaffen?«

Margarete rätselte, ob sie missbilligend dreinschaute. Um ihren Mund lag ein harter Zug. War das früher schon so gewesen? *Vor dem Tag, an dem sie erfuhr, dass ich niemals würde laufen können?*

»Ich ahne deine Bedenken, Mutter. Aber ich möchte es. Und ich werde es schaffen.«

»Wenn deine Schwestern noch hier wären …«

»Das sind sie aber nicht. Ich werde es allein schaffen.«

Ihre Mutter schien noch etwas sagen zu wollen, beließ es aber dabei.

»Fritz und Anna sind ein schönes Paar, nicht wahr? Bestimmt werden sie sehr glücklich«, plapperte Margarete.

»Ach, Grete.«

Was weiß ich schon vom Glück, jaja. Und von der Ehe. Sprich's nur aus.

Maria Steiff war bereits halb aus der Tür, als sie sagte: »Ich hätt' so gern einen Enkelsohn.« Es klang ungewohnt sanft und verträumt.

»Du wirst einen ganzen Stall voller Enkelsöhne haben.«

»Dein Wort in Gottes Ohr. Und nun schlaf.« Sie ließ sie allein.

Um besser in den Schlaf zu gleiten, spielte Margarete ihr abendliches Spiel. Sie träumte sich in eine Welt, die sie sich so gestaltete, wie es in der Wirklichkeit leider nicht geschehen würde: sie inmitten einer Kinderschar. Sie würden miteinander spielen, lachen, herumtollen. Drei Mädchen und drei Buben, ja, warum nicht. Und ein Ehemann mit braun gelocktem Haar und freundlichen, gütigen Augen. Die leuchteten, wenn er heimkäme. »Wie hab ich euch vermisst«, würde er sagen, sie alle nacheinander küssen und sich zu ihnen an den großen Tisch setzen. »Wie war dein Tag, Grete?«

»Wunderbar, ganz prächtig. Und deiner?«

»Nicht ganz so prächtig wie deiner, schätze ich.« Es würde keineswegs hämisch klingen, dazu wäre er viel zu gutmütig.

Und dann würden sie gemeinsam zu Abend essen, sich von ihrem Tag erzählen und sich aneinander freuen.

Das Letzte, was Margarete durch den Kopf ging, bevor ihr die Augen zufielen, waren die Worte *Ach, du romantisches Schaf.*

Kapitel 4

Giengen a. d. Brenz im Frühjahr 1875

An diesem Vormittag kam keine Menschenseele in die Schneiderei. Früh um acht hatte Margarete die Tür geöffnet, das Fenster ebenfalls, um die kühle, frische Frühlingsluft ins Zimmer zu lassen. Sie war zu ihrem Tisch gefahren und hatte die Kleidungsstücke zusammengelegt, die heute abgeholt werden konnten.

Danach hatte sie ihre Nähmaschine betrachtet und bestaunt, wie bereits unzählige Male zuvor, seit Fritz damit angekommen war. »Ich hätte eine Gebrauchte haben können, aber die sah nicht sehr vertrauenerweckend aus«, hatte er gemeint. »Und für das Geld, das du bereits verdient hast, darf es ruhig was Neues sein, finde ich.«

Stolz hatte Margarete sie den Eltern präsentiert.

Ihre Mutter hatte das Schwungrad gedreht und die Stirn sorgenvoll gerunzelt. Es stand darauf geschrieben, was ihr durch den Kopf ging: dass es viel zu schwergängig war, dass Margarete es unmöglich bewegen könnte. Dass es eine verrückte Idee gewesen war. Sie sagte jedoch kein Wort.

Als Margarete wieder allein war, hatte sie sich an die Maschine gesetzt und ein Stück Stoff genommen, den Fuß auf das Pedal, die rechte Hand am Schwungrad. Nach kurzem Drehen machte ihre

Hand schlapp. Nein, so würde das nichts. Wieder und wieder versuchte sie es, die Zähne zusammengebissen, wütend, verbissen. Es war ihr gleichgültig, wie sehr die Hand schmerzte. Es musste doch gehen, zum Teufel!

Aber es waren nicht nur die Schmerzen, es lag vor allem auch an der Kraft, die ihr fehlte.

Fritz kam herein, sah mit sorgenvollem Blick, wie sie sich abmühte. »Grete«, sagte er irgendwann sanft.

»Lass mich nur machen.« Es klang schroff, verzweifelt. Sie wollte nicht getröstet werden! Warum glaubten eigentlich alle, sie brauche Trost und Beistand?

Angestrengt versuchte sie es weiter – bis es ihr wie Schuppen von den Augen fiel. »Fritz!«, wisperte sie aufgeregt. »Hilf mir, ja?«

»Und wobei?«

»Sie umzudrehen.«

Er hob die Augenbrauen, sagte aber nichts und drehte die Nähmaschine um, sodass Margarete nun das Schwungrad mit der anderen, der gesunden Hand bedienen konnte. »Dass mir das nicht gleich eingefallen ist!« Mit einem triumphierenden Lachen begann sie zu nähen.

Die Maschine ratterte leise und gleichmäßig, ein Geräusch, das Musik in ihren Ohren war. »Sieh nur, Fritz! Es funktioniert, und wie es funktioniert!«

Grinsend stand er daneben und schüttelte ungläubig den Kopf. »Nun sieh sich das einer an.«

Sie schnitt den Faden ab und zog den Stoff unter der Nadel hervor. »Mein erster Saum, mit der Maschine genäht!«

»Sehr ordentlich.«

»Als verstündest du was davon!« Sie hatte gelacht und den Stoff geschwenkt. »Und wie blitzschnell es ging!«

Genauso blitzschnell hatte sich herumgesprochen, dass Margarete Steiff in der Ledergasse nun eine Nähmaschine besaß, die erste in ganz Giengen und Umgebung. Schon bald kamen die Leute aus der gesamten Nachbarschaft und wenig später auch von weiter her. Sie brachten Berge von zerrissenen Hosen, Kleidern, die zu eng geworden waren oder zu weit, Mäntel, deren Saum ausgelassen werden musste, bestickte Tischtücher, die fein umsäumt werden sollten.

Margarete konnte sich vor Arbeit kaum retten.

Nur am heutigen Vormittag kam niemand. Sie war zum Fenster gerollt und hatte verwirrt geschaut, ob jemand auf dem Weg zu ihr war und sich mit jemand anderem verschwatzt hatte. Weil es ein so herrlicher Morgen war. Weil der Frühling endlich da war.

Nein, unten auf der Straße war niemand zu sehen, außer Mariechen und Leni, die mit ihren Puppen spielten.

Margarete winkte ihnen zu. »Grüß euch Gott, ihr Puppenmütter!«

Die Mädchen hoben den Kopf und kicherten.

Ich könnte auch Puppenkleidchen nähen, das wäre doch famos. Und es würde viele Mütter freuen, nicht nur die Puppenmütter. Margarete stellte es sich bildlich vor, seufzte dann aber. Nein, für derartigen Unfug, wie ihre Mutter es wohl nennen würde, fehlte ihr schlicht und einfach die Zeit. Sie kam mit der Arbeit ja kaum nach.

»Soll ich dir einen Strauß Osterglocken bringen?«, rief Marie zu ihr herauf.

»Das wäre fein!«

Die beiden Mädchen verschwanden um die Ecke, Margarete hörte sie plappern und lachen.

Warum nur ließ sich niemand blicken? Es war doch ein ganz gewöhnlicher Dienstag im April.

Ob die Haustür verschlossen war? Hatte ihr Vater vergessen aufzuschließen?

Margarete fuhr zur Tür, öffnete sie und zwängte den Rollstuhl durch den kleinen Spalt. Dabei blieb sie mit dem rechten Hinterrad am Rahmen hängen, und es gab ein scheußliches Geräusch. Schuldbewusst warf sie einen Blick auf das Holz und sah, dass das Rad einen Kratzer hinterlassen hatte. Ach, verflixt! Mit etwas mehr Schwung – und Geduld! – hätte sie die Tür weiter öffnen können. Ihr Vater wäre nicht gerade entzückt, wenn er den Kratzer sähe. »Du ungeschicktes Ding«, schalt sie sich.

Auf dem Flur rief sie laut nach ihrer Mutter, die kurz darauf die Treppe hochgeeilt kam. »Um Himmels willen, was ist denn, Grete?« Sie schnaufte und wischte sich die Stirn.

»Warum kommt denn heute niemand?«

»Deshalb holst du mich aus der Küche?«

»Ich verstehe das nicht.«

»Woher soll ich das wissen?« Maria Steiff schnaubte ungehalten. »Als hätte ich nichts anderes zu tun, als durchs Haus zu rennen, um deine Fragen zu beantworten.«

»Die Frau Stahlmann müsste längst da sein.«

Ihre Mutter wischte sich die Hände an der Schürze ab. »Herr im Himmel, Grete, wenn's weiter nichts ist.« Sie wandte sich ab.

»Und die Frau Adler wollte doch den Mantel abholen. Sie will ihn am Sonntag auf der Taufe tragen.«

»Bis dahin ist noch eine Menge Zeit. Kann ich dann wieder nach unten und weiterarbeiten?«

»Ja, natürlich«, murmelte Margarete zerknirscht. »Verzeih, dass ich dich hochgescheucht habe.«

»Schon gut.«

»Aber ich versteh's einfach nicht. Die ganze Zeit zerbreche ich mir schon den Kopf, und ich ...«

»Dann denk nicht so viel, Grete.«

»Soll ich meinen Kopf einfach ausschalten?«

»Vom Denken allein wird niemand satt.«

»Schriftsteller und Dichter schon.«

»Immer musst du das letzte Wort haben.«

»Ich meine ja nur.«

Ihre Mutter lehnte am Treppengeländer. »Glaubst du wirklich, ein Schriftsteller kann von seinem Geschreibsel leben?«

»Was ist mit Goethe und Schiller?«

»Ach, die.« Maria Steiff machte eine wegwerfende Handbewegung.

»Die meisten werden von der Hand in den Mund leben.« Sie schnaubte wieder. »Außerdem – was interessiert's mich? Ich hab noch eine Menge zu tun.«

»Kannst du deinen Kopf ausschalten, Mutter?«

»Immer das letzte Wort, ich sag's ja.« Sie lief die Treppe hinunter und murmelte etwas vor sich hin.

Margarete machte umständlich kehrt und fuhr zurück in ihre Schneiderwerkstatt. *Ich glaube, sie kann es*, ging ihr durch den Kopf. *Beneidenswert.*

Wenig später kam Adele Stahlmann, das Gesicht gerötet, das Haar ein wenig wirr. »Tausend Dinge wollte ich heute tun.« Sie seufzte und warf einen Blick zum Fenster. »Der Frühling hat mich überall gekitzelt, kennst du das Gefühl?«

»Und ob.« Margarete reichte ihr die gefalteten Kleidungsstücke, nahm das Geld entgegen und wünschte ihr noch einen schönen Tag.

Nach ihr kam Frau Adler, der Blick verträumt. »Ist das nicht ein herrlicher Tag? Beten wir, dass es am Sonntag auch so sonnig ist.« Sie betrachtete den ausgebesserten Mantel, nickte zufrieden und ging wieder.

Kaum hatte sie die Tür hinter sich zugemacht, kam Frau Zimmerer und nach ihr Fräulein Knobloch.

So ging es munter weiter, bis Margarete zum Essen gerufen wurde. Die Zeit war wie im Flug vergangen.

»Alles hat sich aufgeklärt«, sagte sie nach dem ersten Löffel Gerstensuppe. »Es lag am Frühling.«

Ihr Vater schmunzelte und wischte sich den Mund am Hemdsärmel ab.

»Friedrich!« Ihre Mutter schaute ihn mahnend an.

»Recht hat sie, unsere Grete.« Er überging ihren vorwurfsvollen Blick einfach. »Kaum ist der Frühling ins Land gezogen, benehmen die Leute sich wie närrisch.«

»Du etwa auch?«, fragte Margarete.

Er lachte. »Na, aber sicher.«

»Das möcht ich sehen«, murmelte die Mutter.

»Was macht das Geschäft, Grete?«, erkundigte er sich.

»Es läuft bestens. Ich komme kaum hinterher.«

»Mute dir nicht zu viel zu, hörst du?«

»Nein, nein.« Sie aß weiter. »Ich werde nächstes Wochenende nach Schwäbisch Gmünd fahren und Irmchen besuchen.«

»Aber nicht allein«, sagte ihre Mutter.

»Du hast doch gar keine Zeit, mich zu begleiten.« Margarete ließ es verständnisvoll klingen, sodass sie hoffentlich ein Einsehen hatte und daheimbleiben würde. Margarete wollte unbedingt allein reisen.

»Dann wird dein Vater dich begleiten.«

Margarete legte den Löffel beiseite und sah beide abwechselnd an. »Niemand muss mich begleiten. Ich verreise nicht das erste Mal allein.«

»Wir werden später darüber reden. Jetzt wird gegessen«, entschied ihre Mutter.

»Es ist bereits beschlossen«, sagte Margarete mit fester Stimme und hielt ihrem Blick stand.

»Du mit deinem Fernweh.« Ihre Mutter reichte ihr einen Teller zum Abtrocknen. »Wer dir diese Flausen nur in den Kopf gesetzt hat?«

»Ich glaube, ich bin mit den Flausen schon auf die Welt gekommen.«

»Du kannst nicht allein reisen, Grete.« Ein weiterer Teller wurde gereicht.

»Ich bin bereits allein verreist, Mutter. Und ich gedenke, es wieder zu tun. Ich bin erwachsen.«

»Und du sitzt im Rollstuhl.«

»Das vergesse ich gewiss nicht, keinen einzigen Moment.«

Sie schauten einander finster an. Beide beherrschten es ausnehmend gut.

»Lass uns nicht streiten«, sagte Margarete schließlich einlenkend.

Warum verstand nur niemand ihr wiederkehrendes Fernweh?

Sie liebte es, sich frischen Wind um die Nase wehen zu lassen. Sie lernte gern neue Menschen kennen und plauderte mit ihnen.

Ihre Mutter gab ihr den letzten Teller. »Gib acht, dass er dir nicht wieder runterfällt. Wir können uns nicht ständig neues Geschirr leisten.«

Als würde sie dauernd etwas fallen lassen.

»Eine junge Frau wie du sollte nicht allein reisen.« Ah, jetzt versuchte sie es auf diese Weise. »Das schickt sich nicht, Grete.«

»Es schickt sich nicht?« Margarete blinzelte verdutzt. »Du findest, ich bräuchte eine Anstandsdame?«

Ihre Mutter schwieg. Mit finsterer Miene spülte sie das restliche Geschirr und wrang das Tuch schwungvoll aus.

»Ich will keine Anstandsdame, und ich kann sehr gut auf mich aufpassen, das solltest du wissen.«

»Dein Vater findet auch, dass es zu gefährlich ist.«

»Ihr glaubt, ich könnte ausgeraubt werden? Weil ich so wohlhabend aussehe? Oder befürchtet ihr, dass ich mich aufdringlicher junger Männer erwehren müsste? Die ausgerechnet mich auserkoren haben und mir den Hof machen wollen?«

Weil ihre Mutter nichts darauf sagte, sprach sie weiter. »Wir machen es so wie das letzte Mal: Vater bringt mich zum Zug und wartet, bis ich wohlbehalten im Abteil sitze. Und in Schwäbisch Gmünd wird mich Irmchens Mann abholen und am Sonntag wieder in den Zug setzen.« Sie schaute ihre Mutter fragend und bittend an. »Einverstanden?«

Erst nach einer ganzen Weile rang Maria Steiff sich zu einer Antwort durch. »Sei's drum.«

Kapitel 5

In der Frühe hatte Margarete ihre kleine Reisetasche gepackt und wartete auf ihren Bruder, der versprochen hatte, sie zum Bahnhof zu bringen. Eigentlich hatte ihr Vater das übernehmen wollen, doch ein wichtiger Auftrag war ihm dazwischengekommen.

Er war der einzige Bauwerksmeister in der Gegend und fuhr auch schon mal an einem Sonnabend los, um irgendwo Maß zu nehmen oder Material einzukaufen.

Fritz war pünktlich auf die Minute, und er war bester Laune. Als er sie am Pferd vorbei zum Kutschbock trug, raunte er: »Heute ist nicht gut Kirschen essen mit dem Gaul.«

»Was hat er denn?«, raunte sie zurück.

»Wenn ich das wüsste. Er ist störrisch, scheint sich für einen Esel zu halten.«

Sie gluckste und griff in ihre Rocktasche. Sie hatte eine Mohrrübe eingesteckt.

»Lass das lieber«, warnte Fritz. »Er wird dir die Hand abbeißen.«

»Fritz.« Sie schüttelte den Kopf und bat ihn, stehen zu bleiben. Vorsichtig und ganz langsam streckte sie dem Pferd die Hand hin, und es stülpte die Lippen und nahm genauso vorsichtig die Mohrrübe. »Na also.«

Fritz schnaubte. »Ich sehe ja wohl nicht recht.« Er setzte sie auf den Bock und nahm neben ihr Platz.

Auch als sie bereits losgefahren waren, musste Margarete noch lachen. Die Reisetasche zu Füßen, blickte sie umher und winkte hier und da jemandem zu.

»Ich freue mich schon so auf Irmchen und ihre Familie. Wir haben uns eine Ewigkeit nicht gesehen und eine Menge zu erzählen. Karoline, ihre Älteste, müsste jetzt schon fünf sein. Nein, warte, schon sechs.« Sie seufzte. »Wie die Zeit vergeht.«

Fritz pfiff vergnügt ein Lied.

»Du bist heute so guter Dinge.«

»Warum auch nicht?«

Sie würde nicht weiter nachhaken. Gäbe es etwas zu berichten, würde er es schon noch tun.

Schweigend fuhren sie weiter, und kurz vor dem Bahnhof platzte es aus ihm heraus. »Die Anna ist guter Hoffnung!«

»Ach, wie mich das freut, Fritz!«

»Das Kind soll im Winter kommen, sagt die Hebamme.«

»Und wie geht's Anna?«

»Recht gut, sie ist nur ständig müde.«

»Hast du's den Eltern schon gesagt?«

Er schüttelte den Kopf. »Du solltest es als Erste wissen.«

»Dann werde ich also wieder Tante, wie schön.«

Wenn sie selbst schon nicht Mutter werden konnte, sollten die Kinder ihrer Geschwister all ihre Fürsorge und Liebe bekommen.

In Schwäbisch Gmünd

»Du hast jetzt also eine Nähmaschine.« Irmhild setzte sich zu Margarete an die Kaffeetafel und richtete den Rock ihres schlichten, aber hübschen Kleides. »Und? Kommst du damit zurecht?«

»Du meinst wohl, *wie* ich damit zurechtkomme. Gut, ich habe sie einfach umgedreht.«

»Wie umgedreht?« Irmchen schenkte ihr Kaffee ein und zeigte auf den Bienenstich. »Frisch gebacken, weil ich doch weiß, wie sehr du ihn magst.« Sie legte ein Stück auf den Teller und stellte ihn Margarete hin.

Margarete kostete. »Sehr gut.« Fast so gut wie der ihrer Mutter. »Ich hab die Maschine einfach so hingestellt, dass ich das Rad mit der linken Hand bewegen kann.«

»Du bist immer so ungeheuer findig!« Irmchen klatschte in die Hände. »Jemand anderes würde tagtäglich sein Schicksal beklagen und anderen damit entsetzlich auf die Nerven fallen, aber du … du verstehst es zu leben. Mit allem, was das Leben dir bietet.«

»Oder auch nicht bietet«, ergänzte Margarete. »Was bleibt mir auch übrig? Jammern macht es ja nicht besser, oder? Aber nun erzähl doch mal, wie geht's der Familie?« Sie hatte Irmhilds Kinderschar, mittlerweile auf zwei Buben und ein Mädchen angewachsen, bereits gebührend begrüßt. »Gesund sind sie alle, wie ich gesehen habe.«

»Die Kinder hatten hübsch der Reihe nach die Masern. Wilhelm hatte als Einziger auch Scharlach, ein Wunder, dass die anderen verschont blieben.« Irmhild strich über die Tischdecke. »Mir fehlt eine Freundin, eine Freundin wie du.«

»Aber du hast mich doch.«

»Ich meinte, eine Freundin gleich um die Ecke oder wenigstens in der Nähe. Ich habe mich wirklich bemüht, das kannst du mir glauben, aber weit und breit ist keine zu finden, die ich annähernd so mögen könnte wie dich. Du fehlst mir, Grete.«

»Du fehlst mir auch, Irmchen.« *Aber ich komme zurecht, weil ich's muss.*

»Und deinem kleinen Schneiderlädchen geht's gut?«

»Schneiderlädchen. Das klingt hübsch. Darf ich mir den Namen borgen? Vielleicht fertigt der Vater mir ein Schild. Ja, dem Lädchen geht es sogar sehr gut. Jetzt, wo ich die Maschine habe, kommen die Leute auch aus der Umgebung.«

»Und wie macht sich Fritz als Ehemann?«

»Prächtig, wie erwartet. Anna ist guter Hoffnung und Fritz ganz außer sich vor Freude. Die Eltern wissen es noch nicht, aber ich weiß, dass meine Mutter sich einen Enkelsohn wünscht.«

»Das ist verständlich, wo sie doch schon eine Enkelin hat.«

Die kleine Paula, Tochter von Margaretes Schwester Pauline, war zwei Jahre alt.

»Ich hab gesagt, sie bekäme bestimmt einen ganzen Stall voller Enkelsöhne.«

»Ach herrje, ein ganzer Stall voll?« Irmchen seufzte. »Mir reichen schon meine beiden Lausbuben.« Sie griff nach Margaretes Hand und drückte sie.

Bevor sie etwas sagen konnte, Margarete womöglich trösten würde, kam die ihr zuvor. »Wollen wir gleich an die frische Luft? Ich will unbedingt deinen Garten sehen.«

Der Garten war eine Schau, es wuchsen überall Rosen in allen erdenklichen Farben, und die Beete waren mit Stachel- und Johannisbeersträuchern eingefasst. Irmchen hatte ein Händchen für Blumen und Pflanzen, schon immer gehabt. Bereits als kleines Mädchen hatte sie die Wildblumen auf den Wiesen voneinander unterscheiden und benennen können. Margarete hatte versucht, sich ein paar Namen zu merken, erfolglos.

»Du hättest die Kirschblüten im Frühling sehen sollen.«

»Nächstes Jahr komme ich und schaue sie mir an.«

»Abgemacht?«

»Ich will's versuchen.«

Sonntagnachmittag brachte Irmchens Mann Margarete zum Bahnhof, half ihr in den Zug und gab dem Schaffner Bescheid, dass er ein Auge auf sie hatte. Es war ihr nicht recht, dass so viel Aufhebens um sie gemacht wurde, außerdem war sie nicht so hilfebedürftig, wie es aussah. Aber Gerhard meinte es nur gut, deshalb schwieg sie und bedankte sich.

»Besuch uns recht bald wieder.« Er wollte ihre Tasche ins Gepäcknetz schieben.

»Lass nur«, bat sie. »Stell sie hierher zu meinen Füßen, dann komme ich beim Aussteigen besser dran.«

Sie sagten sich Ade und winkten sich zu, während der Zug schnaufend aus dem Bahnhof rumpelte.

Margarete nahm das Buch aus der Tasche, das sie für die Fahrt dabeihatte, und schlug es auf. Sie hatte den Gedichtband von Heinrich Heine, ein Geschenk von Irmchen, bereits ein halbes Dutzend Mal gelesen. Auf der Hinfahrt hatte sie die Aussicht genossen, ohne auch nur einen Blick ins Buch zu werfen.

Nun aber war ihr nach Lesen zumute, und schon nach wenigen Seiten war sie so vertieft, dass sie nicht bemerkte, wie jemand ins Abteil kam.

Erst als sie ein Räuspern vernahm, hob sie den Kopf.

Vor ihr stand ein junger Mann mit braunem Haar, das sich über den Ohren und am Nacken kringelte, eine ebenfalls braune Samtkappe in der Hand. Hatte er sie etwas gefragt, oder warum sah er sie so an?

»Wie bitte?«

»Ich fragte, ob Sie etwas dagegen haben, wenn ich mich hierhersetze?«

»Aber nein, ganz und gar nicht.« Doch, hatte sie, aber es wäre unhöflich, das zuzugeben. Sie wäre lieber allein geblieben, um in Ruhe weiterzulesen. So jedoch würde sie sich zwangsläufig unterhalten müssen, weil ein langes Schweigen früher oder später unangenehm wäre. Sie könnte natürlich auch so tun, als schaue sie ganz fasziniert aus dem Fenster, und würde damit demonstrieren, an einer Unterhaltung nicht interessiert zu sein. Doch das wäre genauso unhöflich.

Eine Zwickmühle, und Margarete hasste Zwickmühlen. Zu Kompromissen war sie jederzeit bereit, einer unbehaglichen Situation aber nicht aus dem Weg gehen zu können war scheußlich.

Sie würde einfach vorgeben, furchtbar müde zu sein, mehrmals gähnen und schließlich die Augen zumachen. Und sie erst wieder öffnen, wenn sie in Giengen ankamen. Vielleicht würde der junge Mann – er sah wirklich gut aus mit seinem hübschen Haar, den haselnussbraunen Augen und dem leicht spöttischen Lächeln – auch schon bald wieder aussteigen.

Margarete lehnte sich träge zurück, gähnte hinter vorgehaltener Hand und schloss die Augen. Sie hatte das ungute Gefühl, dass er sie anstarrte, und bemühte sich, nicht zu blinzeln.

Nach einer Weile öffnete sie vorsichtig ein Auge und sah den Mann ihr gegenübersitzen und aus dem Fenster schauen, auf den Knien eine Kladde, in die er einen Finger gelegt hatte. Er hatte sein Jackett aufgeknöpft, die Samtkappe lag neben ihm.

Seine Kleidung roch leicht nach Tabak. Hoffentlich würde er sie nicht fragen, ob er rauchen dürfe. Sie mochte keinen Pfeifengeruch, ihr wurde davon schnell übel.

Als er den Kopf drehte, machte sie das Auge rasch wieder zu und atmete tief und schwer. *Sehen Sie, ich schlafe bereits.*

Sie spürte, wie ihr rechtes Augenlid zu flattern begann. Auch das noch. Bestimmt ahnte er längst, dass sie nur vorgab, eingeschlafen zu sein.

»Wir müssen uns nicht unterhalten«, sagte er, und sie tat so, als schrecke sie hoch. »Ich schweige sehr gern. Ich dachte nur, falls Sie glauben, ich wolle mich unbedingt unterhalten.«

Er deutete auf das aufgeschlagene Buch in ihrem Schoß. »Eine Frage nur, wenn es erlaubt ist: Was lesen Sie da?«

»Einen Gedichtband von Heinrich Heine.«

»Ach, dann mögen Sie Gedichte?«

»Nein, ich finde sie grauenvoll. Ich lese nur, um mir die Zeit zu vertreiben.«

Der Mann sah sie mit einem Blick an, den sie als erschüttert bezeichnen würde. »Sie finden sie *grauenvoll?*« Er spuckte das Wort beinahe aus.

»Von vorne bis hinten.«

Er öffnete den Mund und schloss ihn wieder.

»Mögen Sie etwa Gedichte?«

Er nickte zögernd. Und noch zögernder folgte: »Ich ... schreibe selbst.«

Das Buch rutschte Margarete vom Schoß, und er sprang auf und hob es auf.

»Vielen Dank.« Plötzlich schämte sie sich für ihre ungezügelte Flunkerei. »Sie sind Dichter?«

»Und Schriftsteller.« Es klang, als habe er nicht vor, mehr preiszugeben. Mit einer Literaturverächterin, die Heine grauenvoll fand, in einem Zugabteil sitzen zu müssen war schlimm genug.

»Wie spannend.« Das meinte sie ernst, doch das konnte er natürlich nicht wissen. Sie konnte ihre Mutter förmlich schnauben hören. *Ein Schriftsteller, um Himmels willen!*

Er reagierte nicht, nahm stattdessen die Kladde und blätterte darin. »Schlafen Sie nur weiter. Ich werde ganz leise sein und versuchen, mich unsichtbar zu machen.«

Jetzt schämte sie sich noch mehr. »Bitte entschuldigen Sie

meine Schroffheit. Normalerweise bin ich ein freundlicher, zuvorkommender Mensch.« *Mit einer spitzen Zunge.* Sie schenkte ihm ein Lächeln, das aufrichtig gemeint war.

Doch auch das konnte er nicht wissen. Er nickte misstrauisch und schaute wieder aus dem Fenster.

»Die Wahrheit ist: ich liebe Heine.«

Der Mann sah sie verdutzt an, sagte aber nichts.

»*Ach, die Augen sind es wieder, die mich einst so lieblich grüßten …*«, setzte Margarete mit rauer Stimme an. Es war lange her, dass sie ein Gedicht aufgesagt hatte. »*Und es sind die Lippen wieder …*«

» … *die das Leben mir versüßten.*«

Sie schauten einander an und mussten beide lachen.

»Sie kennen Heine wirklich«, sagte er schließlich.

»Dachten Sie, ich würde Sie anschwindeln?«

Er lachte, stand auf und verbeugte sich. »Wenn ich mich vorstellen darf: Hans-Martin Richter.«

»Margarete Steiff. Sie sind also Schriftsteller.«

Zur gleichen Zeit hatte er gefragt: »Reisen Sie ganz allein?«

Beide nickten und mussten erneut lachen.

»Ungewöhnlich für eine junge, hübsche Dame.«

Jung bin ich, aber hübsch? Und eine Dame?, dachte sie amüsiert.

»Ich reise gern allein. So ist es mir am liebsten.«

Hans Richter klopfte auf die Kladde in seinem Schoß. »Ich reise auch furchtbar gern. Ich liebe es, umherzufahren und mir die Landschaft anzusehen. Es inspiriert mich. Und ich liebe es, neue Menschen kennenzulernen.«

Darin sind wir uns sehr ähnlich, dachte Margarete.

»Darf ich fragen, wohin Ihre Reisen Sie führen?«, fragte sie.

»Ich war fast schon überall.« Er lachte. »Nein, das klingt zu großspurig, und falsch wäre es auch. Aber ich habe in der Tat schon viele Länder gesehen.«

»Sie sind zu beneiden«, sagte sie impulsiv. »Ich begnüge mich damit, im Königreich Württemberg umherzufahren. Es ist besser als nichts.«

»Ja, manchmal ist es besser, den Spatz in der Hand zu halten, als die Taube auf dem Dach zu bewundern, nicht wahr?«

»Allerdings.«

»Aber Sie reisen allein, Fräulein Steiff. Ich finde das beeindruckend.«

Margarete wusste nicht, ob sie sich darüber freuen sollte, ständig irgendjemanden zu beeindrucken.

Trotzdem lächelte sie, und es war, als würde dieses Lächeln eine Seite an ihr hervorbringen, die sie selbst noch gar nicht kannte. Die sich in ihr versteckt gehalten hatte, bis jemand wie dieser junge Mann ihr begegnete.

»Möchten Sie weiterschlafen, oder wollen wir uns noch ein bisschen unterhalten?«, fragte er schüchtern.

Ihre Antwort erfolgte prompt. »Eine Unterhaltung wäre schön.«

Kapitel 6

»Verraten Sie mir, was Sie schreiben?«, fragte Margarete, nachdem sie sich eine Weile über Bücher unterhalten hatten.

Sie hatte schon immer gern gelesen. Es war der Zugang zu einer anderen, fremden Welt, der ihrer Fantasie erlaubte, sich davonzustehlen. Und die Helden in den Geschichten durften Abenteuer erleben, die ihr für immer verwehrt bleiben würden.

Wie häufig war ihre Mutter ins Zimmer gekommen, wenn sie mit einem Buch dasaß und darin versunken war. Der Blick der Mutter war unschwer zu deuten: *Ich wünschte, du könntest mithelfen, anstatt faul herumzusitzen.*

Das wünschte sie selbst ja auch, aber der Wunsch allein ließ noch keine Wunder vollbringen. Die geschahen nur in Geschichten.

»Ich schreibe kleine Geschichten und Gedichte, hin und wieder auch kurze Zeitungsartikel und Essays.«

Margarete wusste nicht, was ein Essay ist, traute sich aber nicht, das zuzugeben. »Woran schreiben Sie gerade?«

»An einem Reisebericht. Ich war in Schweden. Genauer gesagt im Osten Schwedens, wo es unzählige kleine Inseln gibt.«

»Hat es Ihnen gefallen?«

»Oh ja. Es war sehr inspirierend.«

Sie hatte sich einen Schriftsteller immer anders vorgestellt, verträumter, weltfremder, abgehobener.

»Davor war ich in Frankreich, ganz unten im Süden. Ich war so kreativ wie selten zuvor.« Er lächelte. »Ich habe endlich mit meinem Roman begonnen.«

»Ein Roman, wie aufregend! Würden Sie mir mehr davon erzählen?«

Er schüttelte bedauernd den Kopf. »Tut mir leid, aber ich bin in dieser Hinsicht abergläubisch.«

»Abergläubisch? Das verstehe ich nicht.«

»Ich glaube, wenn ich zu viel verrate, fliegt meine Kreativität, meine Fantasie davon.« Er verzog das Gesicht. »Sie halten mich bestimmt für einen sonderbaren Kauz, aber ich bin da sehr eigen.«

»Das verstehe ich. Mir sagt man hin und wieder auch nach, ich wäre etwas eigen. Darf ich fragen, ob Sie vom Schreiben leben können, oder ist das zu neugierig?«

Er schien kurz nachzudenken, griff in seine Jackentasche und zog die leere Hand wieder heraus. »Es stört Sie bestimmt, wenn ich rauche, nicht wahr?«

»Um ehrlich zu sein ...«

Er winkte ab. »Ich verstehe. Um auf Ihre Frage zurückzukommen – ja, ich kann davon leben. Einigermaßen und nicht immer bequem und sorglos. Ich muss häufig das tun, was mir nicht sonderlich behagt.«

»Was zum Beispiel?«

»Zeitungsartikel über das politische Geschehen schreiben. Das ist mir ehrlich gesagt zuwider, und ich muss jedes Mal über meinen Schatten springen. Aber von irgendwas muss ich schließlich leben. Jetzt interessiert mich aber, was Sie tun, wenn Sie nicht gerade mit der Eisenbahn fahren. Woher kommen Sie, Fräulein Steiff?«

»Aus Giengen. Waren Sie schon mal dort?«

Er schüttelte den Kopf.

Margarete musste lachen. »Sie bereisen die halbe Welt und kennen Giengen nicht?«

»Ich kenne es wohl, nur war ich noch nicht dort. Lohnt es sich?«

»Oh, gewiss. Es ist ein hübsches kleines Städtchen, gelegen an der Brenz und seit Napoleon keine Reichsstadt mehr«, trug sie vor. »Es gibt eine Stadtkirche mit immerhin zwei Türmen, den Bruckersberg und eine Klingelmühle außerhalb der Stadtmauer. Oh, und eine Burgruine.«

»Sie sind aber nicht etwa die Tochter des Bürgermeisters, der Sie beauftragt hat, die Stadt überall anzupreisen?«

»Nein, ich bin nur die Tochter eines Bauwerkmeisters.«

»Aber Sie mögen Ihr Giengen.«

»Sehr. Und Sie? Woher kommen Sie?«

»Aus der Nähe von München.«

»Als Kind war ich einmal dort.«

»Seitdem nicht wieder?«

Sie schüttelte den Kopf.

»Dann müssen Sie unbedingt mal wieder hinfahren, Fräulein Steiff. Geboren und aufgewachsen bin ich im Übrigen in Augsburg.«

»Dort war ich bereits zwei-, dreimal.«

»Sie Vielgereiste.« Seine Augen blitzten schelmisch. Augsburg lag nur rund zwei Eisenbahnstunden von Giengen entfernt. »Erzählen Sie etwas von sich«, bat er mit einem Lächeln, das ihr geradewegs in den Magen fuhr.

Ach, was hatte sie schon groß zu erzählen? Interessierte er

sich wirklich für sie, oder wollte er nur höflich sein und Konversation machen?

»Ich habe eine kleine Schneiderwerkstatt.«

Er nickte. »Dann wissen Sie bestimmt auch, wie es ist, wenn man über seinen Schatten springen muss. Sie werden sicher hin und wieder Hosen auf den Tisch bekommen, die Sie am liebsten nicht mal mit spitzen Fingern anfassen möchten.«

»Und ob.«

»Sehen Sie. Arbeiten Sie allein in Ihrer Schneiderwerkstatt?«

»Bislang schon. Früher habe ich zusammen mit meinen Schwestern eine kleine Schneiderei betrieben. Aber sie haben geheiratet und sind fortgezogen.«

»Das muss ihnen furchtbar schwergefallen sein.«

Sie wusste nicht recht, was er meinte. Ob es *ihr* schwergefallen war? »Ich versteh nicht ...«

»Na, aus Giengen fortzuziehen.«

»Sie nehmen mich auf den Arm.« Sie lachte kopfschüttelnd.

»Bitte verzeihen Sie.« Zerknirscht sah er aber nicht aus. »Ich habe genau wie Sie ein loses Mundwerk und bin für meinen manchmal etwas eigenwilligen Humor bekannt.«

Und wie gut ihr dieser Humor gefiel. »Wenn Sie wüssten, wie oft ich schon mit meinem Mundwerk mit jemandem aneinandergeraten bin. Meine Mutter sieht mich dann immer strafend an und sagt: ›Das schickt sich nicht, Grete. Du solltest deine Meinung für dich behalten‹.«

»Wie langweilig wäre das Leben, wenn wir unsere Meinung immer für uns behalten würden.«

»Das finde ich auch.« Sie genoss das ungewohnte Gefühl, die Aufmerksamkeit eines fremden Mannes auf sich gezogen zu haben.

Verblüfft und ein wenig beschämt stellte sie fest, dass sie sich in seiner Aufmerksamkeit sonnte. Es musste daran liegen, dass es sich bislang immer nur um sie als kranke, hilfsbedürftige Person gehandelt hatte, niemals um den Menschen und die Frau, die sie war. Wie sie dachte und fühlte, was sie sich wünschte und wovon sie träumte.

Als ein Pfeifen erklang, das ankündigte, dass sie demnächst in den Bahnhof einfahren würden, seufzte Hans. »Wie schade. Es war nett, mit Ihnen zu plaudern.«

»Ja, es war wirklich sehr nett, Herr Richter.« Sie räusperte sich. »Ob Sie so freundlich wären und mir helfen würden?«

Natürlich musste er davon ausgehen, dass sie ihn bat, ihre Reisetasche zu tragen. »Selbstverständlich.« Er stand auf und griff danach.

»Nein, ich meinte ... Ich kann nicht aufstehen. Ich bin gelähmt.«

Für einen kurzen Moment starrte er sie an, recht ungeniert und verwirrt, dann jedoch schien er sich zu besinnen, und er errötete. »Verzeihung, ich wollte Sie nicht ... Ich wollte nur ... Ich wusste ja nicht, dass Sie nicht laufen können.«

»Woher sollten Sie das auch wissen?« Sie lächelte nachsichtig.

Seine Wangen glühten, und er blickte suchend im Abteil umher. »Ich fürchte, ich weiß nicht recht ...«

»Wenn Sie mich nach draußen tragen würden?« Sie war es gewohnt, auf fremde Hilfe angewiesen zu sein, was es nicht in jeder Situation leichter machte. Normalerweise bat sie den Schaffner. Von einem im Grunde fremden, noch dazu sympathischen jungen Mann getragen zu werden machte sie schüchtern.

»Ja, gewiss doch. Selbstverständlich.« Er nickte eifrig, schien aber nicht recht zu wissen, wie er es anstellen sollte.

Er tat Margarete leid. »Verzeihen Sie, ich rufe wohl besser den Schaffner.«

»Nein, nein.« Er schien fest entschlossen, sie aus dem Abteil zu bringen. Behutsam hob er sie hoch, wobei er vermied, ihr ins Gesicht zu sehen, und trug sie auf den Gehsteig hinaus.

Sie atmete seinen Duft ein und spürte, wie sie errötete.

»Und jetzt?« Er blickte sich um.

»Setzen Sie mich dort drüben auf die Wartebank. Mein Bruder kommt mich abholen.«

Danach lief er zurück ins Abteil, um ihre Tasche zu holen. Doch auf halbem Weg kam ihm der Schaffner entgegen, die Reisetasche in der Hand.

Hans brachte sie ihr. »Es war wirklich schön, Sie kennenzulernen, Fräulein Steiff.« Er hatte die Hand ausgestreckt, zog sie aber rasch wieder zurück. »Ich werde dann mal wieder ... Der Zug hält nur noch wenige Minuten.«

»Ich weiß.«

»Darf ich fragen, warum Sie nicht laufen können?«

»Natürlich dürfen Sie, es ist kein Geheimnis. Ich bin im Alter von zwei Jahren an Kinderlähmung erkrankt. Den Rollstuhl lasse ich bei meinen Reisen dann und wann daheim. Er ist so furchtbar sperrig.«

Er setzte seine Samtkappe auf. »Auf Wiedersehen, Fräulein Steiff. Kommen Sie gut heim.«

»Sie auch.« Sie lächelte. »Sie dürfen mir gern die Hand geben. Wenn es Sie nicht stört, dass ich Ihnen die linke gebe.«

Vorsichtig ergriff er ihre Hand und drückte sie leicht.

Ein letzter Gruß und ein Lächeln, dann war Hans Richter wieder im Zug verschwunden. Er winkte ihr zu, als der Zug losfuhr.

Eine nette Begegnung, dachte Margarete, *und ein netter junger Mann.*

Unter anderen Umständen würde sie wohl hoffen, dass sie sich wiedersähen.

Kapitel 7

Den ganzen Sommer über hatte Margarete fleißig gearbeitet.

Mittlerweile brachten auch Frauen aus der weitläufigen Nachbarschaft Kleidung zum Ausbessern. Margarete freute sich darüber, aber sie musste auch mit ihren Kräften haushalten. Abends schmerzte ihre Hand oft so, dass sie sie gar nicht mehr bewegen mochte. Dann und wann musste sie einen Auftrag ablehnen, weil sie nicht hinterherkam. Doch die Kundschaft war geduldig und kam einfach ein paar Tage später.

Während Margarete am Tisch saß und nähte, konnte sie wunderbar nachdenken. Sie dachte auch manchmal an die Begegnung mit Hans Richter. Doch mit der Zeit verblasste die Erinnerung, und als der Sommer in den Herbst überging, hatte sie ihn beinahe vergessen. Die Begegnung kam ihr wie ein Tagtraum vor, nicht unwahrscheinlich, dass sie sich alles nur eingebildet hatte. Darin war sie ja ausnehmend gut. Margarete, deren Fantasie unerschöpflich war, die sich immerzu die verrücktesten Geschichten ausdenken konnte. Da hatte sie sich prompt einen hübschen Burschen ersponnen, den sie im Zug kennengelernt hatte und der in ihr endlich nicht nur die arme behinderte junge Frau sah, der man Hilfe anbieten musste.

An diesem späten Nachmittag hatte Margarete sich vors Haus tragen lassen. Das Wetter war zu schön, um im stickigen Zimmer zu bleiben. Arbeiten konnte sie auch wunderbar an der frischen Luft.

Ein Schmetterling flog trudelnd hin und her, offenbar auf der Suche nach duftenden Blütenkelchen.

»Du Armer«, sagte sie zu ihm. »Du kommst zu spät, fürchte ich.«

Die Näharbeit, die in ihrem Schoß lag – mehrere Hemden von Arno Krug, an denen die Knöpfe fehlten –, machte sie schläfrig. Sie ignorierte das leichte Ziehen in der rechten Hand, das sich immer dann bemerkbar machte, wenn sie sie viel bewegt hatte. Mitunter waren die Schmerzen übel, meistens aber recht gut auszuhalten. Sie hatte gelernt, auch damit umzugehen, und meistens benutzte sie ohnehin hauptsächlich die linke Hand.

Margarete blickte in den Himmel. Hoffentlich würde es bald Regen geben, auch wenn es für die Ernte bereits zu spät wäre. Der Boden war viel zu trocken, das Getreide mickrig, krumm und windschief.

Das Brot wird teuer werden, dachte Margarete, lehnte sich zurück und schloss die Augen. *Nur ein paar Minuten den Arm schonen.*

»Grüß Gott, Grete!«, rief jemand, und sie fuhr zusammen.

Ihre Nachbarin Bruni Köhler war aus dem Haus schräg gegenüber gekommen und klopfte die Fußmatte an der niedrigen Mauer aus.

Es staubte ordentlich, und sie hustete.

»Grüß Sie Gott, Frau Köhler!«

»Ich bring dir morgen zwei Paar Hosen!«

»Ist recht!«

Die Nachbarin verschwand im Haus, und Margarete widmete sich wieder dem Hemd in ihrem Schoß.

Nach dem Abendbrot fuhr sie in die Wohnstube und nahm die Zither aus dem Koffer. Etwas lustlos zupfte sie eine Melodie, konnte sich aber nicht recht konzentrieren.

Ihre Mutter kam herein und sah sie verwundert an. »Ich dachte, du seiest müde und wolltest gleich schlafen gehen?«

»Ich will ein bisschen musizieren, um rascher in den Schlaf zu finden.« Ihr fiel ein Lied ein, das sie lange nicht gespielt hatte, und zupfte die ersten Töne.

Ihre Mutter lächelte beglückt – eine äußerst seltene Regung – und summte mit.

Margarete wagte nicht, ihr einen aufmunternden Blick zuzuwerfen, ruhig lauter zu singen. Sie hatte eine schöne helle und klare Stimme, und sie sang leidenschaftlich gern. Am liebsten in der Kirche, dann war sie kaum zu bremsen. Margarete dagegen sang lieber in den eigenen vier Wänden, hier fühlte sie sich ungestört und musste nicht erröten, wenn ihr ein schiefer Ton herausgerutscht war.

»Lass uns *Muss i denn zum Städtele hinaus* singen«, schlug ihre Mutter vor und setzte an.

Die beiden sangen aus voller Kehle, das Fenster war geöffnet. Wahrscheinlich waren sie in der ganzen Ledergasse zu hören.

»Und jetzt *Kein schöner Land.*« Ihre Mutter gab wieder den Ton vor, die Wangen rosig, die Augen glänzend.

Margarete wünschte, sie könnte sie häufiger so glücklich erleben.

Danach sangen sie *Weißt du, wie viel Sternlein stehen*, und bei *Weißt du, wie viel Wolken gehen* begann draußen der Wind aufzufrischen. Beide schauten zum Fenster.

»Hoffentlich wird's regnen.« Ihre Mutter war zum Fenster gegangen und blickte in den Himmel.

Margarete stellte sich neben sie, und tatsächlich klatschten die ersten dicken Tropfen auf das Pflaster. »Gott sei Dank!«

»Du solltest den Namen des Herrn nicht in dieser Form missbrauchen, Grete.« Es klang tadelnd. Sobald der Herrgott ins Spiel kam, war der Spaß für Maria Steiff vorbei. Sie war der Meinung, Freude und fröhliche Muße stünden einem nicht gut zu Gesicht, dafür hatte der liebe Gott sie nicht gemacht.

Margarete war sicher, dass das Unsinn war. Der Herrgott erfreute sich an jedem, der lachte und heiter war. Warum auch nicht? Das Leben war schon schwer genug.

»Ich missbrauche seinen Namen nicht, ich bedanke mich, dass er uns Regen schickt.«

Ihre Mutter schaute sie missbilligend an, die Stirn gerunzelt.

In diesem Moment schlug ein Fensterladen an die Hauswand, und beide fuhren erschrocken zusammen.

»Da hast du's, Grete«, flüsterte ihre Mutter und erschauderte.

»Das war doch nur der Wind«, sagte Margarete mit unbewegter Miene. »Der Regen kommt viel zu spät, schade. Dem Getreide wird er nichts mehr nützen.«

Die ganze Nacht über goss es wie aus Kübeln, und der Wind frischte mehr und mehr auf, bis er zu einem wütenden Sturm wurde. Irgendwo hatte er etwas losgerissen, ein Stück Blech vielleicht, das scheppernd umherflog.

Margarete lag hellwach in ihrem Bett und lauschte dem Unwetter. Sie fürchtete sich nicht, sie sorgte sich nur um die armen Tiere, die draußen auf den Weiden standen und sich ängstlich aneinanderdrückten. All die streunenden Katzen, die des Nachts unterwegs waren, und die Singvögel, die in den Bäumen oder den efeubewachsenen Hauswänden hockten. Im Frühsommer fand man häufig ein Vogelküken, das aus dem Nest geplumpst war, wenn der Wind allzu kräftig am Ast gerüttelt hatte. Vor drei Jahren hatte ein abgemagertes rot gestreiftes Kätzchen vor der Haustür gesessen, triefnass, das Fell struppig, die Ohren zerbissen und die Augen verklebt. Margarete hatte es hochgehoben und in ihren Schoß gesetzt, sein Fell trocken gerieben, die Augen gesäubert und ihm ein Schälchen frische Milch mit einem getränkten Brotkanten darin hingestellt. Seitdem war das Tier ihr treu ergeben.

Ob es wohl irgendwo dort draußen umherstreunte, klatschnass und verängstigt? Oder hatte es einen Unterschlupf gefunden?

Margarete schloss die Augen. Sie sollte endlich schlafen, sonst würde sie morgen an der Nähmaschine einnicken.

Sie begann, Schafe zu zählen. »Acht Schäfchen, neun, zehn ... Nicht so störrisch, du Elftes ... Zwölf, dreizehn ... und hopp – über den Zaun ...« Sie musste lachen. »So wird das nichts, Grete. Aus allem musst du eine Geschichte machen.«

Beim achtundvierzigsten Schaf schlief sie endlich ein.

In der Nacht öffnete der Himmel seine Schleusen, und es begann, sintflutartig zu regnen. Die Tropfen prasselten an die Fensterscheibe und weckten Margarete auf.

Bis zum Morgengrauen lag sie hellwach im Bett.

Als ihre Mutter kam, um ihr beim Aufstehen behilflich zu sein, dröhnte ihr Kopf, als sei sie damit aufs Pflaster geschlagen. In ihrem Magen rumorte es.

»Heute kein Frühstück, Mama. Ich bekomme nichts hinunter.«

»Wirst du krank?«

»Vielleicht hab ich mir eine Influenza eingefangen.«

»Das fehlte noch.«

Margarete wusch sich und zog sich mit ihrer Hilfe an und fuhr anschließend ins Nähzimmer. Sie öffnete den Fensterflügel und atmete die frische Luft ein.

Kurz darauf klopfte es, und Frau Dörfler kam herein, einen Packen Kleider im Arm. »Grüß Gott, Grete. Habt ihr das Unwetter gut überstanden?«

Margarete nickte. Ihr Kopf fühlte sich an wie ein prall aufgeblasener Ballon.

»Der Regen hat mir die Kohlköpfe weggeschwemmt. Ein heilloses Durcheinander, sag ich dir.«

»Ach herrje.«

Es klopfte erneut, und Frau Kofler trat ein. »Grüß euch Gott. Mir hat's den ganzen Kohl weggespült«, klagte sie kopfschüttelnd.

»Genau wie mir.«

Die beiden Frauen sahen sich mitfühlend an. Manchmal war geteiltes Leid doch halbes Leid.

Nachbarschaftshilfe wurde ohnehin großgeschrieben in Giengen, man konnte sich jederzeit aufeinander verlassen. Anders ging es auch gar nicht, man war aufeinander angewiesen.

Isolde Kofler legte zwei Jungenhosen und ein niedliches rot kariertes Kleidchen neben den Kleiderpacken. »Bis wann könntest du das schaffen, Grete?«

Margarete nahm die Kleidungsstücke und betrachtete sie genauer. »Bis übermorgen sollte ich das hinbekommen.«

»Und das hier?« Bertha Dörfler zeigte auf den Stapel, den sie mitgebracht hatte.

»Drei, eher vier Tage werde ich wohl brauchen. Wenn das recht ist?«

»Aber sicher. Hast du mal überlegt, nicht nur auszubessern, sondern selbst etwas zu nähen?«

Natürlich hatte Margarete bereits darüber nachgedacht, den Gedanken jedoch immer wieder verworfen, weil anderes, Wichtigeres anstand. Für ihr Leben gern würde sie Kinderkleidung nähen. Im Geiste hatte sie sich schon oft vor einer Kleiderpuppe sitzen sehen, Stecknadeln im Mund und Stoffbahnen vor sich auf dem Tisch.

»Ja«, sagte sie mit einem bedauernden Seufzen. »Wer weiß, vielleicht werde ich die Idee irgendwann wieder aufgreifen.«

Als die beiden Frauen gegangen waren, brauchte Margarete eine Weile, um sich wieder auf die Arbeit zu besinnen.

Kinderkleidung. Ach, das wäre fein.

Irgendwann. Vielleicht.

Kapitel 8

Doch es sollten noch ein paar Monate vergehen, bis Margarete wieder daran erinnert wurde.

Fritz' Frau Anna hatte einen Sohn zur Welt gebracht, der den Namen Paul bekam. Als man Margarete das schlummernde Kind das erste Mal in den Arm legte, verschlug es ihr die Sprache.

Was bislang nur selten vorgekommen war. Sie betrachtete das kleine rosige Gesicht, die durchschimmernden Augenlider, die zarte Haut. Gab es etwas Schöneres auf der Welt, als einem Kind das Leben zu schenken? Gab es eine wertvollere Aufgabe, als es aufzuziehen?

Plötzlich hatte sie ein Bild vor Augen: Paul, nun größer, auf stämmigen kleinen Beinchen, der lachend und wild umhertollte. In Hose und Hemd, die sie gefertigt hatte.

Wenige Tage später begann sie, die ersten Kindersachen aus Wollfilz zu schneidern. Sie verstand sich recht gut auf das Filzen, auch wenn es ihr schwerfiel, die nasse aufgequollene Wolle auszudrücken und zusammenzupressen. Vielleicht sollte sie jemanden einstellen, die ihr behilflich sein könnte?

Ein verblüffender Gedanke, der sich da in ihren Kopf geschlichen hatte. Aber warum eigentlich nicht?

Einige Tage darauf hängte Margarete zwei niedliche Mädchenkleider auf Bügeln an das Regal neben dem Fenster.

Sie hatte sie am Abend zuvor fertig genäht.

Sie fuhr zum Arbeitstisch und betrachtete die Kleidchen von hier aus. *Hübsch, sehr hübsch,* dachte sie mit Stolz. *Sie sind mir gut gelungen. Mit etwas Hilfe könnte ich jede Woche mindestens eins schaffen.*

Margarete lächelte in sich hinein, weil der Gedanke sie nicht loslassen wollte. Aber hatte sie das wirklich geglaubt?

Es klopfte, und Frau Stahlmann trat ein. »Grüß Gott, Grete. Oh, was für entzückende Kleidchen!« Auf den ersten Blick hatte sie sie gesehen.

So war es von Margarete gedacht. Die Kundinnen sollten sie gleich beim Hereinkommen entdecken.

»Das würde ich zu gern meiner Anni kaufen. Ist es erschwinglich, Grete?« Adele Stahlmann stand vor den Kleidchen, den Kopf zur Seite geneigt, ein Leuchten in den Augen.

»Ich würde einen Freundschaftspreis machen.«

»Du sollst schon das bekommen, was deine Arbeit wert ist.« Frau Stahlmann zog ein paar Münzen aus der Rocktasche und legte sie auf den Tisch. »Genügt das?«

Margarete nickte, ohne groß darüber nachzudenken. Wenn sie ehrlich war, dann hatte sie sich noch gar keinen angemessenen Preis überlegt. Das Kleidchen wäre ja auch so etwas wie Werbung für sie und ihr Schneiderlädchen.

Mit seligem Blick und dem Kleidchen im Arm ging Adele Stahlmann wieder, und Margarete fällte einen Entschluss:

Sie würde noch heute beginnen, sich nach einer Frau umzuhören, die ihr zur Hand gehen konnte.

Sie fand sie nur ein paar Tage später in Martha, der Tochter von Gerber Uhlig. »Mein Vater sagt, entweder ich heirate endlich, oder ich verdiene etwas dazu. Er hätte mich lange genug durchgefüttert. Ich möchte gerne für Sie arbeiten, Fräulein Steiff.«

»Dann wollen wir's miteinander versuchen. Aber eins will ich gleich klarstellen: Kein förmliches Sie und Fräulein Steiff.« Margarete streckte die linke Hand aus. »Ich heiße Margarete, und meine Linke ist keine Unhöflichkeit, sondern ein notwendiges Übel.«

Marthas Lächeln war offen und freundlich. Sie war ein hübsches Ding mit wasserblauen Augen und dunkelblondem Haar, und Margarete fragte sich, ob es wohl keinen Heiratskandidaten gab.

Nachdem sie ein paar Stunden beieinandergesessen und still vor sich hin gearbeitet hatten, stellte Margarete die Frage.

»Kandidaten gibt's schon, aber es ist keiner dabei, der mir gefällt. Ich weiß, was du jetzt denkst. Dass man sich nun mal verheiratet und die Liebe schon noch irgendwann kommt. Das glaube ich aber nicht. Dass die Liebe schon von allein kommt, meine ich. Ich wäre kreuzunglücklich, wenn ich einen Mann heiraten müsste, der …« Martha verstummte und senkte den Blick auf die Näharbeit in ihrem Schoß.

»Für den du nichts übrig hast.« Margarete nickte verständnisvoll. »Das ginge mir genauso. Meine Mutter hat die Hoffnung nie aufgegeben, dass eines schönen Tages ein netter und bitte auch wohlhabender Bursche des Weges kommt und mich vom Fleck weg zur Frau nehmen will.« Sie zeigte auf den Rollstuhl. »Kannst du dir vorstellen, dass es einen Mann gibt, der eine Frau will, die in diesem Gefährt sitzen muss?«

»Es scheint, als mache es dir aber gar nichts aus.«

»Ich habe mich an den Gedanken gewöhnt, genau wie ich mich an mein Gefährt gewöhnt habe. Weil es mich ein klein wenig unabhängiger macht.«

»Das verstehe ich gut, Margarete.«

Die beiden tauschten einen Blick, und Margarete wusste in diesem Augenblick, dass sie die richtige Entscheidung getroffen hatte.

Martha arbeitete flink und zuverlässig und konnte genauso gut schweigen wie anregend plaudern. Margarete war froh, sie zu beschäftigen, nicht nur, weil sie so mehr Näharbeiten annehmen und sich auch eigenen Entwürfen widmen konnte.

Draußen wehte ein lauer Wind, und Margarete schaute sehnsüchtig aus dem Fenster. Sie liebte das Farbspiel jeder Jahreszeit; den Frühling, wenn die Natur in ein besonderes zartes Grün gehüllt wurde, den Sommer, wenn alles kunterbunt war, den Herbst mit seinen leuchtenden Gelb- und Rottönen und auch den Winter, wenn sich die Natur schlafen legte und es ruhig wurde.

Es klopfte.

»Hoffentlich ist das noch nicht die Burger Hiltrud«, raunte Martha. »Das Hemd ihres Mannes ist noch nicht fertig. Sie hat's doch gestern Nachmittag erst gebracht.«

Und ordentlich Dampf gemacht. Als hätten sie sonst nichts zu tun, als die Hemdsärmel von Gunther Burger zu flicken, die wieder mal durchgescheuert waren.

Doch es war Margaretes Bruder, der hereinkam, die Wangen gerötet, das Haar zerzaust. Er würde eines Tages das Baugeschäft des Vaters übernehmen, arbeitete schon jetzt fleißig mit und war für den Vater längst unverzichtbar geworden.

»Fritz.« Margarete blickte erfreut auf. »Ist was passiert? Du siehst so erhitzt aus.«

Er trat näher und senkte die Stimme. »Die Anna erwartet wieder ein Kind.« Er deutete auf das Kleidchen auf dem Tisch. »Und vielleicht wird's diesmal ja ein Mädel.«

»Ich hab der Mutter einen ganzen Stall voller Enkelsöhne versprochen«, sagte Margarete trocken.

»Ein Mädel könnte später irgendwann in deiner Schneiderei mitarbeiten«, meinte er mit einem Augenzwinkern.

»Und ein Bub könnte das Geschäftliche regeln«, erwiderte sie ebenfalls mit einem Zwinkern. »Bis dahin wäre die Schneiderei selbstverständlich ungeheuer gewachsen, eine richtig große Firma nämlich.«

»Wer sagt, dass es nicht so kommen wird?«

Sie lachte. »Ja, wer weiß, was das Leben noch bringt.«

»Ich möchte nicht in die Zukunft schauen können. Du etwa?«

»Nein«, schwindelte sie. Sie würde gelegentlich zu gern in die Zukunft blicken können.

»Ich schon.« Martha seufzte und ließ für einen Augenblick ihre Arbeit sinken.

»Was erhoffst du dir zu sehen?«, fragte Margarete interessiert und massierte ihre Hand, die wie üblich nach mehreren Stunden Arbeit schmerzte.

»Na, meine Zukunft.« Martha grinste. »Nein, ich weiß schon, was du meinst. Vielleicht sähe ich ja doch einen hübschen Burschen, der mir gefallen könnte.« Als hätte sie erst jetzt bemerkt, dass Fritz im Zimmer war, errötete sie, räusperte sich und nahm hastig ihre Näharbeit wieder auf.

Fritz warf Margarete einen belustigten Blick zu. »Ich muss weiter. Ich will's gleich den Eltern sagen.«

»Grüß mir die Anna«, gab Margarete ihm noch mit auf den Weg, bevor auch sie sich wieder ihrer Arbeit widmete.

Margarete hatte Martha pünktlich heimgeschickt und saß gedankenversunken am Tisch, vor sich ein längliches Stück Stoff, das sie umsäumen wollte.

Es klopfte, und ihre Mutter trat ein. »Besuch, Grete.« Wieso schaute sie so seltsam?

Margarete seufzte. »Ich wollte eigentlich gerade ...«

»Keine Kundschaft, Grete.«

»Sondern?«

Maria trat näher. »Ein junger Mann.«

»Aha, und was möchte er?«

»Er ist deinetwegen da.«

Sie verstand gar nichts mehr. Ihre Mutter sprach in Rätseln. »Er sagt, sein Name sei Hans Richter. Kennst du einen Mann mit diesem Namen, Grete? Und wenn ja, wieso hast du nicht ...«

Margarete war vor Schreck zusammengezuckt. Hans Richter!

»Grete?« Ihre Mutter sah sie fragend an. »Wer ist dieser Mann?«

»Wir ... sind uns im Zug begegnet. Auf der Heimfahrt aus Schwäbisch Gmünd.« Sie war verwirrt. Er kam einfach unangekündigt hierher?

»Und wieso hast du uns nichts davon erzählt?«

»Weil es unwichtig war. Wieso sollte ich von jeder Begegnung erzählen, die ...«

»Du weißt genau, was ich meine.«

Margarete hielt ihrem bohrenden Blick stand, bis ihre Mutter sich schließlich mit einem Kopfschütteln abwandte und zur Tür ging. »Ich werde deinem Vater sagen, dass er ihn wegschicken soll.«

»Wegschicken? Ganz sicher nicht, Mutter.« Margarete löste die Bremse und folgte ihr rasch.

»Das hast du nicht zu entscheiden.«

»Wenn er gekommen ist, um mich zu besuchen, kann ich das sehr wohl entscheiden«, erklärte sie bestimmt. »Bitte ihn rauf, Mutter.«

»Das werde ich ganz bestimmt nicht tun, Grete! Glaubst du, wir lassen euch hier allein?«

Margarete verdrehte die Augen. »Ach, du glaubst, ich würde mit ihm aus dem Fenster klettern und mich davonstehlen?«

»Hüte deine lose Zunge, Grete!«, zischte die Mutter.

Margarete wollte sich entschuldigen, brachte es aber nicht über sich. Dazu war sie zu verärgert. Sie war kein Kind mehr, zum Kuckuck, sie war eine erwachsene Frau! Mit einem eigenen Leben, selbst wenn das im Haus der Eltern stattfand.

»Würdest du dann bitte Vater Bescheid geben, dass er mich nach unten trägt?« Sie ließ es versöhnlich klingen und hoffte, dass ihre Mutter es auch so aufnahm.

»Schön, wie du meinst«, murrte die und ging hinaus.

Margarete griff mit der Hand in ihr Haar und strich darüber. Sie zupfte am Kragen ihres Kleides. Sie hatte am Morgen nach dem erstbesten Kleid gegriffen. Wie hatte sie auch ahnen können, dass Hans kommen würde? Wie hätte sie ahnen können, dass er *überhaupt* kommen würde? Sie war sicher gewesen, dass er sie längst vergessen hatte.

Mit großen Schritten kam Friedrich Steiff hereingestürmt, hob die Tür dabei fast aus den Angeln. »Warum hast du uns verschwiegen, dass du einen Mann kennengelernt hast?«

»Ich hab's nicht verschwiegen, ich hab euch nur nichts davon erzählt.«

»Das ist dasselbe, Herrgott«, raunte er.

»Es war eine nette Begegnung, weiter nichts, Vater. Warum nur macht ihr eine so große Sache daraus?«

»Warum?« Er schnaubte. »Weil deine Mutter hofft, dass sich doch noch jemand finden könnte. Darum.«

»Und du? Was hoffst du?«

»Frag mich nicht solche Sachen, Grete. Du wirst keine Antwort bekommen, die dich zufriedenstellt«, brummte er und hob sie aus dem Rollstuhl.

»Doch«, raunte sie ihm ins Ohr, während sie das Zimmer verließen. »Du wagst nur nicht, sie mir zu geben.«

Er sah sie flüchtig an, verwirrt und ein wenig betreten. »Was du immer denkst.«

»Die Begegnung hatte keinerlei Bedeutung.«

Für ihre Eltern würde es zweifellos ohne Bedeutung sein und auch bleiben, weil Hans und sie keine Zukunft hatten, nie haben würden.

»Und wieso kommt er dann hierher, Grete?«

»Weil ... wir uns sympathisch waren.«

»Sympathisch.« Friedrich schnaubte.

Er trug sie die Holztreppe nach unten, die Stufen knarzten unter seinen Schritten. Er sagte kein Wort mehr.

Margarete war nervös. Sollte sie offen ihre Freude zeigen, darüber, dass Hans gekommen war? Oder glaubte er dann, sie hätte insgeheim darauf gehofft? »Unsinn«, murmelte sie.

»Was?«

»Nichts, Vater. Einen Augenblick«, flüsterte sie unten an der Stubentür, und er blieb stehen.

Die Stimme ihrer Mutter war zu hören, bestimmt fragte sie den armen Hans gründlich aus.

»Können wir dann jetzt?«, fragte ihr Vater und trat von einem Bein aufs andere.

Sie holte tief Luft und nickte.

Er setzte sie in den Rollstuhl, der in der Diele stand, und schob sie in die Stube.

Kurz darauf saßen sie zu viert in der kärglich eingerichteten Stube, in der es immer zugig und kühl war; ihre Eltern nebeneinander auf dem Sofa, Hans auf dem Stuhl neben der Tür, Margaretes Rollstuhl stand mitten im Zimmer.

»Ich hoffe, Sie verzeihen mir, dass ich hier so hereingeschneit bin. Ohne mich anzukündigen«, sagte Hans und warf ihr einen Blick zu. »Ich bin auf der Durchreise und dachte, ich statte Ihnen einen kurzen Besuch ab.«

»Das freut mich«, sagte Margarete und vermied es, ihre Eltern anzusehen. Die beiden freuten sich gewiss nicht.

Sie hätten es getan, wenn er vorhätte, Margarete zu ehelichen und ihr ein angenehmes Leben zu ermöglichen.

Maria räusperte sich. »Kann ich Ihnen was anbieten, Herr …?« Hatte sie wirklich seinen Namen vergessen?

»Richter.«

»Richtig, Herr Richter.«

»Nein, vielen Dank, nur keine Umstände.«

Ein betretenes unbehagliches Schweigen entstand, und Margarete suchte fieberhaft nach einem passenden Gesprächsthema, an dem auch ihre Eltern sich beteiligen konnten. All die ungestellten Fragen schwebten durch den Raum.

»Möchten Sie meine kleine Schneiderei sehen?«, fragte Margarete schließlich ein wenig verzweifelt, und Hans schoss so schnell von seinem Stuhl hoch, dass sie befürchtete, er könnte umkippen.

»Sehr gerne. Ich bin wirklich neugierig auf Ihr Schneiderstübchen, Fräulein Steiff. Sie erlauben doch?« Er sah ihre Eltern fragend an.

Ihr Vater nickte, während ihre Mutter ihn nur anstarrte.

Wenn sie wüsste, dass er mit Schreiben sein Geld verdient.

Ob sie darauf bestehen würde, mit nach oben zu kommen? Als Anstandsdame sozusagen?

Hoffentlich nicht, betete Margarete und war froh, weil ihre

Mutter nicht wusste, dass sie den Namen des Herrn schon wieder missbrauchte, indem sie sich etwas so Albernes wünschte.

»Vater? Bist du so gut und bringst mich wieder nach oben? Du kannst selbstverständlich dabeibleiben, wenn du darauf bestehst.« Das konnte sie sich nicht verkneifen.

Kapitel 9

»Sie haben gut zu tun, sagten Sie?«, fragte Hans kurz darauf, nachdem er sich im Zimmer umgeschaut und sie ein wenig erzählt hatte.

»Sehr gut. Wir kommen mit der Arbeit kaum nach.«

Ihm war anzusehen, dass ihm etwas unter den Nägeln brannte. »Es tut mir leid, wahrscheinlich war es sehr dumm, einfach so herzukommen. Ich hätte mich ankündigen sollen.«

»Das hätten Sie.« Margarete lächelte. »Aber ich freue mich, dass Sie da sind.«

»Ihre Eltern vermutlich nicht.« Er zupfte an seinem Schnauzbart und ging ein paar Schritte umher. Nach einem Räuspern drehte er sich zu ihr um. »Es ist wohl am besten, wenn ich gleich etwas klarstelle, Fräulein Steiff.«

Sie ahnte, was nun kam.

»Ich hoffe, Sie glauben nicht ... Sie erwarten nicht, dass ich ... nun, dass ich hier bin, weil ich ... weil ich Sie ...«, stammelte er und verstummte mit einem Kopfschütteln. »Sie sehen, ich bin lausig in diesen Dingen. Ich kann mich schriftlich ausdrücken, weil ich dann ausreichend Zeit habe, mir jedes Wort zu überlegen.« Kerzengerade stand er da, die Kappe in der Hand. »Ich bin hier, weil ich unsere Begegnung, unser Gespräch sehr nett fand. Es war wohltuend, jemanden wie Sie kennenzulernen. Sie sind der erste Mensch, der mir keine albernen Fragen stellt, der mich nicht auslacht, weil ich einen Roman schreiben will … Es war so angenehm, mit Ihnen zu plaudern. Ich habe mich sehr wohlgefühlt, das ist es, was ich Ihnen sagen wollte.« Er hob die Hand, als sei ihm noch etwas eingefallen. »Und was ich außerdem sagen will, ist, dass ich nicht auf der Suche nach einer Frau bin«, schloss er.

»Gut.« Mehr sagte sie nicht.

Hans sah sie verblüfft an. »Gut? Ich hatte befürchtet, Sie hätten sich vielleicht Hoffnungen gemacht.«

»Ich nicht, aber meine Eltern.«

»Ach herrje.« Er seufzte kopfschüttelnd. »Das hätte ich auch bedenken sollen.«

»Machen Sie sich nichts draus, Herr Richter. Ich dachte, meine Eltern hätten die Hoffnung bereits aufgegeben, dass mich doch noch jemand heiraten will. Deshalb habe ich auch nichts von unserer Begegnung erzählt.«

Er deutete zur Tür. »Ob sie dort stehen und lauschen?«

»Ausgeschlossen ist es nicht.« Es war ein Wunder, dass ihr Vater gleich wieder gegangen war. Wahrscheinlich hatte die Mutter ihm unten in der Stube eine ordentliche Szene gemacht.

»Was halten Sie davon, wenn wir uns unten vors Haus setzen, Herr Richter? Das Wetter ist so schön.«

»Oh ja, gewiss doch.« Er warf einen Blick zur Tür. »Werden Ihre Eltern es erlauben?«

»Dass ich das Haus verlasse?« Sie lachte auf. »Das wäre ja noch schöner, wenn ich um Erlaubnis fragen müsste.«

»Sie sind recht selbstbewusst.«

»Das habe ich mir mühsam angeeignet.« Allzu mühsam war es allerdings nicht gewesen. »Würden Sie mich nach unten tragen?«

Er sah ganz unglücklich aus. »Ihr Vater wird mir die Leviten lesen.«

»Keine Sorge, das wird er nicht. Er ist gelegentlich recht brummig, aber im Grunde ein herzensguter Mensch.«

»Wie Sie meinen.« Er öffnete die Tür und raunte: »Es ist niemand hier.« Dann hob er sie vom Stuhl und trug sie die Treppe hinunter bis zum Rollstuhl, der in der Diele stand.

Die Stubentür flog auf, und ihre Mutter kam heraus. »Möchte Herr Richter schon gehen?«

»Nein, wir wollen uns nur ein bisschen nach draußen setzen.«

Maria wollte etwas entgegnen, ließ es aber bleiben, was Margarete sehr verwunderte.

Hans schob sie aus der Haustür, an der ihr Vater eine Holzrampe befestigt hatte, sodass sie nicht jedes Mal getragen werden musste, wenn sie das Haus verließ.

»Wir können uns dort drüben auf die Mauer setzen«, schlug sie vor. »Ich meine, Sie setzen sich und schieben den Rollstuhl daneben.«

»Ich hoffe, Sie halten mich nicht für einen ungehobelten Klotz«, sagte er, nachdem er Platz genommen und die Beine ausgestreckt hatte.

»Ich?«

»Ja, Sie.«

»Warum sollte ich?«

»Ich hätte schreiben, mich ankündigen müssen. Stattdessen platze ich einfach so hier herein …«

»Nun vergessen Sie mal für einen Moment Ihr schlechtes Gewissen, Herr Richter. Erzählen Sie mir lieber, woran Sie gerade schreiben.«

Er seufzte. »Schön wär's, wenn ich etwas zu erzählen hätte,

Fräulein Steiff. Aber ich sitze Tag für Tag vor dem leeren Papier und zermartere mir das Hirn.«

»Sie Armer.«

»Ich hoffe, hier etwas Inspiration zu finden.«

»In Giengen?«

»Das auch.« Er räusperte sich. »Ich sprach vielmehr von Ihnen, wenn ich so frei sein darf.«

»Von mir? Ich verstehe nicht ...«

»Unsere Begegnung hat mich inspiriert.«

»Tatsächlich?« In der Gasse spielten Kinder mit einem Ball, und sie winkte ihnen zu. »Mögen Sie Kinder, Herr Richter?«

»Wenn ich ehrlich sein darf – nein, nicht besonders. Ich weiß nicht, was ich mit ihnen anfangen soll.«

Margarete verstand nicht, wie man Kinder nicht mögen konnte, und in diesem Augenblick war sie zutiefst erleichtert, dass aus ihr und Hans Richter nichts werden würde.

»Wissen Sie, wie meine Mutter mich nennt: weltfremd«, sagte er, nachdem sie wieder eine Zeit lang geschwiegen hatten. »Ich würde häufig einfach etwas tun, was mir in den Sinn kommt, ohne mich zu fragen, ob es vernünftig ist.«

»Man kann nicht immer vernünftig sein.«

»Oh, das sieht meine Mutter aber anders.«

Sie musste wieder lachen. »Wir sind doch alle hin und wieder unvernünftig, Herr Richter.«

»Hans, bitte. Darf ich Sie Margarete nennen? Nur, wenn wir allein sind. Wenn Ihre Eltern dabei sind, sage ich brav Fräulein Steiff. Einverstanden?«

»Absolut.«

»Haben Sie sich noch gar nicht gefragt, wie ich Sie ausfindig gemacht habe? Schließlich kannte ich nur Ihren Namen und die Stadt, in der Sie wohnen.«

»Sie sind kein Dummkopf, Sie werden sich durchgefragt haben.«

»So ist es.« Er lachte. »Und es hat einen Riesenspaß gemacht, kann ich Ihnen sagen. Ich habe mich gefühlt wie in einer Abenteuergeschichte. Sie sind bekannt in Giengen, Margarete. ›Ach, Sie meinen die Grete aus der Ledergasse‹, bekam ich überall zu hören.«

Es war ihr ein wenig unangenehm, und sie hatte das Bedürfnis, es zu erklären. »Seit ich die Nähmaschine habe, kennt man mich.«

»Ich bleibe übrigens eine Nacht. Ich habe ein Zimmer drüben im Gasthof. Ich könnte Sie morgen abholen, und wir machen einen kleinen Ausflug.« Er räusperte sich verlegen. »Ähm, ich ... Werde ich Sie tragen müssen?« Bevor sie antworten konnte, hob er rasch die Hand. »Nicht dass Sie jetzt denken, es würde mir zu viel werden. Nein, oh nein, wirklich nicht. Ich weiß nur immer gern, was mich erwartet.«

»Wir haben einen kleinen Handkarren. Darin haben mich früher meine Geschwister immer umhergefahren, und dabei ist es geblieben. Er ist viel praktischer als der Rollstuhl, der nur schwer über das Kopfsteinpflaster will.«

»Ein Handkarren.« Hans sah erleichtert aus. »Wie ungemein findig.« Dann wurde er ernst. »Ich brauche wirklich etwas Inspiration, Margarete. Es geht nicht voran. Ich stecke mitten in einer Krise.«

»Geht das nicht jedem Schriftsteller dann und wann so?«

Er seufzte. Dann schien ihm noch etwas einzufallen. »Ach herrje, ich weiß ja gar nicht, ob Sie morgen überhaupt Zeit haben. Sie sind eine viel beschäftigte Frau, die ihr eigenes Geld verdient, und da komme ich angeschneit und ...«

»Ich würde Ihnen furchtbar gern die Gegend zeigen, Hans.«

Dafür war sie bereit, alles über den Haufen zu werfen – die Kundinnen vertrösten, Martha für den Tag darauf bestellen, ihre Eltern anschwindeln.

Er sah sie erfreut an. »Dann lässt Ihre Zeit das zu?«

Margarete nickte.

»Fein. Ach, das freut mich aber.« Er lächelte sie an, doch das Lächeln verblasste gleich wieder. »Ihre Eltern werden wohl kaum einverstanden sein.«

»Nein, vermutlich nicht. Aber das sollte uns nicht kümmern.« Mit einem Mal kam sie sich ganz verwegen vor.

»Dann hole ich Sie nach dem Mittagessen ab, damit wir genug Zeit haben.«

Kapitel 10

Margarete freute sich auf den Ausflug.

Nach dem Mittagessen bat sie ihren Vater, sie nach draußen zu bringen, sobald sie das Geschirr abgetrocknet hatte.

»Hast du nichts zu schaffen?«, fragte er überrascht.

»Das meiste ist erledigt. Und den Rest hab ich auf morgen verschoben. Ich möchte Herrn Richter unser schönes Giengen zeigen.«

Ihre Mutter stand am Spülstein, die Blusenärmel bis zum Ellbogen hochgekrempelt. »Wie bitte? Ich höre ja wohl nicht recht.«

Am Abend zuvor, als sie hellwach im Bett lag, hatte sie sich eine Geschichte überlegt, die sie ihren Eltern präsentieren wollte. Nun jedoch beschloss sie, ehrlich zu sein. Sie hatte nichts zu verbergen, auch wenn sie etwas zu tun gedachte, was ihren Eltern nicht recht sein würde.

Ihre Mutter ließ den Teller los, den sie spülen wollte, und wedelte mit der triefnassen Hand. »Verrenn dich da nicht in irgendwas. Dieser Herr Richter ist ganz gewiss nicht gekommen, um bei deinem Vater um deine Hand anzuhalten. Er wird hier sein, weil er ... Vielleicht macht es ihm Freude, dir Hoffnung zu machen.«

»Was?« Margarete wusste nicht, ob sie lachen oder weinen sollte.

»Maria.« Ihr Vater seufzte leise.

»Was, Friedrich? Glaubst du etwa, dass dieser Mann ehrbare Absichten hat? Er wird unserer Grete den Kopf verdrehen. Wenn er's nicht längst getan hat.« Nun schaute sie Margarete prüfend an, als stünde der ins Gesicht geschrieben, ob sie verliebt war. Oder dabei war, sich zu verlieben. »Sei nicht dumm, Grete. Du warst immer vorausschauend, hast dir nie ein X für ein U vormachen lassen.«

»Es ist nur ein Ausflug, Mutter. Außerdem ist Herr Richter ein zuvorkommender, höchst anständiger Mann.«

»Womit verdient er eigentlich sein Geld?«

»Er ist Schriftsteller.«

»Wie bitte? Ein Schriftsteller?« Es klang fassungslos und verächtlich. »Friedrich? Vielleicht sagst du auch mal was.«

»Was soll ich denn sagen, Maria? Nun lass ihr doch die Freude, dem jungen Mann unser Giengen zu zeigen.«

»Ganz allein?«

»Möchtest du deine Arbeit ruhen lassen und sie begleiten? Oder soll ich das etwa tun?«

Die beiden schauten einander an, bis Maria schließlich die Augen senkte.

Margarete versuchte es erneut, auch wenn es wahrscheinlich zwecklos war. »Hans Richter ist ein rechtschaffener Mann. Und ich bin kein dummes junges Ding mehr.«

»Dumm nicht, aber naiv schon. Friedrich? Ich erwarte, dass du es ihr verbietest.«

»Das musst du schon selbst tun, Maria«, brummte er und stand auf.

Sie schlug mit der flachen Hand auf den Spülstein, dass das Wasser darin überschwappte. »Ich erlaube es nicht!«

»Das tut mir leid, ich werde trotzdem gehen«, entgegnete Margarete leise. Gehen, ja, das wäre geradezu traumhaft.

Sie löste die Bremse und fuhr zur Tür. Dort sah sie ihren Vater bittend an.

»Du wirst sie nicht nach draußen tragen, Friedrich!«

»Soll der junge Bursche sie etwa wieder tragen?« Er brachte Margarete vors Haus und setzte sie auf der oberen Stufe ab.

»Danke, Papa. Wir werden den Karren nehmen.«

»Ist gut.« Nanu, keine Vorhaltungen, keine Einwände?

Ihr fiel ein, dass sie die Küche verlassen hatte, ohne die letzten Teller abzutrocknen. Ihre Mutter würde noch wütender auf sie sein.

Sie hörte Schritte und ein Pfeifen.

Hans kam die Gasse entlang, die Hände in den Hosentaschen.

»Da ist er ja schon«, murmelte Friedrich. »Wenn du mich fragst, auf mich macht er einen ganz anständigen Eindruck.«

»Danke«, flüsterte sie und griff nach seiner Hand, um sie zu drücken. »Ich werde Mutter nicht verraten, dass du ihn gar nicht so schrecklich findest.«

Ein Grinsen huschte über sein Gesicht.

»Vielleicht kannst du bei ihr ein gutes Wort für ihn einlegen.«

»Versuchen kann ich's.« Er nickte Hans zu. »Herr Richter.«

»Grüß Sie Gott, Herr Steiff.«

»Ich hole eine Decke und die Kissen.« Er kehrte ins Haus zurück, und als sie und Hans allein waren, lächelten sie sich ein wenig verkrampft an.

In diesem Augenblick stellte Margarete sich vor, wie es wäre, wenn sie und Hans verheiratet wären und eine Familie gegründet hätten. Wie sie zu einem Ausflug aufbrechen und ihre Kinder jeden Moment aus dem Haus gelaufen kämen.

Noch nie hatte sie in Anwesenheit eines Mannes solche Gedanken gehabt. Heiße Röte kroch ihr ins Gesicht, und sie verfluchte sich. Sie war noch nie ernstlich verliebt gewesen, hatte sich noch nie die Augen aus dem Kopf geweint wie ihre Schwestern früher. Und sie gedachte nicht, jetzt damit anzufangen.

Außerdem mag er keine Kinder, vergiss das nicht.

Sie hatte früh gelernt, begreifen müssen, dass das Leben etwas anderes mit ihr vorhatte. Dass es nicht so verlaufen würde wie bei anderen jungen Frauen. Ihr würde kein Mann schöne Augen machen, sondern rasch das Weite suchen, sobald er sah, dass sie im Rollstuhl saß. Egal, wie hübsch sie auch wäre, wie klug und anregend sie plaudern würde, sie war und blieb ein Krüppel. Sie würde niemals einen Haushalt führen und Kinder großziehen. Sie würde niemals tanzen oder Schlittschuh laufen. Sie konnte keinen Mann glücklich machen.

Als ihr all das wieder durch den Kopf schwirrte, fühlte sie sich mit einem Mal müde und träge und ganz und gar unlebendig, sodass sie überlegte, Hans wieder fortzuschicken. Er sollte nicht seine Zeit mit ihr verschwenden.

»Ihre Mutter«, unterbrach er ihre Gedanken und nickte in Richtung Küchenfenster, das zur Straße lag. »Sie beobachtet uns.«

Ihr Vater kam mit der Decke und den Kissen und legte sie in den Handkarren. Er brachte ihn und setzte Margarete hinein. »Brauchst du sonst noch was, Grete?«

»Nein, danke, Papa.«

Er nickte und verschwand wieder im Haus.

Als die Tür hinter ihm ins Schloss fiel, flüsterte Margarete: »Steht sie noch da?«

Hans warf einen Blick zum Haus. »Ja«, raunte er. »Möchten Sie ihr zuwinken?«

Sie musste lachen. »Nein, besser nicht. Würden Sie mir eins der Kissen ins Kreuz stopfen?«

»Natürlich.« Er machte sich sofort daran, vergewisserte sich, dass sie es bequem hatte, und nahm den Griff. »Wohin fahren wir als Erstes?«

»Wie wäre es mit der Stadtkirche? Ich würde Ihnen auch gern die Kaltenburg-Ruine zeigen, aber dorthin geht es bergauf. Zu steil für den Karren. Leider.«

Hans lächelte unbekümmert. »Lassen Sie mich nur machen. Was der Karren nicht schafft, werden meine Arme schaffen.«

Margarete sagte nichts darauf, aber sie spürte eine kindliche Freude aufsteigen, die sich kribbelig und warm anfühlte. Und sehr wohltuend war.

Kapitel 11

Einige Zeit später saßen sie im Schatten der Burgruine im Gras. Die Sonne schien, und Wind war aufgekommen. Am Himmel zeigten sich die ersten dunklen Wolken.

Margarete hatte bange hinaufgeschaut. Hoffentlich würde sich das Wetter halten.

Hans hatte seine Kappe abgenommen und die Beine ausgestreckt.

Er hielt das Gesicht in die Sonne. »Ich könnte hier ewig sitzen bleiben. Es ist herrlich.«

Der Aufstieg war recht beschwerlich gewesen, und er hatte ein paarmal anhalten und eine Pause machen müssen.

»Wenn es Ihnen zu anstrengend wird, kehren wir einfach um«, hatte Margarete gesagt. Doch er hatte den Kopf geschüttelt. Als sie endlich angekommen waren, war er ins Gras gesunken und hatte gelacht. »Na also. Lassen Sie mich nur einen Moment ausruhen, Margarete, danach trage ich Sie zur Ruine hinauf.«

Den Handkarren hatten sie unter einer Linde abgestellt.

Hans schloss die Augen und legte sich auf den Rücken.

»Und? Fühlen Sie sich auch schon ein wenig inspiriert?«

Er seufzte träge. »Ja, durchaus. Ich glaube, der Knoten in meinem Kopf löst sich allmählich. Ich habe bereits einige Gedanken, die ich später niederschreiben werde.«

»Das freut mich.«

»Ich dachte schon, es würde nie weitergehen, und ich würde noch ewig auf der Stelle treten.« Er rollte sich auf die Seite und stützte sich auf den Ellbogen. »Sie haben recht, Margarete, Giengen ist ein sehr schöner Ort.«

»Sie sollten im Herbst kommen, dann ist es ganz besonders schön. Und das Licht hier oben …« Sie deutete auf die Bäume unterhalb der Ruine. »Wenn die Sonnenstrahlen auf die bunten Blätter fallen … Es ist zauberhaft.«

»Das klingt beinahe wie ein Gedicht. Haben Sie schon mal eins geschrieben?«

»Ich?« Sie musste lachen. »Oh, ich tauge gewiss nicht zur Dichterin.«

»Woher glauben Sie das zu wissen? Vielleicht müssen Sie es nur versuchen.«

»Nein, besser nicht.«

Hans zupfte einen langen Grashalm aus und drehte ihn in den Händen. »Erzählen Sie mir von Ihren Plänen, Ihren Zielen.«

»Darf ich kurz darüber nachdenken?«

»Natürlich.«

»Während ich das tue, dürfen Sie mir gern Ihre verraten.«

Er machte die Augen zu, und sie beobachtete, wie der Wind mit seinem Haar spielte.

Irgendwo in der Ferne war ein leises Grollen zu hören.

»Ein Gewitter?« Hans setzte sich auf und blickte in den Himmel.

Es war kühl geworden. Margarete zitterte leicht und versuchte, sich mit der linken Hand das Tuch umzulegen, das sie abgenommen hatte.

»Darf ich?« Er war ihr behilflich. »Möchten Sie auch meine Jacke?« Sie lag neben ihm im Gras.

»Nein, mein Tuch genügt mir. Vielen Dank, Hans.«

Er streckte sich wieder aus und blinzelte, als sich ein Sonnenstrahl wacker durch die immer dichter werdende Wolkendecke schob.

»Sie wollten mir von Ihren Plänen erzählen«, erinnerte sie ihn.

»Sollten wir nicht besser heimkehren?«

»Das Gewitter ist noch weit entfernt.«

Er schaute sie skeptisch an. »Sind Sie sicher?«

»Während Nachbarskinder gespielt haben, hatte ich genügend Zeit, mich mit anderen Dingen zu beschäftigen. Ich habe immer gern den Himmel studiert und versucht, die Zusammenhänge zu begreifen.«

Er schien nicht recht zu verstehen, fragte aber nicht weiter nach. Sie war froh darüber, sie hätte es nicht besser erklären können.

»Ich bin gern in der Natur unterwegs, bei Wind und Wetter«, sagte er und betrachtete die Wolken. »Ich kann an der frischen Luft am besten nachdenken. Mir macht weder Regen noch Sturm etwas aus, ich bin abgehärtet.«

Ich bin auch abgehärtet, dachte sie, *was schroffe, böse Worte betrifft.*

»Ich möchte nach Island reisen. Kennen Sie Island, Margarete?«

»Selbstverständlich, ich war schon oft dort.«

Er schaute sie an, schmunzelte amüsiert. »Ich meinte, was wissen Sie über das Land?«

»So gut wie nichts.«

»So ging es mir auch. Bis ich ein Buch mit isländischen Sagen in die Finger bekam. Die Isländer glauben an Naturgeister, an Kobolde und Elfen, wussten Sie das? Sie glauben, dass die Trolle ihre Häuser mit Steinen bewerfen, deshalb versuchen sie, sie zu schützen. Und es gibt Vulkane auf Island und heiße Quellen. Man nennt sie Geysire.«

»Was Sie alles wissen«, sagte sie beeindruckt.

»Ich finde es wichtig, sich möglichst viel Wissen anzueignen. Und es ist wichtig, seine Ziele nie aus den Augen zu verlieren. Ich möchte ein berühmter Schriftsteller werden. Möglicherweise ein vermessener Wunsch, aber ich möchte es unbedingt.«

»Vermessen? Nein. Es ist Ihr großer Traum, Ihr Ziel. Genau wie nach Island zu reisen.«

Er verzog das Gesicht. »Ich verrate Ihnen was, Margarete. Ich werde seekrank, sobald ich nur einen Fuß auf ein Schiff setze. Und nach Island kommt man nur mit dem Schiff.«

»Ach je, Sie Armer.« Sie musste lachen.

»Danke für Ihr Mitgefühl.«

Sie schauten einander an und lachten beide.

»Aber was ist mit Schweden? Im Zug erzählten Sie, Sie liebten die kleinen Inseln. Sind Sie etwa dorthin geschwommen?«

Wieder verzog er das Gesicht. »Ich wünschte, das hätte ich tun können. Nein, natürlich musste ich mit dem Schiff fahren. Es war grauenvoll.«

»Sie Armer«, sagte sie wieder.

»Und jetzt Sie, Margarete.«

»Ich weiß nicht, ob ich seekrank bin. Ich war noch nie auf einem Schiff.«

»Ich spreche von Ihren Träumen. Wovon träumen Sie?«

»Oh, Sie fragten mich nicht nach meinen Träumen, sondern nach meinen Zielen.«

»Ist das nicht dasselbe?«

Sie schüttelte den Kopf. »Mein Ziel ist es, meine kleine Schneiderwerkstatt zu erweitern, zu vergrößern.« Erst als sie es ausgesprochen hatte, wusste sie, dass sie genau davon träumte.

Es war ihr Traum, einer, der sich erfüllen könnte. »Und ich möchte Kinderkleidung nähen.«

»Warum Kinderkleidung?«

»Ich weiß nicht ... Weil ich Kinder mag. Ich bin gern mit ihnen zusammen, mir gefällt, wie sie die Welt sehen. Sie betrachten alles um sich herum mit ganz besonderem Blick, und sie können sich an kleinen Dingen erfreuen.« Sie räusperte sich. »Aber ich möchte Sie nicht langweilen.«

»Das tun Sie nicht, Margarete. Reden Sie nur weiter. Das ist ein beruflicher Traum. Was ist mit Ihrem persönlichen? Was wünschen Sie sich?«

»Ein sorgenfreies, gutes Leben.«

Hans nickte und schien nachzudenken.

»Und ich möchte mein Leben lang reisen, es macht mir so große Freude.«

»Das haben wir gemeinsam.« Er hob wieder den Kopf und runzelte die Stirn. »Wir sollten uns auf den Heimweg machen.«

»Das Gewitter hat sich verzogen.«

Er sah sie erstaunt an. »Ach ja?«

»Haben Sie seit dem ersten Grollen noch eins gehört?«

Zögernd schüttelte er den Kopf.

»Vielleicht kommt es in der Nacht. Aber Sie haben recht, wir sollten aufbrechen. In der Dämmerung ist es hier oben recht gruselig. Mein Bruder war einmal als Bub mit zwei Freunden hier, als es bereits dunkel wurde. Eine Mutprobe: Wer hält es am längsten aus, ohne schreiend davonzulaufen?«

»Und?«

»Fritz war der Erste, der weggerannt ist.«

Hans lachte, stand auf und klopfte sich die Hosen ab. Dann zog er seine Jacke an und hob Margarete hoch. »Legen Sie Ihre

Arme um meinen Hals, und halten Sie sich gut fest.« Er blickte sich rasch um, ob sie etwas vergessen hatten, dann ging er los.

Nach wenigen Schritten ging er schneller, bis er zu laufen begann.

Sie kreischte. »Nicht so schnell! Um Himmels willen, wir werden beide hinfallen und uns an einem der Steine den Kopf anschlagen.« Ihr Gesicht strafte ihre Bedenken Lügen. Sie strahlte, hatte selten so viel Spaß gehabt. Zudem fühlte sie sich so sicher wie in Abrahams Schoß.

»Festhalten!«, rief er und lief noch etwas schneller.

Kurz kam er ins Straucheln, und Margarete stieß einen schrillen Schrei aus. Gleichzeitig aber musste sie so lachen, dass sie Schluckauf bekam.

Hans sprang über Grasbüschel und einmal sogar über einen niedrigen Ginsterbusch.

»Huch! Passen Sie da vorn auf!«, rief sie. »Da kommt die Biegung.«

»Keine Sorge.« Er schaute sie flüchtig an, und als er sah, wie viel Vergnügen es ihr machte, sprang er wieder über einen Grasbüschel. Sie liefen den schmalen Weg hinunter, bis sie an der Linde ankamen, unter der der Handkarren stand.

Hans setzte Margarete vorsichtig ab und schnaufte. »Das war ein Spaß, was?«

Sie nickte, musste zu Atem kommen.

Er drehte sich um, hielt die Hand über die Augen und betrachtete die Ruine, die still und verlassen dalag. »Sehen Sie nur, Margarete«, flüsterte er ehrfürchtig. »Ist das nicht schön?« Er hob sie hoch und setzte sie in den Karren, stopfte die Decke und Kissen zurecht und sah sie fragend an.

»Sind Sie bereit, Margarete?«

»Ja, ich bin bereit, Hans.« Sie wäre gern noch weitergelaufen, noch etwas schneller, waghalsiger. Mit ihm.

Es war so wunderbar unbeschwert. Sie konnten gemeinsam lachen, albern sein. Für kurze Zeit hätte sie beinahe sogar vergessen können, dass sie gelähmt war und im Rollstuhl saß.

»Darf ich wiederkommen und Sie zu einem weiteren Ausflug entführen?«, fragte er, nachdem er ein paar Schritte gegangen war.

»Jederzeit.«

Kapitel 12

Im Frühjahr war Margarete erneut Tante geworden. Und wieder war es ein Bub, dem Anna das Leben geschenkt hatte: Richard.

Margarete liebte beide Neffen von ganzem Herzen, und sie versuchte, so viel Zeit wie möglich mit ihnen zu verbringen. Wenn sie erst etwas größer waren, würde sie ihnen vorlesen, mit ihnen singen und spielen.

Nach wie vor arbeiteten Margarete und Martha sehr harmonisch zusammen. Sie ergänzten sich wunderbar, was die eine nicht konnte, vollbrachte die andere, und wozu Margarete aufgrund ihrer Einschränkung nicht imstande war, erledigte Martha ganz selbstverständlich. Sie murrte nie, blieb länger, wenn es nötig war, und lehnte jedes Angebot auf einen freien Tag rigoros ab. »Du brauchst mich hier, Grete.«

»Ich kann ganz gut mal einen Tag auf dich verzichten.«

»Nichts da.«

Inzwischen hatte Margarete es sich abgewöhnt, davon anzufangen. Stattdessen überraschte sie Martha mit kleinen Geschenken: etwas Eingekochtem, Gebackenem, einem Paar gestrickten Handschuhen oder einem Lied, das sie ihr auf der Zither vorspielte. Martha war längst zu einer Freundin geworden, auf die sie sich verlassen konnte.

Hans hatte nach seinem Besuch eine Ansichtskarte aus München geschickt.

Sie müssen mich unbedingt in München besuchen, Fräulein Steiff. Ich würde Ihnen gern die Stadt zeigen, meine Stadt. Ich hoffe, es geht Ihnen gut, und Sie genießen den Herbst.

Sie ahnte, dass auch ihre Mutter die Karte gelesen hatte.

An diesem sonnigen Morgen saß Margarete an der Nähmaschine und besserte den Saum eines Mantels aus.

Das Fenster war geöffnet, und die Sonne schien herein. Es duftete nach Kirschblüten. Unten auf der Straße spielten Kinder, ein Hund sprang bellend zwischen ihnen herum.

Margarete schnitt den Faden ab und zog den Mantel hervor, um den Saum zu betrachten. Sie nickte zufrieden und widmete sich dem langen Riss auf der Rückseite. Wie mochte Bruni Köhler das nur angestellt haben? War sie damit an der Tür hängen geblieben?

Margarete hörte ein Scharren vor der Tür und hob den Kopf.

Was war das? Hatten sie etwa Mäuse im Haus, obwohl die Katze eine so gute Jägerin war? Sie horchte.

Da war es wieder. Margarete lächelte, sie hatte so eine Idee.

Und richtig: Kaum hatte sie die Tür einen Spaltbreit geöffnet, sauste die rote Katze an ihr vorbei, sprang auf den Tisch und rollte sich dort zusammen.

Sie lachte kopfschüttelnd. »Bei dem schönen Frühlingswetter solltest du irgendwo draußen unter einem Busch liegen, Mizzi.«

Sie machte sich wieder an die Arbeit, bis zum Mittagessen dauerte es nicht mehr lange. Ihr Magen knurrte bereits.

Martha würde heute erst nach dem Essen kommen. Sie hatte ihr für den Vormittag freigegeben, damit sie sich um ihre kranke Mutter kümmern konnte. Ihren Protest hatte Margarete einfach überhört. »Nichts da, du bleibst brav daheim und bist eine fürsorgliche Tochter.«

Die Katze schnurrte laut und stupste sie freundschaftlich an. Die Nähmaschine ratterte, und schon bald hatte Margarete wieder alles um sich herum vergessen.

Zum ungezählten Male dachte sie über den Vorschlag ihres angeheirateten Vetters Adolf nach, ein Filzkonfektionsgeschäft zu gründen. Sollte sie oder sollte sie nicht? War das nicht zu viel Verantwortung? Wäre sie ihr gewachsen? War es nicht aber auch eine verlockende Herausforderung, eine Aufgabe, der sie sich – wenn sie ganz ehrlich war – nur allzu gern annehmen würde?

Sie hatte ihren Vater um Rat gefragt, und er meinte, sie solle es einfach versuchen. »Ich traue es dir zu.«

Ihre Mutter dagegen war skeptisch. »Ich weiß nicht, was, wenn du dem nicht gewachsen bist?«

Ihr Bruder wiederum fand den Vorschlag famos. »Sag zu, Grete, worauf wartest du? Du könntest noch unabhängiger sein, noch selbstständiger. Das hast du dir doch immer gewünscht.«

Die Spule hakte, und der Faden riss. Margarete fluchte und fädelte ihn neu ein.

Ein Sonnenstrahl fiel ins Fenster und blendete sie. Wie gern säße sie jetzt draußen vor dem Haus, aber für die Arbeiten, die sie heute zu erledigen hatte, brauchte sie die Nähmaschine.

Sie fuhr zusammen, als es klopfte und ihre Schwägerin hereinkam. »Störe ich?«

»Anna.« Sie lächelte erfreut. »Ganz und gar nicht. Ich freue mich über ein bisschen Zerstreuung. Ohne Martha ist es recht fad.« Außerdem könnte sie auch Anna fragen, was sie von Adolfs Vorschlag hielt. »Gibt es einen besonderen Grund für dein Kommen?«

»Ich hatte das Bedürfnis, mir die Beine zu vertreten. Es blüht und grünt so herrlich. Und ich habe Maiglöckchen gefunden. Schau.« Anna zog ein Sträußchen aus der Schürzentasche und legte es ihr auf den Tisch.

Es duftete intensiv, und sofort verspürte Margarete das vertraute Fernweh. Seltsam, aber der Duft von Maiglöckchen erinnerte sie jedes Jahr wieder an die Zeit in Ludwigsburg. Bei Frau Werner im Garten hatten Unmengen davon geblüht.

»Danke, Anna, wie schön!«

Ihre Schwägerin setzte sich auf den Stuhl in der Ecke und faltete die Hände über ihren bereits wieder gewölbten Bauch.

»Was meinst du, ob's wieder ein Bub wird?«

Anna zuckte die Schultern. Dann huschte ein Lächeln über ihr Gesicht. »Ein Mädel wär schon schön.« Sie blickte sich im Zimmer um. »Hast du eine Vase hier?«

»Nein, nur dort drüben die kleine Kanne.« Margarete deutete zur Fensterbank. »Aber lass nur, ich stelle die Maiglöckchen später selbst hinein. Ich würde dich gern um Rat fragen.«

»Nur zu.«

»Vielleicht hat Fritz dir schon davon erzählt.« Sie berichtete von Adolfs Vorschlag. »Und ich bin hin- und hergerissen.«

»Wieso?«

»Mal denke ich, es ist eine gute Idee, eine interessante Aufgabe. Dann wieder habe ich Angst vor der Mehrarbeit. Ich denke dann, dass ich mir zu viel zumute. Dass ich …« Margarete verstummte, bevor sie es aussprechen konnte. *Dass ich der Arbeit nicht gewachsen bin und Mutter recht behält.*

»Wenn du es nicht ausprobierst, wirst du es nie erfahren, Grete. Sieh mal, es gibt Aufgaben, an die man sich herantasten kann, die man versuchen muss, um zu wissen, ob man sie bewältigt.« Anna deutete auf ihren gewölbten Bauch. »Und es gibt Aufgaben, die man bewältigen muss, ohne es vorher ausprobiert zu haben. Das Muttersein zum Beispiel.« Sie strich sich übers Kreuz. »Als Paul unterwegs war, dachte ich oft, ich würde es nicht schaffen, ich wäre hoffnungslos überfordert. Was, wenn das Kind den ganzen Tag nur schreit, wenn es krank wird, wenn ich nicht weiß, warum es schon wieder brüllt?« Sie seufzte. »Das Leben ist oft wie ein Sprung in eiskaltes Wasser. Und man weiß nicht, was unten auf dem Grund liegt. Ein Stück Holz, an dem man sich den Kopf anschlägt, oder nur ein Fisch, den man erschreckt.«

Margarete musste laut lachen. »Ein nettes Beispiel. Aber du hast recht, Anna, manchmal muss man einfach annehmen, was einem das Schicksal vor die Füße legt.«

»Du solltest das am besten wissen.« Anna lächelte sie an. »Ich finde, du hast dein Leben bisher ganz famos gemeistert. Du wirst auch diese neue Aufgabe meistern. Was sagen deine Eltern dazu?«

»Mein Vater hat mir zugeredet, meine Mutter ist anderer Meinung. Und Fritz ...« Sie lächelte schulterzuckend. »Er glaubt auch an mich.«

Margarete schaute sich im Zimmer um. Zum ersten Mal, seit sie den Gedanken im Geist herumgewälzt hatte, stellte sie sich vor, wie es künftig hier aussehen könnte: An der gegenüberliegenden Wand könnte ein weiterer Tisch aufgestellt werden, und neben das kleine Regal passte gut noch ein zweites.

»Du bist eine geschickte Schneiderin, kannst die Nähmaschine bedienen, bist schnell mit deiner Arbeit«, sagte Anna. »Und Filzkonfektion wird ein lohnendes Geschäft sein. Adolf muss es doch wissen.« Damit hatte sie gewiss recht. Er war Leiter einer Woll- und Filzmanufaktur.

»Er sagt, ich würde die Sachen selbst verkaufen können, aber zusätzlich für eine Firma in Stuttgart anfertigen. Er hat angeboten, mich zu unterstützen. In allem, was mir auf der Seele liegt, hat er gesagt.« Und er hatte jedes Wort ernst gemeint, dafür kannte sie ihn gut genug. Sie vertraute ihm und seinem Urteil.

»Auch mit Geld?«, fragte Anna.

»Ich denke schon. Ich habe es jedenfalls so verstanden.« Margarete nickte entschlossen. »Ich werde zusagen.«

»Wenn du Hilfe brauchst ... Ich bin zwar bei Weitem nicht so geduldig wie du. Mich ärgert schon ein gerissener Faden, aber ich könnte dir gewiss hier und da helfen. Im Nähen mit der Hand bin ich nicht ungeschickt, wie du weißt.«

»Danke, Anna, aber du hast eine Familie, um die du dich kümmern musst.« Margarete überlegte, ob sie ihr von Hans erzählen sollte. Aber was gab es schon groß zu erzählen? Außer, dass sie einen schönen Tag miteinander verbracht hatten und sie ihn mochte. Und dass sie seit seiner Ansichtskarte nach dem Besuch nichts mehr von ihm gehört hatte.

Nein, sie würde nichts sagen. Anna würde nur Fragen stellen, die sie nicht beantworten konnte. Oder wollte.

»Wo warst du gerade mit deinen Gedanken, Grete? Du hast vor dich hin gelächelt.«

»Irgendwo und nirgendwo.« Das klang hübsch, das würde sie sich merken.

Anna stand auf und ging zur Tür. »Ich muss dann auch mal wieder. Vergiss die Maiglöckchen nicht.«

»Nein, bestimmt nicht.«

Margarete nähte weiter und ließ dabei ihren Gedanken freien Lauf. Schürze um Schürze, Hemd um Hemd, Saum um Saum.

Als ihre Mutter kam, um sie zum Essen zu holen, hatte sie den ganzen Berg Kleider ausgebessert. Wie schnell und leicht die Arbeit von der Hand ging, wenn man die Gedanken auf Reisen schickte. Und wenn man endlich eine Entscheidung getroffen hatte.

Margarete Steiff, Inhaberin eines Filzkonfektionsgeschäfts.
Das klang ein bisschen großspurig, aber sehr schön.

Kapitel 13

In der folgenden Zeit schrieb Hans in unregelmäßigen Abständen einen kurzen Brief, manchmal kam auch eine Karte, wenn er wieder mal auf Reisen war.

Margarete freute sich über jede hübsche Ansichtskarte und erzählte in ihren Briefen von ihrem »kleinen Unternehmen«.

Sie hatte das Schreiben mit der linken Hand lernen müssen, und sie erinnerte sich noch gut, wie verärgert ihr Lehrer darüber gewesen war. »Wenn die Rechte nicht zum Schreiben taugt, musst du's eben lassen«, hatte er gemeint. »Niemand schreibt mit der linken Hand, Grete. Sieh dir das Geschmiere an, wie soll ich das entziffern?«

Er hatte recht gehabt, was ihre Handschrift betraf. Sie war anfangs ungelenk, die Buchstaben hatten sich ineinandergeschoben und waren kaum lesbar gewesen. Aber Übung macht den Meister, und so hatte sie sich im Laufe der Zeit eine gut lesbare Handschrift angeeignet.

Hans' Karten und Briefe bewahrte sie in einer alten Hutschachtel auf. Sie hielt alles in Ehren, was man ihr je geschenkt hatte, und Briefe waren für sie etwas Kostbares, das sie wie einen Schatz hütete.

Wo Hans wohl gerade war? Befand er sich wieder auf Reisen,

oder brütete er in seiner kleinen Münchner Bude, wie er es nannte, über seinem Roman?

Er ist störrisch, Margarete, hatte er in einem Brief geschrieben. *Jedes Wort tropft zäh und langsam aus meiner Feder, ich muss um jeden Buchstaben ringen. Es ist zum Verzweifeln. Aber das muss wohl das Los eines Schriftstellers, eines Dichters sein.*

Manchmal fragte sie sich auch, ob er wohl gelegentlich auch an sie dachte.

Margaretes Filzkonfektionsgeschäft war gut angelaufen.

In Windeseile hatte es sich herumgesprochen, wie vor zwei Jahren, als sie die Nähmaschine angeschafft hatte.

Jetzt im Sommer nähten sie vor allem warme Mäntel und Filzunterröcke für den kommenden Winter.

Was Margarete jedoch am meisten Freude machte, war die Kinderkleidung, die sie endlich nähen konnte. Kleine Mäntelchen, Hosen, Kleidchen und Schürzchen. Und bei jedem Teil stellte sie sich vor, wie das Kind darin aussehen mochte. Wie es darin spielte, umhertollte und warm gehalten wurde. Kinderbekleidung musste angenehm weich auf der Haut, aber auch widerstandsfähig sein.

Sie hatten mit dem Konfektionsgeschäft alle Hände voll zu tun, und es kam häufig vor, dass sie ein Klopfen oder Rufen nicht hörten und erschrocken hochfuhren, wenn plötzlich jemand in der Tür stand.

So auch jetzt, als Margaretes Mutter hereinkam und meinte, sie hätte zweimal geklopft. Sie legte einen Stapel Briefe auf den Tisch. »Es ist wieder eine Karte von Herrn Richter dabei. Diesmal aus Schweden. Er hatte die Grippe, schreibt er.« Sie verstummte abrupt, und die Röte schoss ihr ins Gesicht. »Ich meine ... Ich wollte nicht …« Sie machte auf dem Absatz kehrt und verließ das Zimmer.

»Soso, der Herr Richter.« Martha hatte nicht aufgesehen, nur ihr feines Lächeln verriet sie. »Dann ist er also wieder in Schweden.«

Margarete hatte ihr von Hans erzählt, nicht viel, eigentlich nur, dass sie sich im Zug kennengelernt hatten, er Schriftsteller war, viel reiste und sie einmal in Giengen besucht hatte. Seitdem neckte Martha sie, wann immer Post von ihm kam, wie gern sie den geheimnisvollen Schriftsteller aus München zu Gesicht bekäme. Es war ein harmloses, freundschaftliches Necken, bei dem Margarete bereitwillig mitspielte.

»Schweden.« Sie seufzte. »Ich wünschte, ich könnte auch mal hin.«

»Ich nicht«, meinte Martha.

»Wieso nicht?«

»Ich verreise nicht gern.«

»Ach nein?«

»Ich bleibe am liebsten daheim. Hier fühle ich mich wohl und sicher.« Martha hob den Kopf und zwinkerte ihr zu. »Ich weiß, was du jetzt denkst. Du denkst, ich bin ein dummes Ding, das nichts von der Welt da draußen weiß. Du hast recht, ich weiß überhaupt nichts davon, was anderswo vor sich geht.« Sie zuckte die Schultern. »Aber das muss ich auch nicht. Ich bin zufrieden so.«

»Jeder, wie er's mag.« Margarete meinte es genauso, wie sie es sagte. Sie zog die Ansichtskarte aus dem Stapel und warf einen Blick darauf. »Diesmal ist sie aus der Hauptstadt. Aus Stockholm.«

Es war eine hübsche Karte mit einer bunten Häuserreihe, davor Wasser. Ein Fluss oder ein See?

Liebes Fräulein Steiff – sie lachte in sich hinein. Genau wie sie wusste er längst, dass ihre Mutter seine Karten las -, *wie Sie sehen, hat es mich wieder nach Schweden verschlagen. Diesmal in die Hauptstadt. Es ist herrlich hier, es gibt viel zu sehen. Die Schweden würden auch Ihnen gefallen! Mit den besten Grüßen und Wünschen, Hans R. – frisch erholt von einer lästigen Influenza.*

Sie legte die Karte weg und schob zwei Filzstücke übereinander unter die Maschine. Heute schmerzte ihre rechte Hand besonders schlimm. Sie war bereits mit den ziehenden Schmerzen aufgewacht. Wahrscheinlich hatte sie sich am Tag zuvor übernommen. Beim Frühstück hatte sie sich nichts anmerken lassen, damit ihre Mutter nicht sagen würde: »Hab ich's dir nicht gesagt?«

Doch nun verzog sie das Gesicht und lehnte sich zurück.

»Tut der Arm wieder weh?«, fragte Martha. »Soll ich ihn dir mit Arnika einreiben?«

»Das wäre wirklich nett.«

Martha nahm das Salbendöschen aus dem Regal und setzte sich neben sie auf den Hocker. Sanft schob sie den Blusenärmel hoch und tupfte einen Klecks Salbe auf ihren rechten Unterarm. Sie rieb Arm und Hand ein und massierte mit genau dem richtigen Druck.

Margarete seufzte mit geschlossenen Augen. Das tat gut!

»Hast du mal überlegt, noch jemanden einzustellen?« Martha räumte die Salbe weg und nahm ihre Arbeit wieder auf.

Margarete nickte. »Erst gestern dachte ich, es sei vielleicht nicht verkehrt, wenn uns noch ein paar Hände unterstützen würden.«

»Vielleicht findet sich sogar einer, der Botengänge übernimmt«, schlug Martha vor, ohne von ihrer Arbeit aufzusehen. »Jemand, der die fertigen Sachen austrägt.«

»Das ist eine sehr gute Idee. So stünden nicht ständig Leute hier, die ihre Sachen abholen wollen. Wir könnten in Ruhe arbeiten.«

Ein wirklich verlockender Gedanke. Es ergab sich doch immer wieder ein Plausch oder auch längeres Schwätzchen, bei dem die Arbeit ruhte. Manchmal fiel es sogar recht schwer, sie nach einem Gespräch gleich wieder aufzunehmen.

»Ich werde mich mal in der Nachbarschaft umhören. Bestimmt gibt es einen älteren Jungen, der verantwortungsbewusst ist und etwas dazuverdienen will.«

Schweigend arbeiteten sie weiter.

Nach einer ganzen Weile fragte Margarete: »Geht es deiner Mutter besser?«

»Nein, leider nicht. Ich mache mir große Sorgen. Wenn sie ...« Martha schluckte. »Ich könnte dann sicher nicht mehr herkommen, Grete. Mein Vater würde erwarten, dass ich daheimbleibe und den Haushalt versorge. Beides traut er mir wahrscheinlich nicht zu.«

»Vielleicht ja doch. Aber darüber solltest du dir jetzt nicht den Kopf zerbrechen. Beten wir, dass es deiner Mutter bald wieder besser geht.«

»Sie wird von Tag zu Tag schwächer. Zu viel Arbeit, zu viele Sorgen. So ist das eben.«

Margarete schaute sie mitfühlend an. Sie wünschte, sie könnte etwas tun, für Martha, für deren Mutter und für die ganze Familie. Sie fuhr zu dem niedrigen Schränkchen, in dem sie die Geldkassette aufbewahrte, öffnete sie und nahm drei Geldstücke heraus. »Hier.« Sie legte sie Martha in die Hand. »Dafür kaufst du in der Apotheke ein Fläschchen von dem Stärkungsmittel.«

»Aber das ...«, setzte Martha an.

» ... kannst du sehr wohl annehmen.« Margarete legte ihr im

Vorbeifahren die Hand auf die Schulter. »Und jetzt arbeiten wir fleißig weiter.«

Nachdem Martha heimgegangen war, fuhr Margarete zum Fenster und blickte nach draußen. Die Sonne schien, keine Wolke war am Himmel. Die rote Katze döste auf der niedrigen Mauer vor dem Haus. Unter einem der Büsche vor dem Haus nahmen ein paar Finken ein Bad in einer Kuhle. Dabei veranstalteten sie einen solchen Krach, dass Margarete lachen musste. Die Katze hob nicht einmal den Kopf.

»Für heute will ich's gut sein lassen«, sagte Margarete zu ihr und fuhr zur Tür. »Ich habe mir ein bisschen Muße und frische Luft verdient. Oder was meinst du?«

Ihr Vater hatte sie vor die Tür getragen und auf der Treppenstufe abgesetzt. Später am Abend würde sie Hans einen ausführlichen Brief schreiben. Ob er noch in Schweden weilte oder bereits wieder in München war?

Es war jetzt mehr als ein Jahr her, dass er sie in Giengen besucht hatte. Sie erinnerte sich gern und sehr lebhaft an den Tag. Manchmal gestattete sie sich die Frage, ob sie womöglich ein klein wenig in ihn verliebt war. Sie wusste nicht mal, ob sie verliebt sein *wollte*. Es würde einige Schwierigkeiten und gewiss auch Tränen mit sich bringen, und beides wollte sie vermeiden. Sie war gern mit Hans zusammen, das stand fest, und sie mochte ihn. Er war gebildet, wortgewandt und geistreich, und er verfügte über einen ganz besonderen Humor.

Hans schien auch sie zu mögen, warum sonst sollte er ihr all die Ansichtskarten und Briefe schreiben?

Es war Freundschaft, was sie verband, und diese Freundschaft würde sie genießen und festhalten, so gut sie konnte. Verliebtheit oder gar Liebe verging oft so schnell wieder, wie sie gekommen war. Sie konnte furchtbar kompliziert sein, undurchschaubar. Freundschaft war etwas Klares, Handfestes, etwas, womit sie sich auskannte.

Mariechen und Leni, die auf der Straße Steinhüpfen gespielt hatten, kamen angelaufen. »Erzählst du uns eine Geschichte?«

Sie hockten sich neben sie auf die Stufe und sahen sie gespannt an.

Eigentlich war sie zu müde, um sich eine Geschichte auszudenken, aber sie wollte die Mädchen nicht enttäuschen.

»Na schön. Wovon soll sie handeln?«

»Von einer Prinzessin, die in einem so großen Schloss wohnt.« Mariechen breitete die Arme aus. »Oder nein, lieber von einer bösen Königin.«

»Nein, das mag ich nicht. Keine böse Königin.« Leni zog einen Schmollmund. »Lieber was anderes.«

Margarete lächelte und legte kurz die Hand auf ihr weiches Haar. »Lasst mich einen Moment nachdenken.« Sie machte eine bedeutungsvolle Pause, dabei war ihr bereits etwas eingefallen. »Ich erzähle euch eine Geschichte, die in einem Land spielt, das Island heißt.«

»Gibt's das wirklich?«, wollte Leni wissen.

»Aber ja. In der Geschichte geht es um Kobolde und Elfen.«

Kapitel 14

Ein eisiger Wind stürmte ums Haus, und ein dichter Schneeteppich lag auf den Straßen. Niemanden zog es freiwillig vor die Tür, nur ganz selten sah man jemanden vorbeieilen, den Hut ins Gesicht gezogen, den Mantelkragen hochgeschlagen und Schal oder Tuch bis zur Nasenspitze gewickelt.

Der zehnjährige Johannes, den Margarete im Herbst mit den Botengängen betraut hatte, stand im Zimmer, die Nase rot und triefend, die Augen glasig vom kalten Wind.

Sie hatte gesehen, in welch erbärmlichen Zustand sein Mantel war, auch besaß er offenbar weder Handschuhe noch Schal.

Also nahm sie einen der fertigen Kindermäntel aus dem Regal und hielt ihm den Jungen kurz an. Zufrieden nickte sie, auf ihr Augenmaß war Verlass. Sie suchte nach einem Schal und wollenen Handschuhen.

Währenddessen stand der Junge schlotternd da, die Hände tief in den Hosentaschen vergraben. »Gibt's heute viel zu tun?«, fragte er schniefend.

»Nein. Heute gibt's gar nichts zu erledigen, Hannes.«

Sie musste nicht hinsehen, um zu wissen, wie erleichtert er darüber war. Ah, da waren ja noch ein Paar Kinderhandschuhe und ein Schal. »Hier.« Sie legte beides auf den Tisch.

Der Junge sah sie verunsichert an.

»Die sind für dich.«

»Für mich?« Zögernd griff er nach dem Schal. Er schlang ihn um und schob die Hände in die Handschuhe. »Für mich?«, fragte er wieder ungläubig.

»Ich will nicht, dass du halb erfroren durch die Stadt läufst.« Margarete deutete auf den Mantel, der über der Stuhllehne hing. »Der ist auch für dich.«

Sie fuhr zum Schränkchen und öffnete die Geldschatulle. »Und natürlich bekommst du auch deinen Lohn.«

Ihre Mutter würde sie wahrscheinlich verschwenderisch nennen, doch das kümmerte sie nicht. Johannes war fleißig und murrte nie, gleichgültig, wohin sie ihn schickte. Außerdem konnte sie es sich leisten, den Menschen, die ihr zur Seite standen, etwas zurückzugeben. Ihr Geschäft lief außerordentlich gut, sie verdienten mehr, als sie sich jemals erträumt hätte.

Johannes schlüpfte in den Mantel, nahm die Münzen entgegen und lief zur Tür. »Danke, Fräulein Steiff.«

»Du darfst mich Grete nennen wie alle. Das weißt du doch.«

Er nickte schüchtern.

»Warte. Ich hab hier noch etwas.« Sie nahm den Christstollen, den sie und ihre Mutter gebacken hatten. »Den gibst du deiner Mutter. Ich wünsche euch ein gesegnetes Fest, Hannes.«

»Das wünsche ich auch, Fräulein Steiff. Grete.« Er machte einen ungeschickten Diener und zog die Tür hinter sich zu.

»Du bist ein Engel«, sagte Martha mit leiser Stimme.

»Ein Engel?« Margarete musste lachen. »Das lass den Herrgott mal besser nicht hören. Du kannst ruhig auch schon heimgehen. Für heute wollen wir's gut sein lassen.« Sie zog ein hübsch eingewickeltes Päckchen aus dem Regal. »Das ist für dich. Ein frohes, gesegnetes Fest.«

Martha nahm es entgegen, die Wangen gerötet. »Ich hab gar nichts für dich«, stammelte sie.

»Das fehlte noch. Und nun mach, dass du heimkommst. Und zieh dich warm an, hörst du? Ich kann nicht auf dich verzichten.«

Margarete hob die Hand. »Ich weiß, was du sagen willst. Dass ich noch wen einstellen soll. Das werde ich, Martha. Gleich im Januar kommen zwei junge Frauen.« Luise und Henriette Brandner, ein unverheiratetes Schwesternpaar, das Adele Stahlmann ihr sehr ans Herz gelegt hatte. »Sie haben früh den Vater verloren, und die Mutter müht sich nach Kräften, die Familie über die Runden zu bringen.«

Martha zog ihren warmen Mantel an, schlang ein Wolltuch darüber und stülpte sich eine Mütze aufs Haar. Im Gehen griff sie nach den Handschuhen, das eingewickelte Päckchen unterm Arm.

»Ach, das hätte ich ja fast vergessen.« Margarete schüttelte den Kopf, nahm einen weiteren Stollen und reichte ihn ihr. Martha lachte.

»Wie viele habt ihr gebacken?«

»So viele, dass ich nachts von Christstollen und Bethmännchen geträumt habe.«

An der Tür blieb Martha stehen. »Danke, Grete. Frohes Fest, und danke, dass ich hier sein darf. Ich meine, dass ich für dich arbeiten darf.«

»Ich danke auch dir, Martha. Und nun mach, dass du fortkommst. Am Ende heulen wir noch beide.«

Margarete liebte Weihnachten, doch dieses Fest war etwas Besonderes. Sie hatte endlich wieder ihre ganze Familie um sich. Fritz und Anna waren mit ihren beiden Buben gekommen und auch ihre Schwestern Marie und Pauline mit ihren Familien.

Als alle um den großen Tisch versammelt waren und sich das Essen schmecken ließen, schaute Margarete einen nach dem anderen an. Ihr war ganz rührselig zumute.

»Was siehst du uns so seltsam an?«, fragte Marie.

»Ich bin froh, dass ihr alle da seid. Es ist lange her, dass wir zusammen waren.«

»Du musst uns später unbedingt deine Schneiderwerkstatt zeigen. Und all die Kleidchen und Mäntelchen, die du anfertigst.«

Pauline nickte zustimmend. »Ich bin mächtig gespannt, Grete, und wenn ich ehrlich sein darf: Ich bin ungeheuer stolz auf dich.«

Das bin ich auch, dachte Margarete und überlegte, ob sie das durfte.

Doch, ja, sie durfte.

Es war ein gutes Jahr gewesen, ein erfolgreiches, ohne schlimme Ereignisse und Vorfälle und ohne schwere Krankheiten.

Sie konnte voller Dankbarkeit zurückblicken – und voller Zuversicht und Freude auf das kommende Jahr.

II.

Die Jahre 1879 – 1880 und 1893

Kapitel 15

Giengen a. d. Brenz im Frühjahr 1879

Margarete saß am geöffneten Fenster und studierte das Journal *Die Modewelt*, das sie abonniert hatte. Sie selbst machte sich nicht sonderlich viel daraus, für sie musste Kleidung in erster Linie praktisch und bequem sein. Aber sie wollte für ihre Kundinnen stets gut informiert sein.

Mittlerweile beschäftigte sie vier Mitarbeiterinnen, die auch an diesem Tag um den großen Tisch saßen, den ihr Vater aufgestellt hatte, und bienenfleißig bei der Arbeit waren.

Meistens schwatzten sie miteinander, oft leise, mitunter aber auch recht laut, wenn es etwas Aufregendes zu berichten gab.

Ein neues Kind etwa, das in der Familie geboren worden war, eine Krankheit, die jemanden ereilt hatte, der heftige Hagel, der die Apfelblüten vernichtet hatte, oder der Platzregen, der über die Stadt hereingebrochen war.

Da die Arbeit nicht darunter litt, ließ Margarete sie schwatzen und beteiligte sich gern an den Gesprächen. So lernte sie ihre Mitarbeiterinnen noch besser kennen, wusste bald über jede Einzelne und deren Familie Bescheid und hatte für jede ein offenes Ohr. Am frühen Abend, wenn die Arbeit fast getan war, holte sie manchmal ihre Zither, und sie sangen gemeinsam.

Margarete blätterte weiter im Modejournal, ohne jedoch wirklich bei der Sache zu sein. Ihre Gedanken schweiften immer wieder ab zu ihrer Schwester Marie, deren Kind vor zwei Tagen tot geboren worden war. Die Geburt hatte lange gedauert und war schwer gewesen. Den Tod ihres Kindes hatte Marie vermutlich gar nicht begriffen, weil sie zu erschöpft gewesen und immer wieder weggedämmert war. Dann hatte sie hohes Fieber bekommen, das sich nicht senken ließ. Michael, ihr Mann, hockte seitdem auf einem Stuhl an ihrem Bett, das Gesicht in den Händen vergraben.

Margarete hatte nie zuvor so viel, so inbrünstig gebetet. Ihre Schwester musste am Leben bleiben! Der Herrgott durfte sie noch nicht zu sich nehmen.

Wenn sie doch nur etwas tun könnte!

Martha war zu ihr gekommen und legte die Hand auf ihre Schulter. »Was hast du denn? Du siehst so traurig aus.«

»Ich muss immerzu an Marie denken«, sagte sie leise.

Es war nicht ungewöhnlich, dass eine Wöchnerin nach der Geburt ihres Kindes oder noch währenddessen starb. Das geschah so häufig, dass es niemanden überraschte.

Genauso oft kam es vor, dass ein Neugeborenes starb. Deshalb taufte man es gleich nach der Geburt, damit der Herrgott es aufnahm.

Im Jahr zuvor war Fritz erneut Vater eines Kindes geworden, und wieder war es ein Bub. Anna erwartete bereits ihr viertes Kind, und niemand konnte ihr verdenken, dass sie sich sehnlichst ein Mädchen wünschte.

»Der Katalog ist gerade gekommen!«, rief Henriette Brandner, und die anderen scharten sich sogleich um sie.

»Komm, wir werfen auch einen Blick hinein«, meinte Martha sanft.

Margarete holte tief Luft und nahm sich zusammen.

Es war bereits der zweite Katalog, den sie hatte drucken lassen. Darin die neue Sommerkollektion: Kleider, Hüte, Mäntel. Seit einiger Zeit fertigten sie auch Haushaltswaren aus Filz an, zum Beispiel Kaffeekannenwärmer. Margarete hatte immer ihre helle Freude an dem Katalog, blätterte nach Herzenslust darin und ergötzte sich an den hübschen Bildern und Beschreibungen.

Diesmal jedoch konnte sie sich nicht freuen. Wie auch, wo ihre arme Schwester so krank darniederlag und vielleicht nie wieder gesund wurde.

Die jungen Frauen schwatzten aufgeregt durcheinander und zeigten sich gegenseitig ein Kleid oder einen Mantel. »Sieh nur, wie hübsch es aussieht! Und hier – das niedliche Mäntelchen.«

Margarete nahm alles wie durch einen Nebelschleier wahr. Ihr war übel, und ihr Herzschlag fühlte sich dumpf und schwer an.

Es klopfte, und ihre Mutter kam herein. »Das habe ich vorhin ganz vergessen.« Sie warf Margarete einen raschen Blick zu und legte einen Stapel Briefe auf den Tisch. »Und?«, fragte sie dann. »Bist du zufrieden?«

»Womit?«, fragte Margarete verwirrt zurück.

»Mit dem Katalog.« Offenbar war sie zuvor schon hier gewesen und hatte den Katalog gebracht, Margarete hatte sie nur nicht bemerkt.

»Ja, sehr.« Dabei hatte sie noch gar nicht hineingeschaut.

Maria nickte und ging wieder hinaus. Das hieß wohl: keine neuen Nachrichten von Marie.

Margarete nahm den Poststapel und fuhr zum Fenster, die Briefe im Schoß. Draußen wehte ein lauer Wind, der den Duft von Flieder mit sich brachte. Marie würde ihn nicht riechen können.

Ihr wurde so elend zumute, dass sie die Tränen erst spürte, als der Kragen ihrer Bluse feucht wurde. Sie suchte nach einem Taschentuch und wischte sich über die Augen.

Die Schwestern Henriette und Luise tuschelten miteinander, ansonsten war es mucksmäuschenstill im Zimmer geworden.

»Macht nur weiter«, sagte Margarete, ohne sich zu ihnen umzudrehen.

»Deine Schwester?«, fragte Ruth.

Sie nickte.

»Tut mir sehr leid.«

Wieder nickte sie.

»Wenn das Fieber erst mal sinkt ...«, setzte Luise an, und jemand zischte, sie solle den Mund halten.

Margarete drehte sich zu ihnen um. Alle saßen da und schauten sie mit großen Augen an. Sie fühlten mit ihr, das war deutlich zu sehen, und diese Tatsache machte sie nur noch trauriger. »Danke«, brachte sie schließlich mühsam hervor. »Es ist schön, dass ihr ... dass ihr an sie denkt.«

»Ist doch selbstverständlich«, murmelte Henriette.

Sie schluckte. »Und nun wird weitergearbeitet, hört ihr? Es gibt noch viel zu tun. Bis zum Abend wollen wir die neuen Kleider fertig haben.«

Sie wandte sich wieder um und sah die Briefe durch.

Eine Ansichtskarte aus München sprang ihr ins Auge, und sie musste lächeln. Hans.

Liebes Fräulein Steiff, es tut mir furchtbar leid, dass ich so lange nichts von mir habe hören lassen.

Seine letzte Karte war vor drei Monaten gekommen.

Ich bleibe vorerst in München, um meinen Roman endlich fertig zu schreiben. Gern würde ich Ihnen einen kleinen Besuch abstatten. Mit bestem Gruß, Ihr Hans Richter.

Er wollte herkommen? Ausgerechnet jetzt, wo sie so niedergeschlagen war.

Am besten, sie schrieb ihm gleich heute Abend, und sie würden seinen Besuch auf den Sommer oder besser noch Herbst verschieben.

Am Abend, ihre Mitarbeiterinnen waren gegangen, kam ihr Vater herein, das Gesicht verschlossen, die Schultern nach unten gezogen. »Marie ist tot, Grete.«

Margarete starrte ihn an. Sie hatte damit rechnen müssen und es im Geiste bereits durchgespielt. Doch nun wollte die grausige Nachricht nicht zu ihr durchdringen. »Nein!« Sie schlug die Hand vor den Mund und brach in Tränen aus.

Er kam zu ihr, das Gesicht grimmig, die Augenbrauen zu einem dunklen Strich. »Grete …« Unbeholfen legte er die Hand auf ihre Schulter. Er wollte sie trösten und wusste nicht, wie. Weil er selbst Trost brauchte.

»Lass nur, Vater.« Sie schniefte. »Ich weiß schon, was du sagen willst. Du trauerst ja auch, aber ich … ich bin so furchtbar wütend«, gestand sie.

Sie war wütend auf Gott, weil er ihre Schwester viel zu früh holte, und sie war wütend auf sich selbst, weil sie sich nicht so um ihre Nichten kümmern konnte, wie sie es gern getan hätte. Sie war wütend auf ihre lahmen, steifen Beine, ihre unfähige Hand, sie war sogar wütend auf ihren Rollstuhl.

Doch sie wusste, dass sie die Wut niederringen musste, dass es sinnlos war, auf das Schicksal wütend zu sein.

»Geh nur«, flüsterte sie und zog ein Taschentuch aus ihrem Kleid. »Kümmere dich um Mutter, sie braucht dich jetzt. Ich komme zurecht.«

»Ich kann auch noch ein Weilchen bei dir bleiben«, bot er an, und sie war nicht sicher, ob das seinem Wunsch entsprach.

Vielleicht wäre er gern geblieben, weil er mit ihrem Zorn besser umgehen konnte als mit der stummen Verzweiflung ihrer Mutter.

»Nein, geh nur. Bitte.« Sie ließ es klingen, als wäre sie lieber allein.

»Wie du meinst.« Mit hängenden Schultern ging Friedrich zur Tür. Dort warf er ihr einen letzten Blick zu, bevor er das Zimmer verließ.

Die plötzliche Stille war schrecklich, kaum auszuhalten.

Das Blut rauschte in ihren Ohren, ihr Puls raste. Ihre Gedanken überschlugen sich, kamen nicht zur Ruhe.

Das Leben war unbarmherzig, nicht gerecht, so war es nun mal.

Das hätte sie doch längst begreifen, einsehen müssen.

Warum fiel es ihr plötzlich so schwer?

Kapitel 16

Bis vor zwei Tagen hatte es noch heftig geregnet, und es war eher kühl gewesen. Dann brach der Himmel plötzlich auf, und die Sonne war hervorgekommen. Die Schwüle hatte Horden von Mücken angezogen, die sich mit Hingabe auf jedes freie Stück Haut stürzten. Margarete kam sich allmählich vor, als versorge sie alle Mücken dieser Erde mit ihrem Blut. Es war unerträglich.

An diesem späten Nachmittag saß sie matt und verschwitzt an ihrem Nähtisch, eine Stickarbeit im Schoß.

Ruth und Henriette, gleich neben ihr, tauschten sich über das beste Rezept für Apfelkuchen aus, Luise summte leise, und Martha saß still da, den Kopf über ihre Näharbeit gesenkt.

Im Monat zuvor hatte sie ihre Mutter begraben müssen, seitdem war sie in sich gekehrt und wortkarg. »Das Leben geht weiter, ich weiß«, hatte sie gemeint. »Aber gerade fühlt es sich an, als wäre meines stehengeblieben. Als stünde ich selbst unbeweglich da und müsste den anderen dabei zusehen, wie sie weiterleben.«

»Auch das vergeht«, hatte Margarete tröstend erwidert. »Glaub mir, damit kenne ich mich aus.« Ihr war es nach dem Tod der Schwester genauso gegangen.

Immerhin war Marthas Vater einverstanden, dass sie weiterhin für Margarete arbeitete und so zum Lebensunterhalt beitrug.

Seit dem Tod der Mutter trank er mehr, als ihm guttat.

Die Tür ging auf, und Maria Steiff kam herein. Hatte sie angeklopft? »Post, Grete.« Sie legte einen Brief auf den Tisch.

Wieder nichts von Hans, nicht mal eine Karte. Seit dem Frühjahr hatte sie nichts mehr von ihm gehört. Doch es war nicht ungewöhnlich, dass er sich monatelang nicht meldete.

Wahrscheinlich war es noch immer sein Roman, der ihn von allen Unternehmungen abhielt. Der Roman, der »Fluch und Segen« zugleich war, wie er gemeint hatte.

Margarete zog den dicken Faden durch das Leinen. Sie hasste das Monogramme-Sticken. Vor einiger Zeit hatte sie die Aussteuer für die Tochter des Apothekers nähen und in jedes Stück deren Initialen sticken müssen. Selbst in ihren Träumen hatte sie die ungeliebte Arbeit nicht losgelassen.

»Unser Neffe wünscht sich zwei Holzpferdchen zum Geburtstag«, erzählte Henriette und legte den fertigen Filzunterrock zu den anderen auf den Stapel. Das Thema Backrezepte war offenbar beendet. »Wir würden ihm den Wunsch ja gern erfüllen, aber wer soll ihm eins schnitzen?«

»Sein Vater?«, schlug Ruth vor, und sie lachte kopfschüttelnd.

»Der würde sich glatt zwei Finger abschneiden, wenn nicht gleich die ganze Hand.«

»Meine Tochter will unbedingt eine neue Puppe haben, eine weiche zum Schmusen«, sagte Ruth und lächelte. Die kleine Eva war im Monat zuvor vier geworden. »Letztes Jahr habe ich ihr eine aus Stoffresten genäht, die hat gerade mal einen Monat gehalten. Evchen hat sie überall mit hingenommen, und einmal ist sie sogar in eine Pfütze gefallen.« Sie seufzte resigniert. »Danach konnte ich nicht mehr viel machen, egal, wie sehr Evchen gebettelt hat.«

Margarete hatte interessiert zugehört, und wie so oft gingen ihre Gedanken auf Reisen. *Weiches, anschmiegsames und trotzdem widerstandsfähiges Spielzeug*, überlegte sie. *Das wäre es.*

Filz wäre genau das richtige Material dafür. Man konnte es fest zusammennähen und mit Schurwolle ausstopfen.

Eine Idee huschte ihr wie ein heller Blitz durch den Kopf: Vielleicht sollten sie auch Spielzeug anfertigen. Aber sie kamen schon jetzt kaum hinterher mit der Arbeit.

Nein. Sie schüttelte den Kopf. *Du hast nur zwei Hände, und davon ist die eine nicht mal zu gebrauchen. Du solltest dich mäßigen.*

»Was ist denn?«, fragte Martha leise und sah sie an.

»Mir ist nur gerade etwas durch den Kopf gegangen, das ich gleich wieder verworfen habe.«

Am Abend hatte Margarete eine Kleinigkeit gegessen und sich anschließend in die Stube zum Musizieren zurückgezogen.

Doch dazu war es viel zu warm. Also legte sie die Zither wieder beiseite und schaute träge aus dem Fenster.

Ein lauer Wind war aufgekommen, vielleicht konnte er die Schwüle etwas vertreiben. Sie bat ihren Vater, sie nach draußen zu tragen.

Dort saß sie und schaute den Nachbarskindern beim Spielen zu.

Lisa, Lenis kleine Schwester, kam auf einem Bein hüpfend zu ihr und setzte sich neben sie. Lisa war zu einem Zeitpunkt geboren worden, als ihre Eltern nicht mehr mit Nachwuchs gerechnet hatten. »Erzählst du mir eine Geschichte?«

»Du kommst wie gerufen. Gerade eben ist mir eine sehr schöne Geschichte eingefallen, und ich dachte so bei mir: Die wäre doch was für Lisa.«

»Der Georg ist gestern verdroschen worden«, erzählte das Mädchen. »Weil er ungezogen war.«

Georg wohnte gleich nebenan.

»Ach je.« Hätte sie Kinder, würde sie nicht so streng sein. Weniger Strafen, die ein echtes Einsehen ohnehin fast nie zur Folge hatten, und mehr Ansporn und Lob. »Aber nun zu deiner Geschichte.«

Sie wollte gerade ansetzen, als dem Mädchen noch etwas einfiel. »Leni hat mir neulich eine mit Kobolden erzählt. Sind alle Kobolde böse?«

»Nein, das glaube ich nicht. Es sei denn, man ärgert sie oder spielt ihnen übel mit. Dann rächen sie sich. Aber solange man nett und höflich zu ihnen ist, tun sie einem nur Gutes.«

»Weißt du das, oder glaubst du's?«

»Ich weiß es«, schwindelte sie. In Wahrheit wusste sie selbst nicht, was sie von Kobolden und Elfen halten sollte. »Angst musst du jedenfalls nicht vor ihnen haben.«

Lisa lehnte den Kopf an ihre Schulter, eine Geste, die Margarete jedes Mal aufs Neue berührte. »Ich möchte eine Geschichte über eine kleine wunderschöne Elfe.«

»Was für ein Zufall. Meine Geschichte handelt genau davon.«

Margarete war noch mitten in der Geschichte, als sie einen Mann die Gasse entlangkommen sah. Er hatte die Hände in den Hosentaschen und pfiff leise vor sich hin. Und an der Art und Weise, wie er ausschritt und die Füße voreinandersetzte, erkannte sie ihn. Da hatte sie ihm noch gar nicht ins Gesicht schauen können.

»Hans.« Sie lächelte erfreut.

Gleich hinter ihm ihr Bruder, auch er die Hände in den Hosentaschen.

»Wer ist das?«, wollte Lisa wissen, hatte dann aber ganz offenbar Fritz entdeckt und sprang auf. »Fritz! Die Grete erzählt mir eine Geschichte!«

Margarete wünschte, sie könnte auch aufspringen und den beiden entgegenrennen.

Fritz hob das Mädchen hoch und wirbelte es durch die Luft.

»Fräulein Steiff.« Hans nahm den Hut ab und schob ihn sich unter den linken Arm. »Grüß Sie Gott.«

»Grüß Gott, Herr Richter.«

Behutsam nahm er ihre linke Hand. »Es ist schön, wieder hier zu sein.«

In dem Moment sagte Fritz hinter ihm: »Willst du uns nicht vorstellen, Grete?«

»Fritz, das ist Herr Richter. Wir sind uns vor einiger Zeit im Zug begegnet. Herr Richter, das ist mein Bruder Fritz.«

Hans drehte sich zu ihm um. »Sehr angenehm.«

»Ganz meinerseits.« Fritz war anzusehen, dass er ein wenig verwirrt war. Bestimmt fragte er sich, warum sie ihm nicht von Hans erzählt hatte.

»Grete erzählt gerade von einer schönen Elfe, die sich keinen Elfenmann suchen will«, plapperte Lisa.

»Ach ja?« Hans schmunzelte belustigt.

Auch Fritz grinste. »Und wieso will sie das nicht?«

»Weil sie für sich selbst sorgen kann.«

Er nickte. »Das erscheint mir plausibel. Nicht wahr, Grete?«

Sie sah, wie sein Mundwinkel zuckte. »Ich bin ganz deiner Meinung, Fritz.«

Aus einem der Nachbarhäuser erklang ein lauter Ruf. »Lisa? Lieschen! Wo zum Teufel steckst du schon wieder?«

»Dein Vater«, sagte Margarete leise. »Husch, husch, nach Hause.«

Fritz setzte das Mädchen ab und strich ihm über den Kopf.

Es zog einen Schmollmund. »Schade.«

»Morgen erzähle ich weiter«, versprach Margarete.

Lisa lief los, und Fritz und auch Hans blickten ihr nach.

Fritz' Blick wusste sie zu deuten, er wünschte sich eine Tochter. Doch was war mit Hans? Wünschte auch er sich eine Tochter? Aber er hatte gemeint, Kinder nicht zu mögen. War es vielleicht nur der Blick eines verträumten Literaten, der wusste, dass er nie sesshaft werden und eine Familie gründen würde?

Fritz räusperte sich. »Dann will ich mal ... Hat mich gefreut, Sie kennenzulernen, Herr Richter.«

»Ganz meinerseits, Herr Steiff.«

Nachdem ihr Bruder ins Haus verschwunden war, fragte Hans, ob er sich neben sie setzen dürfte. »Es tut mir leid, dass ich wieder einfach so hier vorbeischneie.« Er sah allerdings nicht aus, als täte es ihm aufrichtig leid. Vielmehr machte er den Eindruck, als gefiele er sich in der Rolle des unberechenbaren Künstlers, der tat und ließ, was ihm gefiel. Konnte man ihm das krummnehmen? Er tat ja niemandem weh. Sie könnte jederzeit sagen, er solle wieder dorthin verschwinden, wo er hergekommen war. Nichts und niemand zwang sie, für ihn alles stehen und liegen zu lassen.

Er schaute in die Ferne, die Augen leicht zusammengekniffen. »Ich wollte telegrafieren, doch dann überkam es mich, und ich dachte, ich steige in die Eisenbahn und überrasche Sie. Aber, wenn ich ungelegen komme ...«

»Überhaupt nicht.«

Er lächelte. »Wie geht es Ihnen, Margarete?«

»Gut. Und Ihnen?«

»Ich kann nicht klagen. Mein Roman ist so gut wie fertig.« Er strich sich eine Haarsträhne aus der Stirn. »Wenn ich Ihnen sage, dass er mich schier wahnsinnig gemacht hat, ist das eine glatte Untertreibung.«

Sie musste lachen. »So schlimm?«

»Es wird mein erster und letzter sein, das schwöre ich.«

»Sagen nicht die meisten Schriftsteller am Ende eines Buches, dass sie nie wieder etwas anfangen wollen? Seien Sie ehrlich zu sich, Hans, es juckt Sie doch jetzt schon wieder, etwas Neues zu beginnen. Sie suchen bereits nach einer Idee, einer Geschichte, die Sie nicht mehr loslässt.«

Er hatte sie die ganze Zeit angeschaut, die Stirn gerunzelt. »Woher kennen Sie mich eigentlich so verblüffend gut, Margarete? Wie kann das sein?«

Sie zuckte die Schultern. »Sie sind der einzige Schriftsteller, den ich kenne. Aber ich glaube, in vielem unterscheiden die Menschen sich gar nicht so sehr voneinander. Vieles folgt einem gleichen Muster.«

Er sah beeindruckt aus. »Sie sind eine kluge Frau, Margarete, sehr klug sogar.«

Sie spürte, wie sie errötete.

»Ich könnte jetzt behaupten, Sie wären die erste derart kluge Frau, die ich kenne.« Er machte eine Pause und grinste. »Und es würde stimmen. Aber selbstverständlich sage ich nichts dergleichen.« Er machte eine Pause und sagte dann: »Und Sie schreiben äußerst beflügelnde Briefe.«

»Beflügelnd?« Wie sollte sie das denn verstehen?

Hans gestikulierte ausladend. »Wie kann ich es anders nennen? Warten Sie.« Er legte den Finger unter die Nase. »Nein, ein anderes Wort fällt mir leider nicht ein. Beflügelnd, jawohl. Nach jedem Ihrer Briefe war mir, als müsste ich augenblicklich weiterschreiben. Als fiele alles von mir ab, das mich zuvor daran gehindert hatte. Verstehen Sie, was ich meine?«

»Nicht so recht«, gab sie zu.

»Jammerschade. Aber besser kann ich es nicht formulieren.«

»Dann soll es mir recht sein.« Sie nickte lächelnd. »Ich freue mich, dass ich Sie dazu bringe, fleißig zu arbeiten.«

»Oh, nicht nur das.« Er schrieb mit der Hand in der Luft. »Das, was ich zu Papier bringe, fühlt sich auch noch gut an. Passend. Vollkommen richtig.«

»Das freut mich.« Wieder überkam sie diese eigenartige Schüchternheit, die sie sonst nicht an den Tag legte.

War sie etwa doch in ihn verliebt? Nur ein kleines bisschen?

Einen kurzen Moment schwiegen sie, dann erhob Hans sich und wischte sich die Hand am Hosenbein ab, um sie ihr entgegenzustrecken. »Ich bin im selben Gasthof untergekommen. Wollen wir morgen wieder einen Ausflug zur Burgruine machen?«

Morgen wartete eine Menge Arbeit auf sie, viel zu viel Arbeit.

In ihrem Kopf arbeitete es. »Ja«, hörte sie sich sagen.

»Darf ich Sie nach dem Mittagessen abholen? Oder lieber noch früher?«

»Nein, danach wäre fein.« Es klang erleichtert, und das war sie auch. »Nach dem Essen« hieß, dass sie davor noch ihre Arbeit erledigen konnte. Wenigstens zu einem Teil. Sie würde einfach ganz besonders früh aufstehen und anfangen.

»Was ist mit Ihren Eltern?«, flüsterte er.

»Sie werden wohl nicht sehr begeistert sein«, sagte sie ehrlicherweise. »Aber ich finde schon einen Weg.«

Kapitel 17

Am Tag darauf, gleich nach dem Mittagessen, war Margarete in die Vorratskammer gefahren, um nachzusehen, ob sich vielleicht etwas für ein Picknick fand. Sie packte einen halben Früchtekuchen in den Korb und deckte ihn mit einem Tuch ab.

Sie hörte Schritte, vermutlich ihre Mutter, und wappnete sich.

»Was tust du da, Grete?«

Sie wandte sich um und stieß dabei mit dem hinteren rechten Reifen an das Regal, in dem die Einkochgläser standen. Sie klirrten, und das Regal schwankte leicht.

Maria stürzte herbei und hielt es fest. »Grete, gib doch acht!«

»Entschuldige«, sagte sie zerknirscht.

»Was ist das denn?« Maria lupfte das Tuch und warf einen Blick in den Korb. »Kannst du mir das erklären?«

»Ich bekomme Besuch und dachte, wir könnten ein Picknick machen.«

»Besuch? Von wem?«

»Herrn Richter.«

Maria schnappte hörbar nach Luft. »Ich höre ja wohl nicht recht! Ich bin nicht dumm, und blind bin ich auch nicht. Dieser Herr Richter macht dir schöne Augen, und *du* bist dumm genug, es zu genießen.« Ihr Gesicht sprach Bände. *Natürlich genießt du es. Allzu viel Gelegenheit hattest du bisher ja auch nicht.*

Sie lehnte sich mit verschränkten Armen gegen den Türrahmen. »Er *macht* dir also schöne Augen. Und er gefällt dir, ja? Dann soll er dir gefälligst einen Antrag machen, Grete.« Sie nickte bekräftigend. »Das erwarten Vater und ich von ihm. Er soll dich heiraten und ernähren.«

»Ich kann mich selbst ernähren«, warf Margarete matt ein. Sie war es so leid!

Ihre Mutter lachte auf. »Was bleibt dir auch übrig? Wenn wir mal nicht mehr sind, musst du irgendwie zurechtkommen, von etwas leben.«

»Ich habe nicht vor, Herrn Richter zu heiraten«, erklärte sie mit fester Stimme.

»Ach nein? Und wieso nicht, wenn die Frage erlaubt ist?«

»Ich bin nicht aufs Heiraten aus.«

»Dass ich nicht lache! Nicht aufs Heiraten aus sein. Das wird ja immer schöner.« Maria kam einen Schritt näher, zwei. Ihr Gesicht nah an Margaretes, sagte sie: »Hast du dir mal überlegt, was die Leute sagen? Die Nachbarn? Was glaubst du, was sie wohl denken? Willst du, dass sie denken, ihr ...« Sie verstummte, als sei sie selbst erschrocken über ihre eigenen Gedanken.

»Wir tun nichts, wofür man sich schämen müsste.«

»Was tut ihr dann?«

»Wir reden. Wir unterhalten uns.«

»Reden, unterhalten. Pah! Wenn *du* dich schon nicht schämst, Grete, ich tue es. Weiß Gott, tu ich's. Was denkst du dir eigentlich, uns so eine Schande zu machen? Als wäre es nicht schon schlimm genug, dass ...« Wieder verstummte sie, errötete und wandte sich hastig ab.

»Dass ich nicht gehen kann? Das meintest du doch.«

Nun schwenkte ihre Mutter um. »Herr im Himmel, du weißt doch, wie ich's meine. Du wirst dein Lebtag auf Hilfe angewiesen sein.« Sie machte eine Pause, bevor sie weitersprach. »Und nun kommt jemand, der dich … nimmt, wie du bist, und du willst ihn nicht heiraten?« Sie warf die Hände in die Luft. »Ist das zu fassen! Du kannst dir die Heiratskandidaten nicht aussuchen. Sei doch froh, dass dir der Mann, der dir den Hof macht, gefällt. Dieses Glück hat nicht jede Frau.« Ob sie von sich selbst sprach? »Klare Verhältnisse, das erwarte ich von dir, Grete. Klare Verhältnisse.«

Nachdem Margarete eine ganze Weile wütend geschwiegen hatte, räusperte Maria sich und hob das Kinn. »Na schön, ich hatte nicht vor, so weit zu gehen, aber du lässt mir keine Wahl.«

Was kam jetzt? Wollte sie Margarete nicht aus dem Haus lassen? Ihr verbieten, Hans jemals wiederzusehen oder ihm auch nur zu schreiben? Zukünftig jeden seiner Briefe abfangen und verbrennen?

»Dein Vater wird deinem Herrn Richter deutlich machen, was wir von ihm erwarten.« Damit machte ihre Mutter auf dem Absatz kehrt.

Als sie fort war, schlug Margarete mit der gesunden Hand an den Türrahmen, bis ihr Knöchel schmerzte. Was sollte sie nur tun? Wie konnte sie ihre Mutter davon abhalten?

Sie verfluchte ihre Krankheit und den schrecklichen Rollstuhl. Sie saß hier fest und musste hilflos mitansehen, wie ihre Mutter sich in ihr Leben einmischte. Sie war es leid, so leid!

Sie fuhr los, hinter ihr her, aber sie war nicht mehr zu sehen.

Dafür war Hans zu sehen. Er war nämlich soeben zur Haustür hereingekommen, die offen gestanden hatte. »Verzeihung, die Tür … Was ist denn mit Ihnen, Margarete? Sie sehen aus, als seien Sie einem Geist begegnet.«

»Ich hatte Streit. Mit meiner Mutter.«

»Meinetwegen, nehme ich an.«

»Am besten, Sie bringen mich ganz schnell fort von hier.«

»Jetzt gleich?« Er sah überrascht aus – und ein wenig überfordert.

»Jetzt gleich. Bitte!«, flehte sie.

Er nickte, hob sie aus dem Rollstuhl und brachte sie vor die Tür. »Und nun?«, fragte er hilflos und blickte sich um. Dann nickte er. »Ah, da ist ja der Karren.« Er ging los, um ihn zu holen, und hob Margarete hinein. »Bereit?«

»Sehr bereit.«

Der Karren rumpelte über das Pflaster, und Margarete wurde hin- und hergeworfen. Heute musste es ohne Decke und Kissen gehen.

»Sie ... ähm ... haben aber nicht etwa vor, mit mir durchzubrennen?«, fragte Hans. Es klang bange.

Sie musste lachen und verschluckte sich.

Durchbrennen. Eigentlich eine schöne Vorstellung. Und sehr romantisch.

»Ich fürchte, dazu bin ich nicht verwegen genug. Lassen Sie uns einfach weiterfahren, Hans. Und am Abend, wenn ich heimkomme, haben sich die Wogen hoffentlich geglättet, und wir können vernünftig darüber reden. Meine Eltern und ich.«

Als sie um die Ecke waren und die Ledergasse hinter sich gelassen hatten, blieb er plötzlich stehen und drehte sich zu ihr um. »Verraten Sie mir, worum es in dem Streit ging?«

»Meine Mutter will klare Verhältnisse.«

»Und was bedeutet das?«

»Sie erwartet, dass Sie mich heiraten.«

Einen Moment lang war er sprachlos. Das Blut war ihm aus den Wangen gewichen. »Oh.«

»Keine Sorge, *ich* erwarte es nicht.«

Nachdem sie über Kopfsteinpflaster geholpert waren, ging es auf dem schmalen, grasbewachsenen Weg weiter.

Margarete wünschte, sie könnte aussteigen und selbst laufen, das kitzelnde Gras unter ihren Füßen spüren.

Hans warf ihr einen Blick zu, grinste verschmitzt und rannte los. »Halten Sie sich gut fest!«

Sie saß mit der rechten Seite an einer der Wände des Karrens, mit der linken Hand klammerte sie sich an der anderen fest. Sie hüpfte auf und ab und biss sich auf die Zunge. Sie schmeckte Blut, doch das kümmerte sie nicht. »Schneller, Hans, noch schneller!«

So hatte sie früher auch Fritz angefeuert, wenn er sie im Karren gezogen hatte. Hin und wieder, wenn sie oben auf einem kleinen Hügel angekommen waren, hatte er dem Karren einen Tritt gegeben und war blitzschnell hineingesprungen. Dann hatten sie eng nebeneinandergehockt und sich gegenseitig festgehalten, während der Karren den Hang hinabgerumpelt war.

Meistens war er am Ende umgekippt, und sie waren ins Gras gekugelt. Einmal war er auch gegen einen Baum geprallt, und sie waren erst nach vorn und dann zurückgeworfen worden. Aber jedes Mal hatten sie vor Lachen kaum noch Luft bekommen, und ernstlich verletzt hatten sie sich nie. Nur ein einziges Mal hatte Margarete sich das linke Handgelenk verstaucht, und als ihre Mutter dahintergekommen war, weshalb, hatte sie Fritz in seine Kammer gesperrt. Bis zum nächsten Tag hatte er sie nicht verlassen dürfen – und was er sich hatte anhören müssen! »Bist du des Teufels, deine Schwester so in Gefahr zu bringen! Und dich selbst!«

Margarete hatte trocken erwidert, sie sei bereits gelähmt, was könne ihr schon groß geschehen?

Hans sprang über einen Grasbüschel, und sie jauchzte vor Vergnügen. »Noch schneller!«

Er schnaufte und keuchte. »Ganz, wie Sie wollen.«

Nun wurde ihr doch etwas mulmig, sie mochte es aber nicht zugeben.

»Und? Wie ist Ihnen da hinten?«, rief er.

»Ganz famos!«

Der Weg machte eine kleine Biegung, und im nächsten Moment geriet der Karren ins Schwanken und kippte um. Margarete fiel in hohem Bogen hinaus und landete auf dem Rücken in einer Wacholderheide, die hier überall in rauen Mengen wuchs.

Rasch überprüfte sie im Geiste, ob ihr etwas wehtat. Das war aber nicht der Fall, und sie machte die Augen auf.

»Um Himmels willen!« Hans war zu ihr gestürzt und hatte sich auf die Knie geworfen. »Margarete! Haben Sie sich was getan?«

»Nein, nein. Helfen Sie mir auf, ja?«

»Besser, Sie bleiben noch kurz liegen, bis Sie ganz sicher sind. Tut es irgendwo weh?«

»Nein, ich sagte doch ...«

»Wie Sie aus dem Karren geflogen sind ...« Er stieß ein Zischen aus und schüttelte fassungslos den Kopf. »Ich bin so ein ... Ich hätte doch ...«

»Lassen Sie es gut sein, ich bitte Sie. Mir ist nichts geschehen.«

Er stellte den Karren auf und überprüfte die Räder. Dann hob er Margarete vorsichtig hoch, als sei sie aus Glas, und setzte sie wieder hinein. »Wir haben die Decke und die Kissen vergessen«, bemerkte er erst jetzt.

»Wenn Sie wüssten, wie oft ich früher aus dem Karren gefallen bin.«

»Das sagen Sie doch nur, damit ich kein schlechtes Gewissen habe.«

»Nein. Und fast immer war es meine eigene Schuld. Ich

wollte, dass mein Bruder schneller und schneller fährt. Einmal ist er gestolpert und hingefallen, und der Karren ist auf ihn gekippt. War das ein Durcheinander.«

»Sie sind recht abenteuerlustig. Kein Wunder, dass Sie Ihren Eltern Kummer machen.« Er verzog das Gesicht und schnaubte. »Verzeihung, das war unverschämt von mir. Ich wollte natürlich sagen ... Ich meinte lediglich ...«

»Sie haben recht. Ich habe meinen Eltern ständig Kummer gemacht. Erst werde ich unheilbar krank, dann bin ich auch noch aufmüpfig und viel zu abenteuerlustig. Ich bin kein Segen für sie, niemand weiß das besser als ich.« Dann und wann bekümmerte es sie. »Wenn Sie sich wieder gefangen haben, können wir meinetwegen weiterfahren.«

»Wenn *ich* mich gefangen habe?« Er schnaubte erneut. »Sie sind wirklich ...«

»Nicht aus Zucker«, ergänzte sie und schenkte ihm ein vergnügtes Lächeln. »Nun kommen Sie schon, Hans, lassen Sie uns weiterfahren. Wenn es Sie beruhigt, gerne auch langsam.«

Kapitel 18

»Sie erwarten also nicht, dass ich Sie heirate.« Hans lag neben ihr im langen Gras und kaute auf einem Halm.

»Nein, wie ich schon sagte: Ich bin nicht versessen aufs Heiraten. Außerdem würde mein Vater mich Ihnen ohnehin nicht anvertrauen, wenn er wüsste, wie wild Sie mich im Handkarren durch die Gegend ziehen.«

Er betrachtete sie amüsiert. »Sie haben mich herausgefordert.«

»Soso.«

»Wozu bräuchten *Sie* einen Ehemann, Margarete?«, sagte er nach einer kleinen Pause. »Sie sind eine unabhängige Frau, die für sich selbst sorgen kann.« Er zupfte an einem neuen Halm und setzte sich auf. »Ich habe nie ernsthaft darüber nachgedacht, mich zu verheiraten. Ich wäre ein entsetzlicher Ehemann.«

»Glauben Sie?«

»Ich habe mich immer nur um mich selbst gekümmert, musste allein für mich sorgen. Für viel mehr würde es auch nicht reichen. Ich verdiene gerade genug, um davon leben zu können.« Er warf ihr einen belustigten Blick zu. »Und wie ich Sie kenne, würden Sie mir jeden Monat in den Ohren liegen. ›Hans, kauf mir ein neues Kleid. Hans …‹«

»Moment«, unterbrach sie ihn lachend. »Ich würde mir meine Kleider selbst nähen.«

»›Hans, ich wünsche mir neue Schuhe‹«, fuhr er unbeirrt weiter fort. »›Und ich hätte furchtbar gern diese hübsche Kette mit den dunkelroten Steinen‹.« Er sah sie an. »Was sind das doch gleich für Steine?«

»Ich nehme an, Sie meinen Granat.«

Er nickte. »Richtig, Granat. ›Und Hans, wir brauchen unbedingt neue Sofakissen, die alten sind scheußlich. Und selbstverständlich auch neue Tischdecken. Was sollen unsere Gäste sagen?‹ Denn natürlich hätten wir ständig das Haus voller Gäste, nicht wahr?«

Sie verzog keine Miene. »Was dachten Sie denn?« Sie hob das Gesicht in die warmen Sonnenstrahlen. »Jeden Sonntag würden wir zu Kaffee und Gebäck einladen und zum Abendessen. Und Sie würden Leseabende veranstalten.«

»Und Sie Musikabende.« Er streckte die Beine aus. »Was wäre mit Ihrer Schneiderei?«

Margarete winkte ab. »Die würde ich natürlich schließen. Ich hätte ja Sie, Hans. Sie würden dafür sorgen, dass es mir an nichts fehlt.« Sie seufzte theatralisch. »Je mehr ich darüber nachdenke, desto angenehmer stelle ich es mir vor.«

Er hob den Finger. »Vergessen Sie nicht, dass ich ein schrecklicher, vollkommen unerträglicher Ehemann wäre. Ich würde ständig an Ihnen herumnörgeln, Sie zurechtweisen. Ich wäre dauernd unzufrieden, weil ich nicht mehr schreiben könnte.«

»Wieso sollten Sie nicht mehr schreiben können?«

»Weil Sie mir meine kostbare Zeit stehlen.«

»Ja, dann …« Margarete schloss die Augen.

»Ja, dann …«, sagte auch Hans.

»Unter diesen Umständen werde ich Sie natürlich auf gar keinen Fall heiraten.« Sie öffnete die Augen und sah ihn an.

Und das, was sie in seinem Gesicht, seinem Blick zu sehen glaubte, verwirrte, verunsicherte sie zutiefst. Empfand er mehr für sie? Und was genau empfand sie für ihn? War ihre Unterhaltung womöglich mehr als nur Geplänkel? Steckte hinter jedem seiner Worte etwa mehr Ernsthaftigkeit, als sie geglaubt hatte?

Er drehte den Kopf zur Seite und betrachtete die Burgmauern. »Ich glaube, wir kämen gut miteinander aus«, sagte er nach einer Weile leise. Es klang beinahe bedauernd. »Wenn ich nur nicht ein so grässlicher Ehemann wäre. Sie hätten einen guten, einen umsichtigen und liebevollen verdient, Margarete.«

»Sie meinen einen, der mich auf Händen trägt?« Sie deutete auf ihre unfähigen Beine. Unfähig zu gehen, zu laufen, zu rennen, zu tanzen.

Hans lachte nicht. »Ja, genau so einen.«

»Hören Sie auf, sich dafür zu entschuldigen, dass Sie mich nicht heiraten werden«, sagte sie energisch, fast schroff. »Ich sagte doch schon, dass ich nicht erpicht auf eine Ehe bin.«

Er hob die Hände. »Schon gut, Margarete, schon gut.« Er schwieg einen Augenblick, dann sagte er mit blitzenden Augen: »Aber Sie finden mich nett.«

Sie musste wieder lachen. »Ja, ich finde Sie sogar sehr nett.«

»Gut.« Zufrieden nickte er. »Wären Sie dann einverstanden, dass wir Du zueinander sagen? Ihre Eltern müssen ja nichts davon erfahren.«

»Ja, damit bin ich einverstanden. Hans.« Sie lächelte und stellte sich vor, wie es wäre, wenn sie gehen könnte. Wenn sie aufstehen und davonlaufen könnte. Aus purem Übermut. Und er würde ihr nachlaufen, und zusammen würden sie rennen, immer schneller.

»Hast du heute dein kleines Büchlein gar nicht mitgebracht?«, wechselte sie das Thema. »Ich dachte, du bist immer auf der Suche nach Inspiration.«

»Das bin ich auch.« Er griff in seine Jackentasche und zog Stift und Block hervor. »Bitte sehr.«

»Ich würde gern ein Gedicht von dir hören.«

Er wurde blass, räusperte sich und blätterte in seinem Büchlein. Dann hatte er offenbar etwas gefunden, denn er räusperte sich wieder und begann: »*Verheißung. Der Wind auf meiner Haut, der Wind in deinem Haar. Gleißend hell die Sonne, die uns wärmt. Ein Vogel, hörst du ihn rufen? Er singt sein Lied nur für uns. Und ich spüre den Wind und sehe dich lächeln.*«

Margarete hatte still zugehört, mochte sich kaum bewegen.

Was für zauberhafte, wundervolle Worte.

»Ich glaube, es ist noch gar nicht fertig«, stammelte er, die Wangen gerötet. Er schien verlegen. »Ich hätte nicht ... Ich sollte ... Du findest es grauenvoll. Ich finde es ja selbst furchtbar, jetzt, wo ich es vorgelesen habe.«

»Aber nein, Hans! Ich finde es ... wunderschön.«

»Du nimmst mich auf den Arm.«

»Nein! Nein, es ist mein voller Ernst. Es ist wundervoll. Ich bin ganz ... beseelt.«

Er runzelte die Stirn, sah sie einen Moment an. Dann breitete sich ein Lächeln auf seinem Gesicht aus. »Du bist beseelt? Wirklich? Oh Margarete, du machst mich ... Danke, vielen Dank! Ich freue mich, dass es dir gefallen hat. Es ist nicht zu ... schwülstig?«

»Nein. Kann ein Gedicht zu schwülstig sein?«

»Oh ja. Ich kenne da so einige.«

»Deins nicht. An welche Frau hast du beim Schreiben gedacht, Hans?« Sie hatte das gar nicht fragen wollen. Wieder mal hatte sie geplappert, ohne nachzudenken.

»Du wirst es mir nicht glauben, aber ich dachte an keine bestimmte Frau. Alles, was mir in den Sinn kam, war, dass es so sein *könnte.*« Wieder ein Räuspern. »Mit der Liebe, meine ich. Du weißt schon.«

»Du warst doch bestimmt schon verliebt.«

Er blickte wieder zur Ruine. »Nein.«

»Nein? Das glaube ich dir nicht.«

»Es ist aber wahr.« Mit einem Mal sah er ganz unglücklich aus. »Aber ich wüsste so gern, wie es sich anfühlt. Ich kann nur über die Liebe schreiben, wenn ich es gespürt habe.« Er legte die Hand auf sein Herz.

Margarete horchte in sich. War sie enttäuscht? Hatte sie nicht doch gehofft, sie bedeute ihm mehr?

»Aber du hast ein Gedicht über die Liebe geschrieben«, erinnerte sie ihn.

»Ein Gedicht ist kein Roman, Margarete. Ich kann das einfach nicht.«

Eine Zeit lang sagte keiner etwas, beide saßen oder lagen stumm da und blickten in den Himmel. Margarete fühlte sich ein wenig unwohl, fehl am Platz. Sie ärgerte sich, dass sie von Heirat und Ehe angefangen hatte. Wieso konnte sie ihren Mund nicht halten? *Dein loses Mundwerk bringt dich noch in Teufels Küche*, hörte sie ihre Mutter schimpfen.

»Margarete?« Hans hatte sich wieder aufgesetzt und sah sie ernst an. »Ich hoffe, ich habe dich nicht traurig gemacht.«

»Nein, nein«, sagte sie hastig.

»Ich habe das vorhin ernst gemeint.«

»Was genau?«

»Dass wir gut miteinander auskämen.«

Darauf sagte sie nichts.

Er bewegte sich, und plötzlich saß er dicht neben ihr, seine

Schulter an ihrer. Sein Gesicht kam näher, noch näher, bis seine Nasenspitze an ihrer war. »Darf ich dich küssen?«

Nein! »Ich ... weiß nicht. Ja.« Sie schloss die Augen und wartete. Als sie seine warmen Lippen, die ganz leicht nach Tabak schmeckten, auf ihren spürten, drückte sie ihre Augen fest zusammen. Der Kuss war federleicht und so schnell vorbei, dass sie für einen winzigen Augenblick glaubte, es habe ihn gar nicht gegeben.

Blinzelnd öffnete sie die Augen. Ihr Herz schlug dumpf gegen ihre Rippen, und in ihrem Magen breitete sich ein ungekanntes Gefühl aus. *Verlieb dich bloß nicht*, dachte sie erschrocken.

Er sah sie verblüfft an, als habe ihn der Kuss selbst überrascht. »Verzeih, Margarete, ich ...«, versuchte er, hastig zu erklären.

Sie schüttelte rasch den Kopf. »Du musst dich für nichts entschuldigen, Hans, für gar nichts.«

Er rang mit sich. Dann schluckte er und nickte. »Wie du meinst.«

Hans brachte Margarete heim und verabschiedete sich vor der Haustür. Ihr Rollstuhl stand neben der Tür, und er hob sie hinein. »Ich werde schreiben, versprochen.«

»Und ich werde mich über deine Briefe und Karten freuen – und selbstverständlich alle beantworten.« Sie wollte noch mehr sagen, ihm versichern, dass der Kuss keinerlei Bedeutung für sie hatte. Dass sie nichts weiter als Freunde waren und das auch bleiben würden. Doch es kam nicht über ihre Lippen.

Und so lächelte sie nur ein wenig nervös. »Am besten, du gehst jetzt. Meine Eltern haben den Karren sicher gehört, er rumpelt ja laut genug.«

Er warf einen Blick zur Haustür. »Ob deine Mutter dort wartet?«, raunte er.

»Das ist nicht auszuschließen«, raunte sie zurück. »Ade, Hans.« *Sag es ihm, erklär's ihm, bevor es zwischen euch steht.* Doch wieder brachte sie es nicht fertig.

»Ade, Margarete.« Er räusperte sich. »Es war ein schöner Ausflug.«

»Das finde ich auch.«

»Und ...« Er verstummte wieder.

»Ja?« Vielleicht würde er die richtigen Worte finden.

»Verzeih, dass ich dich einfach ...«

»Schon gut«, unterbrach sie ihn hastig.

Er nickte zögernd, hob die Hand und machte kehrt.

Margarete wartete, bis er nicht mehr zu sehen war, dann schob sie die Tür auf und war überrascht, dass ihre Mutter nicht vor ihr stand. Laut rief sie: »Ich bin wieder da!«

Ihr Vater kam aus der Stube, in der Hand seine Pfeife. »Hast du Herrn Richter nicht mitgebracht?«

»Nein, er ist schon unterwegs zum Bahnhof.«

Sie sahen einander an; sie herausfordernd und stur, ihr Vater verwundert, möglicherweise aber auch erleichtert.

»Deine Mutter will, dass ihr klare Verhältnisse schafft, Grete.«

»Ich weiß, Vater. Das hat sie sehr deutlich gemacht. Aber ich möchte, dass alles so bleibt, wie es ist.«

Er kam näher und senkte die Stimme. »Wie stellst du dir das vor? Er kann nicht ständig herkommen und dich irgendwohin mitnehmen, Grete. Was sollen denn die Leute denken?«

»Was die Leute denken, ist mir ehrlich gesagt egal. Sie brauchen immer etwas, worüber sie sich das Maul zerreißen können, das weißt du doch. Früher haben sie die Köpfe zusammengesteckt und getuschelt, weil ich unbedingt auf die Nähschule wollte. ›Was, die Grete will nähen lernen? Mit ihrer kaputten Hand?‹ Später haben sie sich das Maul darüber zerrissen, dass ich ohne Marie und Pauline weitermachen wollte. ›Wie soll sie das denn schaffen?‹ Nun, wie man sieht …« Sie hob trotzig das Kinn. »Ich habe es geschafft. Beides. Wenn sie jetzt darüber tratschen, dass mich ein gut aussehender Mann besucht, soll's mir recht sein, Vater. Weil ich mir dann wenigstens ein klein wenig normal vorkomme.«

Er hatte mit halb offenem Mund zugehört.

Sie streckte die Hand aus und strich ihm über die kratzige Wange. »Ich weiß, dass ich euch Kummer mache. Es tut mir leid, aber ich werde Mutter nicht den Gefallen tun und mich schämen.«

Er stutzte kurz, dann huschte ein flüchtiges Grinsen über sein Gesicht. »Ich hab nichts anderes von dir erwartet«, brummte er. Doch seine Augen funkelten belustigt. »Komm, ich bringe dich in deine Kammer. Du wirst sicher müde sein.«

Kapitel 19

Giengen a. d. Brenz im Winter

Es hatte die vergangene Nacht und den ganzen Tag geschneit, und Margarete saß an diesem Abend am Fenster und blickte hinunter auf die Straße. Wenn sie später irgendwann gefragt werden würde, womit sie denn ihr Leben verbracht hatte, fiele ihre Antwort wohl so aus: »Ich habe genäht. Und wenn ich nicht an der Nähmaschine gesessen habe, dann am Fenster, um nach draußen zu schauen und zu träumen.«

Wie schön alles aussah, wenn es mit diesem zarten Weiß bedeckt war. Alles wirkte so still und friedlich.

Sie hatte ihre Mitarbeiterinnen bereits nach Hause geschickt, sie selbst wollte noch etwas weiterarbeiten.

Sie fuhr zum Tisch zurück und legte die beiden Stoffstücke übereinander. Die Nähmaschine ratterte, ein Geräusch, das sie ein wenig schläfrig machte. Die letzte Nacht hatte sie mehr wach gelegen, als dass sie Schlaf gefunden hatte.

Am Tag war ein Brief von Hans gekommen, in dem er ihr aufgeregt berichtete, dass er im kommenden Frühjahr nach Island reisen wollte.

Es ist so weit, Margarete, endlich! Ich bin kribbelig vor lauter Vorfreude, kann es kaum erwarten. Ich werde die Elfen und Trolle von Dir grüßen.

Über den Kuss hatten beide kein Wort mehr verloren. Ihr war es lieb so, und sie nahm an, dass es ihm nicht anders ging.

Wie geht es Dir? Bist Du noch immer so fleißig, wie ich glaube? Ich habe noch keinen Verleger für mein Buch gefunden, aber ich werde nicht aufgeben. Das würdest Du auch nicht tun, nicht wahr?

Nein, sie würde ebenfalls nicht aufgeben. Nicht, wenn sie so viel Arbeit, Mühe, Schweiß und Tränen in etwas gesteckt hatte.

Ihr Blick fiel auf *Die Modewelt*. Das Journal lag neben ihr, sie hatte noch nicht hineingesehen, weil ihr die Zeit gefehlt hatte. Heute Abend aber wollte sie das nachholen. Vielleicht später im Bett, vielleicht auch, sobald sie das Mäntelchen fertig hatte.

Keine Stunde später lag es fertig auf dem Stapel, und Margarete hatte das Modejournal aufgeschlagen und darin geblättert. Sie gähnte und musste sich sehr zwingen, die Augen offen zu halten. Am besten, sie würde sich zu Bett begeben. Für heute war es genug, ihre Augen brannten von der Anstrengung.

Sie wollte das Journal zuklappen und zur Seite legen, als ihr Blick auf ein Schnittmuster fiel. Was war denn das?

Sie hielt es sich näher vors Gesicht und blinzelte, damit ihre Augen sich anpassten. Es war das Schnittmuster eines Nadelkissens in Form eines Elefanten.

Margarete fuhr mit dem Finger die Zeichnung entlang. *Hübsch*, dachte sie, *sehr hübsch*.

Vielleicht sollte sie auch eins anfertigen? Es eignete sich bestimmt wunderbar als Weihnachtsgeschenk. Für Anna zum Beispiel, die endlich ihre ersehnte erste Tochter im Arm hatte halten dürfen. Ihre Cousine sollte ebenfalls eins bekommen, und natürlich ihre Mutter und ihre Schwester.

Margarete legte das Journal weg, löschte die Lampe und fuhr in ihre Kammer.

Wie üblich betete sie, der Herrgott möge all die Menschen beschützen, die ihr am Herzen lagen.

Gib ganz besonders auf die kleine Lina acht. Sie ist Annas und Fritz' Augenstern.

Sie schloss auch Hans mit ein, der bald in Island sein würde.

Island. Wie gern würde auch sie die heißen Quellen sehen, von denen er ihr erzählt hatte, die Hügel und Berge, in denen angeblich Trolle hausten, die Vulkane.

Du solltest schlafen und nicht von fernen Ländern träumen, die du sowieso niemals sehen wirst. Morgen früh musst du ausgeschlafen und munter sein, wir haben viel zu tun.

Doch der Schlaf wollte nicht kommen.

Im Geiste war sie bereits mit dem Schnittmuster beschäftigt. Im Modejournal war Stoff angegeben, doch wäre Filz nicht viel besser geeignet? Es war robuster, und die Nadeln ließen sich besser hineinstecken und wieder herausziehen.

Ein »Elefäntle«. Margarete lächelte und kuschelte sich unter das Plumeau. Die freudige Unruhe, die sie erfasste, trug nicht eben dazu bei, schneller einzuschlafen.

Sie schloss die Augen und atmete tief durch. Dann ließ sie ihre Schäfchen übers Gatter springen und begann zu zählen.

Das Letzte, was ihr durch den Kopf ging, war, dass sich auch ein Schaf wunderbar als Nadelkissen eignete.

Am nächsten Tag übertrug Margarete das Schnittmuster auf einen Rest dunkelgrünen Filz. Danach schnitt sie den Filz zu.

Während ihre Mitarbeiterinnen leise schwatzend über ihrer Arbeit saßen, nähte sie die beiden Filzteile zusammen und hielt sie näher ins Licht. *Hübsch*, dachte sie wieder. *Es sieht schon aus wie ein Elefant.*

Sie überlegte, womit sie das Nadelkissen ausstopfen sollte,

und entschied sich für Scherwolle. Es brauchte ein paar Anläufe, bis die Füllung genau richtig war; nicht zu locker und auch nicht zu fest. Beim ersten Versuch waren die Beine zu stramm und unförmig, und die Nähte platzten beinahe auf.

Der Elefant bekam gestickte Augen aus schwarzem Garn, und zu guter Letzt schob sie ein paar Stecknadeln hinein. Es war schließlich ein Nadelkissen.

Margarete stellte es auf den Tisch und lächelte. Doch so ganz zufrieden war sie noch nicht. Sie drehte es hin und her, und dann hatte sie einen Geistesblitz. »Ein Sattel.«

Martha hob den Kopf und sah sie irritiert an. »Ein Sattel?«

»Ich hab nur laut gedacht.« Margarete suchte ein kleines Filzstück aus den Resten aus, es war hellblau. »Hellblau wie der Himmel. Ja, wieso nicht?«

»Was murmelst du da vor dich hin?«, wollte Ruth wissen.

»Habt noch etwas Geduld. Ich werde es euch zeigen, sobald ich fertig bin.«

Martha war aufgestanden und hatte sich neben Margarete gestellt. »Der ist aber entzückend, Grete! Ein Elefäntle.« Sie lachte leise. »Mit Sattel.«

»Das Schnittmuster war im Modejournal«, erklärte Margarete, und während sie Martha mit dem Elefanten in der Hand so anschaute, kam ihr eine Idee. »Man kann damit sicher auch wunderbar spielen«, sagte sie mehr zu sich selbst.

»Spielen?«

»Eigentlich ist es ein Nadelkissen, aber ich finde … Nein, du hast recht.« Margarete schnalzte mit der Zunge und schüttelte den Kopf. »Lass uns weiterarbeiten.« Sie deutete auf die Filzunterröcke, die vor Luise und Henriette auf dem Tisch lagen. »Sei so gut und zeig mir den oberen«, bat sie eine von beiden.

Luise warf ihrer Schwester einen unbehaglichen Blick zu, nahm den Unterrock und reichte ihn Margarete.

Die betrachtete ihn eingehend, strich über den Saum und dehnte die Nähte. Dann schüttelte sie den Kopf. »Den Bund machst du wieder auf.«

»Was? Aber ...«

»Die Naht ist nicht straff genug. Die Stiche müssen enger gesetzt werden, das hab ich euch doch gezeigt.« Es klang streng und tadelnd, und so meinte sie es auch. Sie legte größten Wert auf gute Arbeit, die Leute sollten langlebige Ware für ihr hart verdientes Geld bekommen.

Luises Wangen glühten. »Ist gut, Grete«, murmelte sie. »Heute Abend hast du fünf fertige Unterröcke, die dich zufriedenstellen werden.«

»Sie sollen vor allem die Kundschaft zufriedenstellen.«

»Ist gut«, sagte Luise wieder und kehrte zu ihrem Platz zurück.

Margarete richtete den Blick auf sie, und als Luise sie anschaute, zwinkerte sie ihr zu. »Wenn ich schimpfe, heißt das nicht, dass ich auf irgendwen böse bin. Ich sage offen, was ich denke, das solltet ihr mittlerweile wissen. Sollte ich mich irgendwann ungerecht verhalten, erwarte ich, dass man mir das sagt.«

Die anderen murmelten etwas und nickten.

»Und nun lasst uns was singen. Nein, ich habe eine bessere Idee. Wir spielen ›*Erzähl die Geschichte weiter*‹.«

»Das Spiel kenne ich nicht«, meinte Martha.

Margarete lachte vergnügt. »Natürlich nicht, ich hab's ja eben erst erfunden.«

»Erklär's uns«, bat Henriette.

»Eine beginnt mit einer Geschichte, drei oder vier Sätze genügen. Dann macht die Nächste weiter, die Dritte knüpft an, und so geht es rundum weiter. Wer will anfangen?«

Alle senkten den Kopf über ihre Näharbeit, und Margarete lachte. »Hasenfüße. Schön, dann fange ich an.« Sie überlegte nur kurz. »Es war einmal ein junges, furchtbar unglückliches Mädchen. Das arme Ding musste von früh bis spät hart arbeiten.«

»Du meinst jetzt aber nicht Aschenputtel«, warf Luise ein.

»Natürlich nicht.« Sie schnalzte mit der Zunge. »Aber jede Geschichte braucht nun mal einen Anfang, nicht wahr? Und mit einem armen, unglücklichen Mädchen anzufangen, entzündet bei jeder von euch einen Funken, hab ich recht?«

Die anderen sahen sich betreten an, bis Ruth es schließlich war, die nickte, als hätte man sie bei etwas erwischt.

»Willst du weitermachen, Ruth?«

»Ähm, ich weiß nicht.«

»Trau dich, nur zu.«

Sie räusperte sich und sagte dann: »Das Mädchen hatte vier Brüder zu versorgen, nachdem die Mutter gestorben war. Vier Lausebengel, sag ich euch ...«

Der Gedanke, das Nadelkissen könnte sich auch gut als Spieltier eignen, wollte Margarete nicht aus dem Kopf gehen.

Sie selbst hatte nie Spielzeug besessen, und wie ihr ging es den meisten Kindern. Gespielt wurde mit dem, was man draußen oder auch im Haus oder Schuppen fand.

Aber ein Spielzeug konnte so viel mehr sein, es konnte Trost und Geborgenheit spenden, zum Beispiel, wenn das Kind krank war.

Die Idee ließ Margarete nicht mehr los.

Kapitel 20

Am Tag darauf kam Fritz in die Schneiderwerkstatt.

Als er das Elefäntle sah, das auf Margaretes Arbeitstisch stand, nahm er es und schaute es an. »Ein Elefant mit Sattel. Hübsch. Wofür soll er sein?«

»Er ist als Nadelkissen gedacht.«

»Willst du's verkaufen?«

Sie schüttelte den Kopf und drehte weiter am Schwungrad. »Ich will es zu Weihnachten verschenken.«

»Die Anna würde sich gewiss auch über eins freuen.«

Sie blickte nur kurz auf. »Sie bekommen alle eins: Anna, die Mutter, Pauline, und eins für Cousine Lina.«

»Du siehst müde aus, Grete. Du solltest dich mehr ausruhen.«

»Ich weiß.« Sah man es ihr schon so deutlich an? »Aber wir haben so viel zu tun.« Es klang, als beschwere sie sich, und das hatte sie gewiss nicht vor. »Ach, ich bin ja zufrieden«, versicherte sie.

»Trotzdem«, sagte er mit der Strenge eines fürsorglichen Bruders. »Ruh dich mehr aus. Es ist niemandem geholfen, wenn du zusammenklappst.«

»Das geschieht schon nicht.«

Später fuhr sie zum Fenster und blickte hinaus. Es schneite noch immer. Mit der linken Hand massierte sie sanft die rechte. Sie schaute auf die Uhr und seufzte. Schon so spät.

Sie sollte sich schleunigst zu Bett begeben, aber sie wollte doch noch mindestens zwei Nadelkissen nähen.

Oder ich verschieb's auf morgen, überlegte sie.

Nein, eins würde sie jetzt noch anfertigen.

Sie fuhr zum Korb, in dem die Filzreste lagen. Dann nahm sie das Schnittmuster und begann mit der Arbeit.

Margarete war am Tisch eingeschlafen, den Kopf zur Seite gekippt. Sie fuhr zusammen, als Martha hereinkam.

»Grete! Was machst du hier?«

Sie brauchte eine Weile, um zu sich zu kommen. »Gütiger, Martha, hast du mich erschreckt!«

»*Ich* hab *dich* erschreckt?« Martha schnalzte mit der Zunge, hängte ihren Mantel auf und blieb am Tisch stehen, den Blick auf die drei Elefäntle gerichtet, die Margarete in der Nacht gefertigt hatte. »Bist du zu retten? Hast du etwa die ganze Nacht hier gesessen und gearbeitet?«

Margarete dehnte vorsichtig ihren Hals und strich über ihre schmerzende rechte Hand. »Die halbe Nacht, dann bin ich wohl eingeschlafen. Ich wollte eigentlich zu Bett gehen, doch dann ... Schimpf ruhig mit mir, du hast ja recht.« Sie hatte Kopfweh, und Nacken und Schultern waren furchtbar verkrampft. Kein Wunder.

Martha schüttelte den Kopf. »Aber die Elefäntle sind wirklich hübsch geworden.«

»Ich will sie zu Weihnachten verschenken.« Margarete gähnte herzzerreißend. Himmel, war sie müde! Wie sollte sie den Tag nur überstehen, ohne dass sie im Rollstuhl zusammensackte und einschlief?

»Du wirst dich jetzt eine Weile hinlegen.« Martha löste die Bremse und schob sie zur Tür.

»Was tust du da?«

Luise und Henriette kamen herein, und Martha schob sie an ihnen vorbei. »Grete hat die ganze Nacht gearbeitet, und jetzt werde ich sie in ihre Kammer bringen.«

»Nichts da«, protestierte Margarete und versuchte, den Rollstuhl zu wenden.

Vergebens. Martha schob sie unbeirrt und sehr energisch weiter. »Es ist zwecklos, also hör auf, dich zu wehren.«

»Du vergisst, dass du meine Mitarbeiterin bist«, sagte Margarete entrüstet.

»Das vergesse ich ganz und gar nicht. Ich hab dir so viel zu verdanken, wie könnte ich's da vergessen?« Sie öffnete die Tür zu Margaretes Kammer und schob den Rollstuhl hinein. »Haben deine Eltern gar nicht bemerkt, dass du nicht im Bett warst?«

Nun war Margarete wirklich empört. »Ich bin kein kleines Kind mehr, Martha! Ich kann schlafen gehen, wie es mir beliebt.«

»Ich meinte ja nur, weil dein Vater dich doch immer zu Bett bringt. Also, ich meine, weil er dich doch tragen muss.«

»Und das willst jetzt du übernehmen?«, fragte Margarete herausfordernd. Es kitzelte sie plötzlich im Zwerchfell.

Martha nickte entschlossen. »Wenn du ein bisschen mithilfst …«

»Ich fürchte, das wird nicht gehen.« Sie musste lachen, unterdrückte es aber.

»Schön, dann wird es auch so …« Martha fasste in ihre Kniekehlen, befahl ihr, die Arme um ihren Hals zu schlingen, und hob sie keuchend und ächzend aus dem Rollstuhl. Für einen kurzen Moment befürchtete Margarete, dass sie beide hinfallen würden. Doch Martha gelang es tatsächlich, sie ins Bett zu legen, besser gesagt, aufs Plumeau. Das aufzudecken hatte sie nämlich vergessen.

»Bist du so nett und bringst mir eine weitere Decke?«, bat Margarete. Sie hatte beschlossen, von nun an brav zu sein. Kein Protest, kein Nörgeln mehr. Sie würde Martha den Gefallen tun und versuchen, ein paar Stunden zu ruhen, vielleicht sogar etwas zu schlafen.

Martha holte eine Decke aus der Stube, deckte sie zu und ging zur Tür.

»Keine Gutenachtgeschichte?«, fragte sie enttäuscht.

»Dazu warst du nicht artig genug. Wenn du was brauchst …«

»Werde ich laut rufen.«

»Und wenn du aufstehen willst …«

»Auch.« Margarete gluckste. Das Lachen ließ sich jetzt nicht mehr zurückhalten. Sie prustete los, und Martha fiel ein.

»Ich weiß zwar nicht, was so lustig ist, aber es ist schön, dich so lachen zu sehen. Schlaf gut, Grete.« Die Tür fiel hinter ihr ins Schloss.

Ein paar Stunden später stand Martha wieder in der Tür.

Margarete hatte tatsächlich tief und fest geschlafen. »Ich möchte ein frisches Kleid anziehen. Dieses hier ist ganz zerknittert.«

Martha nahm ein dunkelgraues älteres aus dem Schrank und war ihr behilflich, erst das alte auszuziehen und dann das neue überzustreifen. Margarete taten noch immer Schultern und Arme weh, auch der linke, den sie in der vergangenen Zeit zu sehr beansprucht hatte.

Anschließend ließ sie sich von Martha den Haarknoten neu zusammenstecken und in den Rollstuhl hieven.

Sie fuhren in die Schneiderei, und als sie zur Tür hereinkamen, ließen alle ihre Arbeit sinken und blickten auf. »Hast du etwas schlafen können?«, fragte Luise besorgt.

»Fühlst du dich ausgeruht?«, erkundigte sich Ruth.

»Jaja.« Sie mochte es nicht, im Mittelpunkt zu stehen, und von allen Seiten so umsorgt und bemuttert zu werden, behagte ihr auch nicht besonders. »Und ihr? Wart ihr fleißig?«

Sie hatte es kaum ausgesprochen, als sie vier Filzelefanten entdeckte, die auf dem Tisch lagen. »Ihr habt Elefäntle gemacht? Was ist mit unseren Aufträgen?«

»Die haben wir selbstverständlich gleich als Erstes erledigt«, versicherte Ruth. »Für morgen stehen ein halbes Dutzend Unterkleider und drei Kannenwärmer im Bestellbuch.«

Henriette räusperte sich verschämt. »Bist du böse auf uns? Wir dachten, wir nähen auch ein Elefäntle und verschenken es.«

»Also ich werde meins selbst behalten«, meinte ihre Schwester.

»Ich auch.« Ruth nickte.

»Wieso sollte ich böse sein, weil ihr das Elefäntle auch mögt?«

»Unsere Arbeit hat nicht gelitten. Das ist es doch, worum du dich sorgst, nicht wahr?«

Nun war Margarete beschämt, und sie senkte den Kopf, damit die anderen nicht sahen, was in ihr vorging, wie ergriffen sie war. »Ihr wart wirklich sehr fleißig. Wie spät ist es?«

»Gleich vier.«

»Am Nachmittag?«, fragte sie verwirrt.

»Natürlich am Nachmittag.« Martha lachte.

»Ich bin ganz durcheinander.« Sie wedelte mit der Hand. »Lasst mich die Kannenwärmer sehen.« Sie überprüfte die Nähte und nickte zufrieden. »Sehr gut. Und nun macht, dass ihr heimkommt.«

»Du schickst uns weg?«

»Allerdings.« Sie konnte auch sehr streng schauen, wenn sie wollte. »Ihr habt für heute genug gearbeitet. Ich werde noch zwei Elefäntle nähen und dann auch Schluss machen.«

»Und du wirst die Nacht in deinem Bett verbringen?« Martha konnte ebenfalls ein strenges Gesicht machen.

»Ja, Mutter.«

»Gesegnete Weihnachten, Grete.«

»Auch für euch.«

Kapitel 21

Der Winter dauerte in diesem Jahr lange, er wollte die Bürger Giengens noch nicht aus seinen eisigen Klauen entlassen, es schneite und stürmte. Dabei hatte Margarete am Tag zuvor die ersten Narzissen entdeckt und gejubelt, dass nun wohl endlich der Frühling ins Land ziehen würde.

»Ich kann den Schnee nicht mehr sehen«, murrte auch Ruth an diesem Vormittag und schüttelte sich. »Ich freue mich so auf den Frühling.«

Die anderen murmelten zustimmend.

Margarete saß inmitten ihrer Näherinnen, ein soeben fertiggestelltes Elefäntle im Schoß, dem sie die Augen stickte.

Ihre Mutter, ihre Schwester und auch Cousine Lina hatten sich über ihres zu Weihnachten gefreut – die größte Freude jedoch hatten die Kinder, die die Tiere sogleich an sich genommen und damit gespielt hatten. Es wurde als Lastentier beladen oder musste über aufgestellte Hindernisse springen, als wäre es ein Pferd. Fritz' und Annas Tochter Lina hatte es fest an sich gedrückt und nicht wieder loslassen wollen.

Auch Ruths Tochter Eva hatte mit dem Tier geschmust und ihm leise ihre Gedanken anvertraut. Als Ruth Margarete davon erzählt hatte, war der durch den Kopf gegangen, dass das Elefäntle als Nadelkissen zwar seinen Dienst tat, als Spielzeug aber ganz offenbar mindestens genauso gut taugte.

Vielleicht sogar viel besser.

»Was würdet ihr davon halten, wenn wir ein größeres Elefäntle nähen?«, schlug Margarete vor. Sie hatte bereits an Weihnachten darüber nachgedacht, als sie beobachtete, wie schön ihre Neffen und Nichten damit spielten.

Vier Augenpaare waren auf sie gerichtet.

»Ein größeres?«, fragte Martha verdutzt. »Ein Nadelkissen muss doch auch in einen Nähkasten passen.«

»Genau«, pflichteten Luise und Henriette ihr bei.

Ruth jedoch lächelte wissend. »Du willst es als Spielzeug haben, hab ich recht?«

»Als Spielzeug?« Henriette schaute erst sie, dann ihre Schwester verblüfft an.

»Ich finde, das ist eine gute Idee«, meinte Martha nach einer Weile.

Margarete fuhr zu dem großen Korb in der Ecke, in dem die Filzreste aufbewahrt wurden, und warf einen Blick hinein. »Wir verwenden erst mal nur die Reste, dann sehen wir weiter.«

Es zwickte und kitzelte sie im Bauch, ein Gefühl, das ihr vertraut war. So fühlte es sich an, wenn sie dabei war, eine vielversprechende Idee in die Tat umzusetzen. »Aber erst kümmern wir uns um unsere Aufträge. Erst die Arbeit, dann das Vergnügen.« Sie fuhr zu ihrem Arbeitstisch und nahm das Tuch von der Nähmaschine. »Wie geht es dir heute, meine Liebe?«

»Du sprichst mit deiner Nähmaschine?« Ruth lachte.

»Das klingt, als sei das vollkommen verrückt.« Margarete zwinkerte ihr zu und tätschelte das Schwungrad. »Sie hat eine Seele.«

»Hast du ihr auch einen Namen gegeben?«

»Selbstverständlich. Sie heißt … Jolande.« Sie amüsierte sich über ihre Mitarbeiterinnen, die laut lachten.

»Bei uns hat nicht mal das Pferd einen Namen«, sagte Luise. »Es ist einfach nur … das Pferd.«

»Alles, was eine Seele hat, verdient einen Namen.«

Nach einer Weile, in der sie stumm gearbeitet hatten und nur das leise Rattern der Nähmaschine zu hören gewesen war, fragte Luise: »Wollen wir was singen?«

»Zum Singen genügt meine Stimme heute nicht, fürchte ich«, meinte Margarete bedauernd.

»Dann lasst uns das Geschichten-Spiel spielen«, sagte Ruth. »Ich spiel's daheim gern mit Evchen. Sie liebt es.«

»Darf ich heute anfangen?« Martha hatte die Hand gehoben, und die anderen nickten. »Eine junge Frau – nennen wir sie Mathilde – sitzt im Zug, ihr Strickzeug im Schoß. Sie will eine Jacke für ihren Liebsten stricken. Mathilde ist unterwegs nach …«

»München?«, schlug Margarete vor, ohne aufzusehen.

»München, ja, das ist gut. Jetzt du, Luise.«

»Mathilde sitzt also im Zug und will stricken. Einen Ärmel hat sie schon fertig, aber dann wird sie von etwas abgelenkt. Sie schaut aus dem Fenster. Du bist an der Reihe, Jettchen.«

»Der Zug hält soeben im Bahnhof, und Mathilde sieht einen jungen, gut aussehenden Burschen dort stehen. Hui, ist der aber hübsch, denkt sie und …«

»Sie ist *verlobt*, Jettchen!«, sagte Luise empört.

»Sie schaut doch nur. Mathilde blickt also aus dem Fenster und betrachtet den gut aussehenden Mann. Er hat etwas in der Hand. Sie drückt sich die Nase am Fenster platt. Was hat er da nur? Martha, jetzt du.«

»Ein Buch«, sagte Martha. »Er hat ein Buch bei sich. Den Titel kann Mathilde nicht erkennen, sosehr sie sich auch anstrengt.

Dann dreht der junge Mann den Kopf und sieht sie an. Das Herz bleibt ihr stehen ...«

Die Geschichte war länger und länger geworden. Die Frauen hatten großen Spaß und versuchten, sich gegenseitig mit Einfällen zu übertrumpfen.

Margarete hatte das Nadelkissen-Schnittmuster genommen und auf einem großen Bogen Papier vergrößert, bis es fast die doppelten Maße hatte. Sie hielt es gegen das Licht und runzelte die Stirn. So recht zufriedenstellend war es noch nicht.

Martha kam zu ihr und zeigte auf die Ohren. »Ich glaube, du solltest sie etwas weiter nach hinten setzen.«

»Nach hinten?« Margarete schüttelte den Kopf. »Nein, ich glaube, eher nach vorn.«

Sie wurden sich nicht einig. Martha war der Meinung, der Elefant sähe eher wie eine zu groß geratene Maus aus.

»Dann versuch du es«, schlug Margarete vor und gab ihr das Schnittmuster. »Ich bin wohl zu ungeschickt.«

»Das wollte ich damit nicht sagen, Grete«, erklärte Martha hastig.

»Du musst dich nicht für deine Meinung entschuldigen. Außerdem fehlt mir in der Tat das Geschick.«

Martha machte sich an eine neue Zeichnung, während Margarete passende Filzreste aus dem Korb nahm. »Schau, er wird einen grünen Sattel bekommen.«

Nachdem ihre Näherinnen gegangen waren, blieb Margarete noch in der Schneiderei. Der Elefant musste noch gestopft werden, und die Augen fehlten auch noch.

Ihre Mutter kam herein und schaute ihr über die Schulter. »Für ein Nadelkissen recht groß.«

»Kein Nadelkissen. Es wird ein Spielzeug.«

»Was willst du denn damit?«, fragte Maria verständnislos.

»Ich gar nichts, aber ein Kind wird sich schon finden.«

Margarete schob die Scherwolle in den Filzkörper, hielt immer wieder inne, um ihn zu betrachten, und nahm entweder noch etwas mehr Wolle oder zupfte wieder ein wenig heraus.

Bis es sich gut anfühlte.

»Ja, so ist's perfekt.« Sie nickte zufrieden.

»Ich versteh nicht, weshalb du dich mit so was rumplagst, Grete.« Ihre Mutter schüttelte den Kopf.

»Rumplagen?« Sie lächelte. »Es ist ein reines Vergnügen.«

»Du vertust deine Zeit.« Damit wandte Maria sich ab und verließ den Raum.

Margarete setzte an, um etwas zu entgegnen, ließ es jedoch bleiben. Ihre Mutter würde es ohnehin nicht verstehen.

Ich tue etwas Sinnvolles, dachte sie beglückt. *Ich schaffe etwas, das Kindern Freude bereiten wird.*

Kapitel 22

Am Tag darauf kam Schwägerin Anna mit ihren Kindern in die Schneiderwerkstatt. »Ihr werdet ganz brav und leise sein, hört ihr?«, redete sie ihnen ins Gewissen, den Blick mahnend. »Die Tante Grete hat viel zu tun, aber ihr dürft zuschauen.«

Die Kinder liefen sogleich zu Margarete und bestürmten sie mit Fragen. »Was machst du da? Was soll das werden? Kann ich es mal anfassen?«

Der vierjährige Paul zeigte auf einen Kaffeekannenwärmer. »Ui, das sieht aber ulkig aus. Wofür ist das?« Er kletterte auf ihren Schoß.

»Er hält den Kaffee heiß. Man stülpt ihn über die Kanne.«

Der Junge deutete auf einen Kindermantel, dem Martha gerade Knöpfe annähte. »Ist der für mich?«

»Nein, der ist für ein Kind, das jetzt noch frieren muss.« Margarete knuffte ihn liebevoll. »Du hast doch bereits einen sehr hübschen Mantel, wenn ich nicht irre.«

Sein dreijähriger Bruder Richard gesellte sich zu ihnen. »Ich will auch ein Elefäntle, Tante Grete.«

»Lässt Paul dich etwa nicht mit seinem spielen?«

Er verzog das Gesicht. »Kaum.«

»Stimmt doch gar nicht!«, empörte sich sein Bruder. »Ich lass ihn sehr wohl.«

»Fast nie.«

»Manchmal aber schon.«

Margarete schmunzelte in sich hinein.

Anna hockte sich neben die beiden Buben. »Was hab ich euch gesagt? Ihr sollt Tante Grete nicht stören, sondern artig sein. So schwer kann das doch nicht sein, oder?«

»Manchmal ist das sehr schwer, Mama«, meinte Paul.

Margarete unterdrückte ein Lachen. Wie gut sie ihn verstand, ihr war das Artigsein auch häufig schwergefallen.

Wie die Orgelpfeifen standen sie nebeneinander: Richard, der Zweitälteste, dann Franz, nur ein Jahr jünger, und neben ihm die kleine Lina, kaum ein Jahr alt und noch mehr auf allen vieren unterwegs als auf ihren Beinchen.

Paul, der Älteste von ihnen, hockte noch immer auf Margaretes Schoß. »Es ist furchtbar schwer, immer artig zu sein«, raunte er ihr ins Ohr, und sie nickte zustimmend, als ihre Schwägerin nicht hinsah.

Offenbar hatte Richard soeben den Elefanten entdeckt, der auf dem Arbeitstisch gleich neben der Nähmaschine stand. »Ui! Der ist aber groß!«, rief er entzückt.

»Nicht anfassen!«, rief Anna. »Stell ihn um Himmels willen wieder hin, Richard!«

»Aber ich wollte doch nur …«

»Lass ihn ruhig«, sagte Margarete. »Er ist ja zum Spielen gedacht.«

Anna schaute sie verblüfft an. »Seit wann macht ihr Spielzeug?«

»Seit heute«, erklärte Margarete. »Es ist ein Versuch.«

Richard kam mit dem großen Elefanten zu ihr gelaufen. »Der ist aber schön. Darf ich damit spielen?«

»Wann immer du hier bist, darfst du. Aber vorerst muss er in der Werkstatt bleiben.«

»Aber wieso?«, fragte er enttäuscht.

»Es ist ein Modell. Weißt du, was das ist?«

Der Junge schüttelte den Kopf.

»Er ist dazu da, den Leuten zu zeigen, wie hübsch er aussieht und wie gut er sich anfühlt. Und wenn er ihnen gefällt, können sie einen bestellen.«

»Ich möcht auch so einen. Können wir nicht einen bestellen?« Er sah seine Mutter flehend an, und Margarete musste lachen.

»Du bekommst einen, Richard. Ich werde dir einen nähen. Was sagst du zu einem dunkelblauen Sattel?« Sie hatte ihren Neffen und Nichten noch nie etwas abschlagen können.

»Wie sieht Dunkelblau aus?«

Margarete deutete auf den Kannenwärmer, und er nickte strahlend.

Anna war mit den Kindern wieder gegangen, und es dauerte nicht lange, und Fritz kam herein. »Ich war gerade in der Nähe.« Er war in die Fußstapfen des Vaters getreten und würde das Baugeschäft übernehmen. »Bei Kreuzers muss der Schuppen gemacht werden.« Auch er entdeckte den Elefanten und nahm ihn in die Hand. »Recht groß für ein Nadelkissen.«

Margarete lachte. »Ich bin gespannt, wann jemand hereinschneit, der das *nicht* feststellt. Es ist kein Nadelkissen, Fritz, sondern ein Spielzeug.«

»Was du nicht sagst.« Er stellte keine weiteren Fragen, was sie nicht weiter verwunderte. Sie und Fritz waren aus demselben Holz geschnitzt. Häufig hatten sie den gleichen Gedanken, und es kam nicht selten vor, dass sie gleichzeitig zu reden begannen.

»Deine Elefäntle sind gut angekommen.« Er zog einen Schemel neben sie und sah ihr bei der Arbeit zu.

Sie war damit beschäftigt, ein Monogramm auf ein Leinentuch zu sticken, eine Arbeit, die sie nach wie vor nicht besonders mochte.

»Was würdest du davon halten, wenn ihr mehr herstellt?«

»Mehr?«

»Ja, ein, zwei Säcke voll.«

Margarete ließ das Tuch mitsamt Nadel darin sinken und schaute ihn an. »Bist du von allen guten Geistern verlassen, Fritz? Wie sollen wir das anstellen? Neben der Arbeit?« Sie deutete auf den Kleiderberg in der Mitte des Tisches: ihre morgige Aufgabe.

»Es war nur so eine Idee, ein Gedanke.« Er winkte ab. »Am besten, du vergisst es wieder.«

Sie schwieg und nahm die Stickarbeit wieder auf.

Vergessen, dachte sie. *Das sagt sich so leicht. Ich vergesse so schnell ja nichts, das solltest du wissen.*

»Ich dachte nur – ich könnte versuchen, sie auf dem Heidenheimer Markt zu verkaufen«, sagte er weiter. »Ich fahre in zwei Wochen hin, um dort Material zu holen. Aber du hast recht, es war eine verrückte Idee.«

Er sollte sie wirklich besser kennen. Er musste doch wissen, dass er ihr Interesse geweckt und sie angestachelt hatte.

Aber sie schwieg beharrlich.

»Ich glaube, ich könnte deine Elefäntle gut verkaufen.«

»Lass gut sein«, sagte sie schroffer, als sie beabsichtigt hatte. Doch ihr Gesicht sprach vermutlich Bände, denn ihr Bruder grinste.

»Ihr hättet vierzehn Tage Zeit.«

Margarete legte das Leinentuch beiseite. Nun musste sie laut lachen. »Ach, Fritz, jetzt hast du mich am Haken. Wir zwei, was? Na schön, ich will's versuchen.«

Zwei Wochen später waren dreiunddreißig Elefäntle mit verschiedenfarbigen Sätteln fertig. Als Margarete ihren Näherinnen von Fritz' Vorschlag erzählt hatte, waren sie sofort einverstanden gewesen, an den Abenden etwas länger zu bleiben.

»Wenn Fritz alle Elefäntle wieder mitbringt, werden wir sie eben hier verkaufen«, hatte Margarete gemeint. »Wir gehen also kein Wagnis ein. Außerdem verwenden wir nur Filzreste, und die Wolle bekomme ich für einen guten Preis von Bauer Haferkorn.« *Wenn ich mehr abnehme, macht er mir bestimmt einen noch besseren Preis,* hatte sie still für sich hinzugefügt.

»Du musst uns nicht überreden«, hatte Martha gesagt, und die anderen hatten durch ein Nicken ihre Zustimmung bekundet.

Damit war es beschlossene Sache gewesen.

Am Morgen seiner Abreise holte Fritz die Elefäntle ab, und Margarete spürte, wie ihr Herz vor freudiger Erwartung flatterte.

Zwei Tage darauf kam Fritz mit geröteten Wangen in die Schneiderwerkstatt gestürmt. Er hatte nicht mal angeklopft.

Margarete war zusammengezuckt, und Martha fiel vor Schreck ein Knopf aus der Hand, der unter den Tisch kullerte.

»Sie sind alle weg!«, rief er und ließ die Tür krachend hinter sich zufallen. »Ich habe alle verkauft! Und ich ...« Er musste zu Atem kommen. »Ich habe Bestellungen für zwanzig weitere.«

Margarete starrte ihn an. Sie konnte nicht glauben, was sie da hörte. Scherzte er? Übertrieb er?

»Du glaubst mir nicht?« Mit einem triumphierenden Ausruf stülpte er beide Säcke um und schwenkte sie hin und her. »Siehst du das? Sie sind leer, Grete. Kein Einziger ist mehr da.«

Henriette sprang auf und klatschte in die Hände. »Alle verkauft, habt ihr das gehört?« Sie zog ihre Schwester vom Stuhl hoch und tanzte mit ihr um den Tisch.

Fritz sah den beiden grinsend zu.

Martha suchte Margaretes Blick, und als sie ihn fand, strahlte sie. »Ich hab's gewusst, Grete. Die ganze Zeit hab ich's gewusst. Die Leute lieben das Elefäntle.«

»Vor allem die Kinder lieben es«, meinte Fritz. »Du hattest recht, Grete. Sie scheinen darin etwas ganz Besonderes zu sehen. Ich hab mitbekommen, wie ein kleines Mädchen eins genommen und an sich gedrückt hat.« Er drehte sich um und zeigte auf den großen Elefanten, der gut sichtbar im Regal stand. »Vielleicht solltet ihr wirklich anfangen, Spielzeug zu machen.«

Kapitel 23

Else Kernroth stand vor Margarete, in der Hand eines der neu gefertigten Elefäntle. Es war gut einen Monat her, dass Fritz in Heidenheim gewesen war. »Ich hab gehört, dass die Kinder es zum Spielen nehmen.« Es schien, als könne sie das kaum glauben. »Wir hatten früher auch kein Spielzeug«, sagte sie verständnislos. »So recht weiß ich nicht, was das soll.«

»Warum soll man es nicht anders machen, als man's gewohnt ist?«, meinte Margarete. »Wenn ich sehe, wie schön die Kinder damit spielen, geht mir das Herz auf.«

»Hast du etwa so was gehabt?«

»Nein. Aber ich hätte es mir gewünscht. Zum Liebhaben, zum Trösten, gleichwie.«

Else Kernroth schien allein die Vorstellung gänzlich befremdlich. Sie hatte die beiden Unterröcke bereits bezahlt, die sie in Auftrag gegeben hatte, blieb aber noch immer vor dem Regal stehen. Mit geneigtem Kopf betrachtete sie den Elefanten. »Er sieht schon recht hübsch aus.«

Margarete lächelte in sich hinein, sagte aber nichts.

»Wir hatten auch kein Spielzeug«, murmelte die Frau erneut. »Und hat's uns geschadet? Nein.«

»Sie haben doch zwei Enkeltöchter, nicht wahr?« Margarete wusste, dass viele Frauen als Mütter streng und unnachgiebig waren, als Großmütter dagegen weich und großherzig wurden. Ihre Mutter bildete da keine Ausnahme. Ihren Enkelkindern ließ sie einiges durchgehen, wofür sie ihre Kinder bestraft hätte.

»Die kleine Sophie wird bald drei.« Else seufzte mit einem seligen Lächeln. Ihre Stimme war mit einem Mal sanft. »Ein entzückendes Kind, so aufgeweckt, und sie lacht den ganzen Tag. Und Klara ist schon fünf. Wie die Zeit vergeht! Du meinst, so ein Eleфäntle wäre auch was für die beiden?«

Margarete tat so, als hätte sie kaum zugehört.

»Na schön, ich nehme zwei, damit Klara nicht eifersüchtig wird.«

Margarete nickte lächelnd. *Na also.* »Möchten Sie gleich das, das Sie in der Hand halten?«

Die Kundin schien erst jetzt zu bemerken, dass sie es noch nicht wieder weggelegt hatte. »Oh, ich ... Ja, ich nehme dieses hier.«

Margarete deutete auf den Korb, der auf dem Boden stand. Darin lagen noch ein paar wenige Elefanten. Sie mussten schleunigst neue anfertigen. »Suchen Sie sich ein zweites aus.«

Die Frau griff in den Korb und nahm zwei weitere heraus. »Ich nehme die hier.« Ob sie wusste, wie versonnen sie gerade lächelte?

»Ach, dann sollen es gleich drei sein?«

»Eins werde ich als Nadelkissen benutzen. Dafür sind sie ja schließlich eigentlich gemacht, nicht wahr?«

Später kam Friedrich Steiff in die Werkstatt und legte die Post auf den Tisch. »Deine Mutter fühlt sich nicht«, erklärte er, als Margarete ihn verwundert ansah.

»Was fehlt ihr denn?«

Er zuckte die Schultern und senkte die Stimme. Es schien ihm unangenehm zu sein. »Ich glaube, es ist das Gemüt.« Er blickte in die Runde zu den fleißig arbeitenden Näherinnen. »Wieder viel zu tun, was? Fritz sagt, du willst jetzt auch Spielzeug fertigen. Hoffentlich versteigst du dich da nicht, Grete.«

»Ich handele niemals unüberlegt, Vater. Das weißt du doch. Ich hab's mir reiflich überlegt.«

»Grete?«, rief Ruth ihr zu. »Haben wir noch große Knöpfe? Die Schachtel hier ist leer.«

»Drüben im Regal müsste noch eine volle sein.«

»Bring gleich auch noch dunkles Stickgarn mit«, bat Luise.

Wieder blickte Margaretes Vater in die Runde, und seine Miene war hochzufrieden.

Margarete wusste, dass er stolz war, stolz auf die Tochter, die ihm stets so viel Kummer gemacht hatte, die nicht das Leben führen konnte, das er sich für sie gewünscht hätte.

Das ich mir selbst gewünscht hätte. Sie liebte das, was sie tat, mit jeder Faser ihres Herzens. Einen aufrechten, freundlichen Mann heiraten und Kinder großziehen war allerdings etwas, was sie noch viel lieber getan hätte. Vielleicht hätte sie sogar alles miteinander vereinen können: eine eigene Familie und ihre Arbeit.

Ihr Vater legte die Hand auf ihre Schulter und drückte sie kurz, bevor er wieder hinausging. Es fühlte sich gut an, dass er stolz auf sie war. Er hatte ihr immer mehr zugetraut als ihre Mutter.

Margarete sah rasch die Post durch, und beim Anblick einer Ansichtskarte, auf der das Hofbräuhaus abgebildet war, lächelte sie. Hans hatte geschrieben, wie schön.

Am Abend sah sie nach ihrer Mutter, die mit einem Tuch auf den Augen in der Stube lag. »Ich habe dir Tee mitgebracht.«

»Ich will nichts.«

»Melisse. Du weißt doch, was Tante Ursche immer sagt: dass Melisse beruhigend ist.«

»Nimm ihn wieder mit, Grete.«

Herrje noch mal, sei nicht so stur. Was müsste sie sich alles anhören, würde sie sich so aufführen. »Versuch doch wenigstens einen Schluck.«

Maria setzte sich auf, nahm das Tuch ab und seufzte ergeben. »Dann gib ihn schon her.« Sie trank einen Schluck, zwei, und am Ende war die Tasse leer. »Zufrieden? Und jetzt lass mich wieder allein.«

»Was fehlt dir denn?«

»Ich bin furchtbar müde, und mir ist so elend zumute.«

»Hast du dir was eingefangen? Eine Grippe womöglich?«

Sie schüttelte matt den Kopf. »Nein, ich bin …« Und dann brach sie in Tränen aus.

Für Margarete ganz überraschend. »Nicht weinen«, sagte sie sanft und strich ihr über den Arm.

»Ich will's ja gar nicht.« Ihre Mutter schniefte und zog ein Taschentuch unter dem Kissen hervor. Offenbar waren es nicht die ersten Tränen, die sie vergossen hatte, seit sie hier lag. »Es kommt den ganzen Tag schon so über mich. Ich kann nicht dagegen an.«

Margarete war verwundert. So hatte sie ihre Mutter noch nie erlebt. »Morgen sieht die Welt wieder anders aus«, versuchte sie ein wenig unbeholfen zu trösten.

»Kommst du heute ohne mich zurecht?«

»Natürlich, bleib nur hier, und ruh dich aus.« Es fühlte sich gut an, die fürsorgliche Tochter sein zu dürfen.

Margarete machte sich bettfertig und legte Hans' Ansichtskarte auf das Kopfkissen. Sie löste den Haarknoten, bürstete umständlich ihr Haar – ihre Mutter machte das so viel besser – und band einen losen Zopf. Danach deckte sie sich zu und las die Karte.

Liebes Fräulein Steiff, ich bin im Juni in Heidenheim und möchte Sie auf dem Weg gern besuchen. Wäre Ihnen das recht? (Ich will nicht wieder einfach hereinschneien.)
Ich hoffe, Sie sind wohlauf.
Mit den besten Grüßen von Ihrem H. Richter.

Nanu, er wollte doch eigentlich in Island sein. Offenbar war wieder etwas dazwischengekommen. Sie fragte sich, ob ihr Vater die Karte gelesen hatte.

Wenn ja, dann hatte er sich nichts anmerken lassen, wenn nein, wäre sie nicht sonderlich überrascht. Er traute ihr nicht nur mehr zu, er vertraute ihr auch mehr als ihre Mutter.

Kapitel 24

Margarete hatte Hans geschrieben, dass sie nach Heidenheim kommen wollte, um ihn dort zu sehen.

Du weißt doch, wie gerne ich reise. In den vergangenen drei Jahren hat mir die Zeit dazu gefehlt, umso mehr freue ich mich darauf, Dich in Heidenheim zu treffen.

Als sie Fritz davon erzählt hatte, hatte der sogleich angeboten, sie mit dem Fuhrwerk hinzubringen.

»Ich kann doch den Zug nehmen«, hatte sie gemeint.

»Ich würde dich wirklich sehr gern bringen.« Es hatte eindringlich geklungen.

»Du willst die Gelegenheit nutzen und Hans auf Herz und Nieren prüfen.«

Er hatte unbekümmert gelacht. »Ganz gewiss nicht. Ich möchte dir einfach einen Gefallen tun. Es wäre doch schön, wenn wir wieder mal etwas Zeit füreinander haben, oder?«

Und so saßen sie an diesem herrlichen Morgen nebeneinander auf dem Kutschbock, Margaretes Reisetasche zu ihren Füßen. Sie saß gern auf dem Bock, weil die Sicht von hier aus so schön war. Ihr gefiel auch das Schaukeln und wie das Pferd den Kopf hin- und herwarf oder wenn es gern stehen bleiben wollte, Fritz es aber nicht zuließ.

»Bestes Reisewetter, nicht wahr?«, meinte er.

»Und es duftet überall nach Flieder. Riechst du das?«

»Nein.«

Sie lachte. »Ihr Mannsbilder seid doch alle gleich.« Sie lachte noch mehr, als ihr bewusst wurde, wie es klingen musste. Als verstünde sie was von Mannsbildern im Allgemeinen. Ihr Bruder grinste nur.

Es war eine Weile her, seit sie zuletzt in Heidenheim gewesen war. Damals war sie mit ihren Schwestern dort gewesen, um Stoff zu kaufen. Marie hatte gehört, dass es dort ganz besonders schönen Samt gab.

Und nun war ihre Schwester tot. Margarete schluckte und versuchte, das Gefühl von Schwermut abzustreifen, bevor es sie niederdrücken würde.

»Soll ich dich auch wieder abholen?«, fragte Fritz, während das Pferd stehen blieb und den Schwanz hob. »Ausgerechnet.« Er fluchte leise, als ein paar Pferdeäpfel aufs Pflaster plumpsten.

Margarete prustete. »Ein Pferd hat auch Bedürfnisse, Fritz. Und nein, du musst mich nicht abholen. Ich nehme den Zug. Gönn mir den Spaß.«

»Den und noch viel mehr.« Sein Mundwinkel zuckte. Doch mit einem Mal wurde er ernst. »Was genau ist zwischen dir und Herrn Richter?«

»Hat Mutter dich beauftragt, mich auszufragen?«

Er verzog das Gesicht. »Wofür hältst du mich? Nein, ich frage aus reinem Interesse.«

»Wir sind befreundet, nichts weiter.«

Er machte »Hmm« und schwieg. Dann sagte er plötzlich:

»Richte ihm aus, dass er's mit mir zu tun bekommt, wenn er dich traurig macht.«

»Das kannst du ihm schön selbst sagen. Aber er wird mich nicht traurig machen. Wir erwarten nichts voneinander, aus diesem Grund können wir uns auch nicht gegenseitig unglücklich machen.«

»Du hoffst also nicht, dass mehr aus euch werden könnte?«

»Fritz.« Sie seufzte kopfschüttelnd. »Sieh mich doch an. Glaubst du wirklich, er ist versessen darauf, mich heiraten zu wollen?«

»Du bist mittlerweile eine gute Partie.«

Nun lachte sie lauthals. »Ach, bin ich das?« Sie schnaubte kopfschüttelnd. »Hans ist nicht so. Er will unabhängig sein, ungebunden.«

»Aber du wärst eine gute Partie«, beharrte er. »Er ist Schriftsteller, und die leben von der Hand in den Mund. Mit einer Frau, die ...«

»Im Rollstuhl sitzt«, unterbrach sie ihn. »Lass gut sein, Fritz. Warum sollen ein Mann und eine Frau nicht einfach miteinander befreundet sein können?«

»Weil einer von beiden sich immer mehr wünscht.«

»Unsinn.« War sie die Einzige, die das so sah? Lag es daran, dass sie sich nie Hoffnungen hatte machen dürfen? Dass ihr Schicksal, ihre Zukunft von jeher festgestanden hatten?

Sie hatte sich hin und wieder gefragt, ob dieser eine Kuss nicht vielleicht doch mehr für sie bedeutete. Sie dachte gern daran zurück, erinnerte sich an das Gefühl, an den Druck seiner Lippen. Aber sie war nicht in ihn verliebt, das wusste sie mit Bestimmtheit.

»Du glaubst wirklich, dass sich kein Mann ernsthaft für dich interessieren könnte, oder?«

Erwartete Fritz darauf eine Antwort?

»Du bist eine hübsche, ausgesprochen kluge Frau, Grete. Eine Frau, die ein kleines Unternehmen führt.«

»Ein Unternehmen? Jetzt übertreibst du aber.«

Er sah verärgert aus, und sie wusste nicht, ob ihre Äußerung der Grund dafür war.

»Du weißt, dass Männer nicht unbedingt kluge, unabhängige Frauen suchen, Fritz. Sie suchen eine Frau zum Heiraten, eine, die fügsam ist und über die sie bestimmen können. Und so eine Frau bin ich nun mal nicht.«

»Du stehst auf eigenen Beinen.«

»Leider nicht«, sagte sie trocken. »Ich wünschte, ich könnte auf meinen Beinen stehen.«

»Du weißt, wie ich's meine.« Es sah aus, als knirsche er mit den Zähnen. »Da hast du's, Grete.«

»Was?«

»Für mich spielt es überhaupt keine Rolle, ob du auf deinen Beinen stehst oder nicht.«

»Für dich nicht, für andere Männer schon.«

Sie hatten lange geschwiegen, und Margarete gestattete sich, ihren Gedanken nachzuhängen.

In Heidenheim lenkte Fritz das Pferd in Richtung *Gasthof zum Pflug*. Dort übernachtete Margarete gern.

»Lass uns nicht streiten, Fritz, du weißt, wie sehr ich das hasse.«

»Wir streiten doch gar nicht. Ich wollte ja nur sagen, ... Ich hab immer zu dir aufgeblickt, ob du's glaubst oder nicht. Du warst immer so unerschrocken, so ... unverwüstlich.«

»Unverwüstlich? Ach, du meinst, weil ich außer der Kinderlähmung so gut wie nie krank war.«

»Nein, das meinte ich nicht. Du lässt dich nicht unterkriegen, du trotzt deinem Schicksal.«

»Ich versuche, das Beste aus meinem Leben und dem, was der Herrgott mir mitgegeben hat, zu machen. Das sollte man immer tun.«

Er sah sie an, lächelte flüchtig, und sie erwiderte das Lächeln. Alles war gut zwischen ihnen.

Fritz zeigte nach vorn. »Wir sind gleich da.« Er schien Ausschau nach Hans zu halten.

Margarete hatte ihn bereits entdeckt. Er stand an einem Eingang des Nachbarhauses, die Beine über Kreuz, die Hände in den Hosentaschen, die Kappe ins Gesicht gezogen.

Fritz hielt an der Straße an und hob sie vom Kutschbock.

Aus dem Gasthof kam der Wirt gelaufen und brachte einen Stuhl. »Fräulein Steiff. Wie nett, dass Sie uns wieder mal beehren.«

»Sehr freundlich, vielen Dank. Auch für den Stuhl.«

»Ich hab Sie kommen sehen. Herr Steiff.« Er nickte Fritz zu und ging wieder ins Haus.

Fritz streckte die Hand aus, um Hans zu begrüßen, der angeschlendert kam. »Grüß Gott, Herr Richter.«

»Herr Steiff. Wie nett von Ihnen, dass Sie Ihre Schwester herbringen. Darf ich Sie beide zu einem Kaffee einladen?«

Es dauerte nicht lange, und Fritz und Hans waren in ein Gespräch über die Bausubstanz alter Häuser vertieft. Ein Gespräch, bei dem Margarete sich heraushielt. Sie fand es ermüdend, außerdem verstand sie nicht das Geringste davon.

»Meine Mutter klagt jeden Winter, wie zugig es im Haus ist.« Hans seufzte. »Und mein Vater sagt daraufhin, dass sie genügend

Zeit hatte, sich daran zu gewöhnen. Aber sie hat recht, es zieht durch jede Ritze.«

»Das liegt an den Steinen, die man verwendet hat.«

»Ach, dann zieht es auch durch die *Steine?*«

Fritz nickte. »Da kann man nichts machen.«

»Nur ein neues Haus bauen.«

»So ist es.«

»Hatten Sie immer den Wunsch, das Geschäft Ihres Vaters zu übernehmen?«, wollte Hans wissen.

Margarete kannte die Antwort. Ihr Bruder war nie in die Verlegenheit gekommen, darüber nachzudenken, was er später tun wollte. Es war einfach beschlossene Sache gewesen, dem Vater nachzueifern. So wie es fast alle Söhne machten.

Nur Hans nicht. Er hatte Margarete erzählt, dass er nie vorgehabt hatte, Uhrmacher zu werden wie sein Vater.

»Als kleiner Junge war es möglicherweise mein Wunsch«, sagte Fritz. »Und später war es keinen Gedanken mehr wert.« Er zuckte die Schultern.

»Verstehe.« Hans nickte nachdenklich. »Für meinen Vater bin ich wohl eine Enttäuschung. Der einzige Sohn ein Schreiberling.«

»Ich hätte nichts dagegen, wenn einer meiner Söhne Schriftsteller werden würde.«

Hans sah ihn unverblümt an. »Ach nein?«

»Nein, warum auch? Ist es nicht egal, womit man sein Geld verdient, solange es eine ehrbare Arbeit ist?«

»Und solange man mit dieser Arbeit überhaupt Geld verdient.«

»Heißt das, Sie verdienen kein Geld damit?«

Hans zuckte die Schultern. »Ich schreibe auch für die Zeitung. Vom Dichten und Romane-Verfassen könnte ich nicht leben.«

Fritz nickte nachdenklich und schwieg.

Schließlich nahm er seine Taschenuhr – ein Geschenk des Vaters – und schaute darauf. »Ich sollte mich auf den Weg machen.« Er stand auf und wischte sich die Hände an seiner Hose ab. »Herr Richter.« Er räusperte sich. »Ich wünsche Ihnen, dass Sie Erfolg mit Ihrer Arbeit haben.« Es klang aufrichtig, und Margarete wusste, dass es auch so gemeint war.

»Vielen Dank, Herr Steiff.« Hans schien überrascht und erfreut zugleich.

»›Fritz‹, bitte.«

»Dann bitte auch ›Hans‹. Kommen Sie gut heim.«

»Soll ich dich noch auf dein Zimmer bringen, Grete?«

Sie schüttelte den Kopf. »Das ist nicht nötig, Fritz.«

»Wie du meinst.« Er küsste sie auf die Wange. »Bis morgen.«

Sie blickte ihm nach, wie er durch den Gastraum schritt; ein gut aussehender Mann in den besten Jahren, das Haar genauso dunkel wie der Bart.

»Ich mag ihn«, meinte Hans, der ihm ebenfalls nachgeblickt hatte. »Er ist ein netter Kerl. Und? Was machen wir jetzt?«

»Ich würde mich gern etwas frisch machen und ausruhen.«

»Soll ich dich am Nachmittag abholen? Gegen drei Uhr?«

»Sehr gerne.«

Ihr Zimmer war bereits hergerichtet, wie immer befand es sich im unteren Geschoss, sodass sie keine Treppen zu bewältigen hatte. »Möchten Sie noch etwas zu Mittag essen, Fräulein Steiff?«, wurde sie vom Wirt gefragt, der in der Tür stand.

Sie nickte dankbar. Der Kaffee gluckerte in ihrem leeren Magen.

»Es gibt Gulascheintopf.«

»Das klingt köstlich. Mit Hefeknöpfle?«, fragte sie hoffnungsvoll, und er nickte. »Wunderbar. Würde mich jemand in einer

Viertelstunde holen?«, bat sie. »Ich möchte mich gern etwas frisch machen.«

»Ganz, wie Sie wünschen.«

Er war kaum gegangen, als es klopfte und seine Frau hereinkam. »Ich hoffe, ich störe nicht, Fräulein Steiff.«

Margarete saß auf dem Bett und massierte ihre rechte Hand, die heute wehtat, obwohl sie sie geschont hatte.

»Ich habe von den reizenden Nadelkissen gehört, die Sie in Giengen verkaufen. Ich hätt gern ein halbes Dutzend. Wäre das machbar?«

»Natürlich. Wollen Sie sie abholen lassen, oder sollen sie geliefert werden?«

»Oh, Sie liefern auch?«

»Schon eine ganze Weile.«

»Dann wär's mir sehr recht.« Die Wirtin nickte zufrieden und ließ sie wieder allein.

Margarete nahm den Salbentiegel aus der Reisetasche und gab einen Klecks Arnikasalbe auf ihr Handgelenk. Während sie die Salbe langsam einmassierte, lächelte sie vor sich hin.

Sie hatte sich etwas aufgebaut, etwas geschafft, von dem sie früher nur hätte träumen können. Vielleicht hatte Fritz recht, sie war jetzt eine gute Partie.

Hans holte sie pünktlich um drei ab. Er trug sie in die Kutsche, die vor dem Gasthof wartete, und nahm neben ihr Platz. »Hast du dich ausgeruht, Margarete?«

»Ja, ich habe sogar ein Stündchen geschlafen, auch wenn ich anfangs noch zu aufgedreht war. Aber ich habe mir angewöhnt, entweder Schafe zu zählen oder mir eine Geschichte auszudenken.«

»In der Tiefe deiner Seele bist du auch eine Schriftstellerin.«

Sie lachte. »Das glaube ich nicht, Hans. Ich kann Geschichten zwar recht anschaulich und lebhaft erzählen, tauge aber nicht, sie genauso anschaulich niederzuschreiben. Das überlasse ich lieber anderen. Apropos: Hast du mit einem neuen Roman begonnen?«

Er dachte eine Weile nach. Dann tippte er sich an die Stirn. »Hier befindet sich eine Idee, aber immer, wenn ich mich an den Schreibtisch setze, ist es, als verstecke sie sich.«

»Warum versuchst du nicht, die Idee in Gedanken zu Ende zu bringen und erst dann aufzuschreiben?«

Er sah sie verblüfft an. »Vielleicht ist das gar nicht so dumm.« Er streckte die Beine aus.

»Wolltest du nicht eigentlich in Island sein? Ich war ganz überrascht, als deine Karte kam. Ich hatte eigentlich eine mit Geysiren und Vulkanen erwartet.«

»Ach, wie das so ist, Margarete.« Er seufzte schwer. »Ich wurde krank, ein entzündetes Ohr. Scheußliche Schmerzen.«

Sie nickte mitfühlend.

»Aber im kommenden Monat mache ich mich auf.« Es klang so voller Vorfreude, dass sie lächeln musste.

»Ich beneide dich. Du musst mir unbedingt eine Ansichtskarte schicken, ja?«

»Selbstverständlich. Du bekommst jeden Tag eine.«

»Um Himmels willen.« Sie lachte. »Das möchte ich auf keinen Fall. Du kämst ja zu nichts anderem mehr. Nein, du sollst deinen Aufenthalt doch genießen.«

»Wie läuft es mit deinem Geschäft?«, wechselte er das Thema. »Du schriebst, dass das Elefanten-Nadelkissen ein echter Verkaufsschlager ist.«

»Das ist wahr. Ich hätte nie damit gerechnet, aber die Leute reißen es uns förmlich aus der Hand.«

»Da fällt mir etwas ein, Margarete. Meine Mutter hat im September Geburtstag. Würdest du ihr eines deiner Nadelkissen schicken? In meinem Auftrag? Sie würde sich bestimmt sehr freuen. Sie mag praktische Geschenke. Ich habe ihr mal ein Tuch aus feiner Wolle geschenkt, und sie meinte, es sei zwar sehr hübsch, aber sie besäße doch schon ein Tuch. Wozu bräuchte sie ein zweites? Verstehst du das, Margarete? Sind alle Frauen so?« Es klang so unschuldig, dass sie lachen musste. Verstand er wirklich so wenig von Frauen, wie er immer behauptete? Anfangs hatte sie gedacht, er übertreibe und wolle sich nur interessant machen.

»Ich weiß es nicht. Ich bin wohl so und meine Mutter und Schwestern auch.« Sie musste sich räuspern. »Meine Schwester, wollte ich sagen.« Sie stellte fest, dass sie Maries Tod noch immer nicht verwunden hatte. Sie ertrug ihn lediglich, meistens auf stoische Art. »Aber meine Freundin Irmchen ist anders«, fügte sie betont heiter hinzu. »Sie hätte sich auch über ein zweites Tuch gefreut.«

Kapitel 25

Unterhalb der Burg Hellenstein – eigentlich ein Schloss, früher war es eine Festung gewesen – hatten sie angehalten. Hans hatte den Kutscher bezahlt und gebeten, sie in zwei Stunden wieder abzuholen. Dann hatte er Margarete hinausgehoben und den schmalen Weg bis hinauf zur Burg getragen. Dort hatte er sie ins Gras gesetzt und sich gleich daneben. »Es scheint, als führten unsere gemeinsamen Ausflüge immer zu Burgruinen.«

Sie lächelte. »Ich bin gern hier. Ich stelle mir immer vor, wie es hier früher, vor drei-, vierhundert Jahren, ausgesehen hat. Wie hat es gerochen, wie sahen die Menschen aus, die hier wohnten? Mitte des 16. Jahrhunderts wurde die Burg, übrigens eine Stauferburg, bei einem Brand fast vollständig zerstört, wusstest du das?«

Er schüttelte den Kopf. »Ich bin heute das zweite Mal in Heidenheim, viel gesehen habe ich von der Stadt noch nicht.«

»Was führt dich diesmal hierher?« *War das zu neugierig?*, überlegte sie und wollte sich schon entschuldigen.

Doch Hans gab sogleich eine Antwort. »Ein Vetter zweiten oder dritten Grades – wer kennt sich schon mit all den Verwandtschaftsbeziehungen aus – wohnt hier. Er schreibt für die hiesige Zeitung, und ich dachte …« Er zuckte die Schultern. »Nun, ich dachte, er könnte vielleicht einen kleinen Artikel über mich schreiben. Darüber, dass ich Schriftsteller bin und bald nach Island reisen werde. Die Leute sind doch immer ganz närrisch, wenn sie was über fremde Länder hören können.« Er grinste. »Oder lesen. Aber jetzt, wo ich hier bin ...« Nun seufzte er. »Vielleicht war es eine dumme Idee. Er wird nicht mal wissen, wer ich bin.«

»So verwinkelt sind deine Verwandtschaftszweige?«

»Sag bloß, du kennst alle, die irgendwie mit den Steiffs verwandt sind?«

»Oder mit den Hähnles«, ergänzte sie. »Meine Mutter ist eine geborene Hähnle und eine verwitwete Wulz. Aus dieser Familie kenne ich niemanden.«

Er runzelte die Stirn. »Deine Verwandtschaftsverhältnisse sind ja noch komplizierter als meine.«

Margaretes Magen knurrte unüberhörbar. Das Mittagessen war köstlich gewesen, aber ganz offenbar zu wenig. Sie hätte doch einen Nachschlag nehmen sollen.

»Hungrig?«

»Die frische Luft macht hungrig.«

Hans streckte sich lang aus und legte den Kopf in den Nacken. »Es war schön, dich zu küssen, Margarete«, sagte er völlig unvermittelt, und sie zuckte zusammen. »Ich muss oft daran denken.«

Sie wusste nicht, was sie sagen sollte, also schwieg sie. Ihre Wangen brannten.

»Steht es ... ich meine, der Kuss ... steht er in irgendeiner Weise zwischen uns?«

»Nein«, sagte sie aufrichtig und ohne zu überlegen.

»Gut.« Er nickte. »Ich will immer ehrlich zu dir sein, Margarete. Du hast Ehrlichkeit verdient. Es hat mir gefallen, dich zu küssen, aber ich bin ungeheuer erleichtert, dass du nichts weiter von mir erwartest.«

»Einen zweiten Kuss gar?«, scherzte sie.

Hans schaute sie an, und sie wusste nicht, was sie von diesem Blick halten sollte. Stand doch etwas zwischen ihnen? Aber das wollte sie auf gar keinen Fall. Sie wollte ungezwungen und unvoreingenommen mit ihm zusammen sein, die Zeit genießen.

Sie regte sich unbehaglich. »Wenn da doch etwas ist, sollten wir es schleunigst aus der Welt schaffen. Ich finde dich nett, ich mag dich, Hans. Aber ich bin nicht in dich verliebt.«

Er winkelte die Beine an und schlang die Arme darum.

Eine Weile sagte er nichts, dann nickte er. »Möglicherweise hatte ich doch ein wenig gehofft, dass du mehr für mich empfindest.«

Nun war sie bestürzt.

Er hob rasch die Hand. »Warte, Margarete, ich bin noch nicht fertig. Es hätte mir geschmeichelt, meine männliche Eitelkeit gestärkt. So ehrlich bin ich auch zu mir selbst.« Er sah sie offen an, und für einen Augenblick versuchte sie, in seinem Blick das zu finden, was sie vor wenigen Minuten noch darin zu sehen geglaubt hatte.

»Danke für deine Aufrichtigkeit, Hans.«

Er lächelte sie an. »Dann sind wir im Reinen miteinander?«

Sie nickte und griff in ihre Rocktasche. »Ich habe dir etwas mitgebracht. Kein Liebespfand, keine Sorge.«

Er lachte lauthals, doch das Lachen verstummte schlagartig, als sie ihm ein kleines Filzmännchen in die Hand legte. »Was um Himmels willen ist das, Margarete?«

Nun musste sie lachen. »Ein Troll.« So jedenfalls stellte sie sich einen vor: ein hutzeliges Männchen mit Zipfelmütze, Knollennase und listigem Gesichtsausdruck.

»Ein Troll.« Hans nickte zögernd, dann lachte er wieder. »Jetzt, wo du's sagst …«

»Hast du dir einen Troll anders vorgestellt?«

Er zuckte die Schultern. »Ich weiß nicht. Ich habe nie darüber nachgedacht. Lach nicht, bis eben hatte ich kein Bild im Kopf.«

»Ich dachte, ein Talisman könne nicht schaden. Sollte dir ein leibhaftiger Troll dumm kommen wollen, zeigst du ihm einfach diesen.«

Hans lächelte. »Ich danke dir, Margarete. Eine hübsche Idee. Ich werde ihn von nun an überall mit hinnehmen.« Er steckte ihn feierlich in die Hosentasche, zog ihn aber gleich wieder hervor. »Er braucht noch einen Namen. Am besten einen isländischen. Hm …« Er dachte nach. »Was hältst du von Sigurd?«

»Sigurd.« Sie nickte. »Klingt möglicherweise isländisch. Das erste Elefäntle, das ich genäht habe, hat übrigens auch einen Namen.« Den kannte aber nur sie, und das hatte eigentlich auch so bleiben sollen. Es war ihr herausgerutscht, und nun gab es kein Zurück mehr. »Hannibal.«

»Wie der Feldherr, der mit seinen Elefanten über die Alpen marschiert ist.« Hans nickte. »Was läge näher?« Er schob den Troll in seine Hosentasche und klopfte darauf.

»Du kannst Sigurd natürlich auch als Nadelkissen benutzen, solltest du den Wunsch haben, unterwegs nähen zu wollen.«

»Bei dem furchtbaren Brand damals ist nur der Rittersaal verschont geblieben«, erzählte Margarete ihm später und zeigte zum Schloss. »Herzog Friedrich I. von Württemberg ließ danach ein Renaissance-Schloss drum herumbauen. Leider ist das Gelände danach mehr und mehr verfallen. Erst vor ungefähr vierzig Jahren hat man es umfangreich saniert.« Sie musste lachen. »Bitte entschuldige, ich langweile dich wahrscheinlich mit meinem Vortrag.«

»Ganz und gar nicht. Ich lausche gern deiner Stimme, du bist die geborene Geschichtenerzählerin.«

Sie berichtete von dem Spiel, das sie mit ihren Mitarbeiterinnen spielte. »Wir haben immer eine Menge Spaß, und wir lachen viel. Die Arbeit geht so doch sehr viel besser von der Hand.«

Der Himmel verdunkelte sich plötzlich, und beide hoben überrascht den Kopf. In der Ferne war ein Grollen zu hören.

»Hast du das gehört?«, fragte Hans stirnrunzelnd.

»Allerdings. Ich fürchte, wir bekommen ein Gewitter.«

»Auch das noch. Dann sollten wir uns schleunigst an den Abstieg machen.«

»Abstieg klingt aufregender, als es ist.« Ein dicker Regentropfen platschte auf ihren Kopf. »Huch!«

Hans kniff die Augen zusammen. »Ach herrje, komm, wir beeilen uns.«

Doch dazu war es zu spät. Innerhalb kürzester Zeit öffnete sich die Wolkenschleuse, und ein Regenschauer ergoss sich über sie, der es in sich hatte. Hans hatte Margarete unter einen weit ausladenden Baum gebracht, trotzdem waren sie klatschnass.

Margarete saß im Gras, den nassen Rock um ihre Beine gewickelt, und zitterte.

Hans hockte neben ihr und zog sein Jackett aus, um es ihr um die Schultern zu legen. »Das kam aber plötzlich, was? Hoffentlich hört es gleich auf.«

Margarete schaute missmutig in die dunklen Wolken. »Das glaube ich nicht.«

Tatsächlich regnete und regnete es. Dann und wann war ein Donnern zu hören, und irgendwo zuckte ein Blitz über den Himmel.

»Wir sollten sehen, dass wir von hier wegkommen.« Hans hatte die Arme um seinen Oberkörper geschlungen. »Ein hoher Baum ist nicht gerade der sicherste Ort. Wie sagt mein Vater immer: Eichen sollst du weichen, Buchen sollst du suchen.« Er hob den Kopf und blickte in die dichte Baumkrone. »Was ist das für ein Baum, Margarete?«

»Eine Linde.«

»Darauf reimt sich nichts.«

Trotz der Nässe, die ihr ins Unterkleid gekrochen war, musste sie lachen. »Wir haben uns als Kinder bei Gewitter immer unter einem Baum versteckt. Wir warten einfach noch ein bisschen und machen uns dann auf den Heimweg.«

Es dämmerte bereits. Wie lange hockten sie hier schon?

Ihr Magen knurrte wieder. »Was gäbe ich jetzt für einen deftigen Eintopf.«

»Oder ein Stück Frankfurter Kranz.« Hans seufzte und legte den Arm um ihre Schultern. »Komm, wir wärmen uns gegenseitig. Es sei denn, es ist dir unangenehm.«

»Nein, nein.« Sie wusste nicht, ob es ihr unangenehm wäre. Wie sollte sie auch? Noch nie zuvor war sie einem Mann außer Bruder und Vater so nahe gewesen.

Hans rutschte dicht an sie heran. Sie roch den kalten Tabak, der seinem Jackett entströmte, und spürte den Druck seiner Schulter. Für einen Augenblick ging ihr durch den Kopf, wie es sein mochte, wenn sie ein Liebespaar wären. Wie würde es sich anfühlen, hier ganz allein mit ihm zu sitzen?

Dann war der besondere Moment vorbei.

»Gruselst du dich?«, flüsterte er.

»Ein bisschen schon.«

»Schade, ich dachte, wir könnten uns Schauergeschichten erzählen.«

Margarete stieß ihm sacht den Ellbogen in die Seite. »Untersteh dich.«

Er lachte. »Und ich dachte wirklich, du seist unerschrocken.«

»Das bin ich auch. Aber nicht, wenn es dunkel ist.«

»Hast du das gehört?«, fragte er plötzlich.

»Nein, was?«

»Ich glaube, das war eine Eule.«

Sie lehnte den Kopf an seine Schulter. »Was meinst du, ob wir hier oben übernachten müssen?«

Es blieb einen Moment still.

»Nein, sag nichts, Hans. Lass mich raten: Es wäre reine Inspiration, nicht wahr?«

»Nein, vermutlich nicht«, gab er zu. »Dazu hätte ich viel zu große Angst.«

»Und *du* willst mir Schauergeschichten erzählen?«

Sie blieben unter der Linde sitzen, beide nass bis auf die Haut, und flüsterten miteinander. Der Regen hatte immer noch nicht nachgelassen, aber immerhin war das Gewitter weitergezogen. Die Blätter der Bäume rauschten, und ständig knackte es irgendwo, als trete jemand auf einen Ast.

»Es klingt wie Meeresrauschen«, meinte Hans. »Hörst du das?«

»Ich war noch nie am Meer«, sagte sie bedauernd.

»Wirklich nicht? Das solltest du schleunigst nachholen.«

Wie gern sie das täte! »Bist du schon sehr aufgeregt wegen deiner Islandreise?«

»Und ob. Und dieses Mal wird mir nichts dazwischenkommen. Das ist ein heiliges Versprechen, das ich mir selbst gegeben habe.«

»Und Versprechen sollte man halten, auch sich selbst gegenüber.«

Sie schwiegen wieder, bis er plötzlich raunte: »Was war das?«

»Nur mein Magen. Ich bin furchtbar hungrig.«

»Ich auch. Ist dir sehr kalt?«

»Es ist auszuhalten«, schwindelte sie. In Wahrheit musste sie sich sehr beherrschen, nicht heftig zu zittern. Wahrscheinlich würde sie sich erkälten.

»Hab ich dir schon von einer meiner zahllosen Schwächen erzählt?«

»Du hast Schwächen?«

Er lachte. »Viel zu viele. Ich liebe Kuchen und Torten.«

»Das sieht man dir gar nicht an.«

»Sehr schmeichelhaft.«

»Welche Schwächen hast du außerdem?«

»Ich bin unordentlich und mache mir nichts aus meinem Äußeren. Meine Mutter hat das stets zur Weißglut gebracht.«

»Ich finde, du siehst immer sehr fesch aus, wenn du mich besuchen kommst.«

»Sehr schmeichelhaft«, sagte er wieder. »Besten Dank auch, Margarete. Aber lass uns lieber von dir reden. Deine Schneiderei ist also zu einem kleinen Unternehmen gewachsen.«

»Übertreib nicht.«

»Nicht so bescheiden. Sagtest du nicht, du würdest mittlerweile vier Näherinnen beschäftigen?«

»Schon ...«

»Siehst du. Vier Mitarbeiterinnen gleich ein kleines Unternehmen.«

»Eine interessante Rechnung.«

»Du darfst stolz auf dich sein, finde ich.« Er seufzte laut. »Hast du das gehört?«, fragte er dann.

»Nein, was?«

»Mein Magenknurren. Ich hätte jetzt gern ein riesiges Stück Torte.«

Sie stieß ihm erneut den Ellbogen in die Rippen. »Lässt du das wohl, Hans! Mir läuft das Wasser im Mund zusammen.«

Er stand auf, klopfte sich die Hosen ab und ging ein paar Schritte. »Es hat aufgehört.«

»Wirklich?« Dann waren es wohl nur noch die Tropfen in den Bäumen, die ihr auf den Kopf fielen. »Und jetzt?«

»Machen wir uns an den Abstieg.«

»Aber es ist stockdunkel, Hans.« Allein die Vorstellung machte ihr Angst.

»Ich habe sehr gute Augen.«

»Aber was, wenn wir vom Weg abkommen?«

Er lachte unbekümmert. »Willst du gerade sagen, dass du befürchtest, wir könnten uns hier verlaufen? Soweit ich mich erinnere, gab es nur diesen einen Weg hier herauf.«

Tatsächlich brachte Hans sie unversehrt zum Gasthof.

Dunkel und still lag er vor ihnen.

»Und wenn niemand mehr auf ist, der mich hereinlässt?«

»Klopfen wir so lange an die Tür, bis jemand wach wird.«

Plötzlich musste sie lachen, es schüttelte sie geradezu.

»Was ist so komisch, Margarete?«

»Ich weiß nicht … Ich glaube, ich werde für den Rest meines Lebens an diesen Tag zurückdenken. Und an diese Nacht.«

»Ja, ich auch. Aber ich fürchte, wir haben uns erkältet.«

Er setzte Margarete auf die Bank vor dem Gasthof und ging zur Tür. Er klopfte zwei-, dreimal, dann wurde es in einem der Zimmer hell.

Wenig später kam jemand zur Tür und öffnete. »Herrschaftszeiten, was soll das Geklopfe!«, polterte der Wirt.

»Wir wurden oben auf dem Berg vom Unwetter überrascht«, erklärte Margarete leise. »Bitte verzeihen Sie, dass wir so spät stören.«

»Fräulein Steiff?«, fragte er ungläubig.

»Ja, ich bin's.«

»Herrschaftszeiten! Kommen Sie.« Er trat aus der Tür und hob sie von der Bank. »Sie sind ja ganz nass.«

»Es hat furchtbar geregnet.«

»Ich wecke meine Frau, damit sie Ihnen behilflich ist.«

»Ich fürchte, das wird nötig sein, ja.« Wie unangenehm, dass die arme Frau ihretwegen aus dem Schlaf gerissen wurde. Aber sie würde es nicht allein aus den nassen Kleidern schaffen.

Hans räusperte sich. »Dann werde ich mal verschwinden. Gib auf dich acht.«

»Gib *du* auf *dich* acht, Hans.« Sie vergaß, dass sie ihn besser siezen sollte. »In Island.«

Er deutete auf seine Jackentasche. »Ich werde ja Sigurd dabeihaben.«

Sie lächelte. »Wirst du deinen Vetter dritten oder vierten Grades aufsuchen?«

Er runzelte die Stirn und fuhr sich mit der Hand durch den rötlichen Bart. »Ja, ich denke schon. Oder meinst du, ich sollte es bleiben lassen?«

»Nein, deshalb bist du doch schließlich gekommen, oder?«

»Nicht nur deswegen.«

»Ade, Hans. Und grüß mir die Elfen und Trolle.«

»Wenn ich einem von ihnen begegne. Ade, Margarete.« Er wandte sich um und überquerte die Straße. Dann schien ihm noch etwas einzufallen, denn er machte kehrt und kam wieder angelaufen.

»Was denn noch?«, murrte der Wirt.

»Das Elefäntle, für meine Mutter.« Hans zog seine Kladde aus der Jackentasche und riss eine Seite heraus. »Hier. Ich habe dir die Adresse aufgeschrieben.«

Margarete nahm den Zettel entgegen. »Ich werde es nicht vergessen, sei ganz unbesorgt.«

»Ihr Geburtstag ist der achtzehnte September.« Er griff wieder in die Tasche. »Wie viel …«

»Ich werde kein Geld von dir nehmen«, sagte sie entschieden. »Das Elefäntle wird ein Geschenk sein.«

»Damit bin ich ganz und gar nicht einverstanden«, sagte er nicht weniger entschieden und schüttelte den Kopf. »Du sollst für deine Arbeit bezahlt werden, darauf bestehe ich.« Er drückte ihr ein paar Geldstücke in die Hand. »Genügt das?«

Sie schaute gar nicht hin und nickte nur. »Gute Nacht, Hans.«

»Schlaf gut, Margarete, und erhol dich, ja?« Er schlenderte davon.

»Das wurde auch Zeit«, murmelte der Wirt und schob mit dem Fuß die Tür zu.

Als sie hinter ihm ins Schloss fiel, spürte Margarete schlagartig, wie müde und erschöpft sie war.

Kapitel 26

Ende des Sommers hatte Fritz seinen Söhnen einen Drachen gebaut, den die drei am liebsten unterhalb der Burgruine steigen ließen.

Wann immer sie konnte, begleitete Margarete sie und hatte genauso viel Freude daran wie die Kinder, die jauchzend umhersprangen.

»Ob er noch höher steigt, Tante Grete?«

»Ich denke nicht.«

»Aber was, wenn doch?«

»Musst du weniger Schnur geben.«

»Aber was, wenn er sich in einem Baum verheddert?«

»Ich fürchte, ich kann dann nicht raufklettern und ihn befreien. Aber euer Vater kann's.« Das hatte Fritz bereits als kleiner Junge bewiesen.

»Warum kannst du eigentlich nicht gehen, Tante?«, hatte Paul wissen wollen.

»Das habe ich dir doch schon erklärt.« Doch sie tat es geduldig ein weiteres Mal.

»Aber wieso kannst du dann diese Hand …«, er zeigte auf ihre linke Hand, » … benutzen und die andere nicht?«

»Bei einer Lähmung ist nicht immer der ganze Körper betroffen.«

Ihr Neffe hatte genickt, nachdenklich und zögernd, als leuchte es ihm doch nicht recht ein. Es war ja auch nicht einleuchtend. »Würdest du manchmal am liebsten ganz schnell rennen, Tante?«

Anna hätte ihn für diese, in ihren Augen schamlose, Frage gerügt. »So was fragt man nicht«, hätte sie wohl gesagt. »Genau, wie man nicht mit dem Finger auf fremde Leute zeigt.«

»Oh ja, natürlich«, sagte Margarete hingegen. »Was glaubst du, wie oft ich mir das schon gewünscht habe. Einfach aufstehen und losrennen.«

Sein Blick war so mitfühlend gewesen, dass sie ganz gerührt war.

An diesem Sonntagnachmittag saß Margarete mit Fritz und Anna im warmen Gras an der Ruine. Die Kinder spielten in der Nähe, ihr Drachen war daheimgeblieben, es war windstill. Margarete saß auf einem Kissen, das Anna fürsorglich mitgebracht hatte. »Nicht, dass du dich verkühlst.« Dabei saß sie liebend gern im Gras, aber sie wollte nicht unhöflich oder gar undankbar erscheinen.

»Letzten Monat haben wir fast einhundert Elefäntle verkauft«, sagte sie nun, das Gesicht in der Herbstsonne, die noch erstaunlich warm war.

Fritz saß im Schneidersitz neben ihr, die Ellbogen auf die Knie gestützt. »Es werden immer mehr.« Er lächelte. »Hab ich's dir nicht gesagt, Grete? Die Leute lieben deine Elefäntle. Und die Kinder erst.«

Wieder musste sie an Hans denken. Ende Juni war eine Ansichtskarte aus Island gekommen.

Ich bin wirklich und wahrhaftig hier, Margarete – offenbar war er so aufgeregt gewesen, dass er nicht daran gedacht hatte, das förmliche »Fräulein Steiff« zu verwenden –, *ich kann es selbst kaum glauben. Es ist herrlich, ein Traum!*

Im Juli war dann eine weitere Karte gekommen. Die Landschaft sah so ungewöhnlich, so unwirklich aus, dass man hätte meinen können, ein Maler hätte seiner Fantasie freien Lauf gelassen.

Sigurd und ich streifen von morgens bis abends allein umher. Es ist hier so einsam, dass man Stunden unterwegs sein kann, ohne einer Menschenseele zu begegnen.

Seitdem war keine Karte, kein Brief mehr gekommen.

Im September hatte Margarete seiner Mutter wie besprochen ein Elefäntle geschickt. Sie hatte ein Kärtchen dazugelegt, darauf ihr Name und ihre Anschrift.

»Das macht man so«, hatte Fritz gemeint. »Schließlich willst du doch Werbung machen für dein Unternehmen, oder etwa nicht?« Er sprach nur noch von »ihrem Unternehmen«, inzwischen hatte sie sich beinahe daran gewöhnt.

Hans' Mutter hatte wenig später einen Brief geschickt.

Das Nadelkissen ist sehr hübsch, Fräulein Steiff, vielen Dank. Und dann hatte Margarete die Zeilen gelesen, die sie sprach- und fassungslos gemacht hatten:

> *Wir haben seit Juli nichts mehr von Hans gehört, es fehlt jede Spur. Man sagt, er sei wahrscheinlich auf einem seiner Streifzüge abgestürzt, oder es gab einen anderen Unfall. Man macht uns nicht viel Hoffnung, ihn lebend wiederzusehen.*

Margaretes Hand hatte so gezittert, dass der Brief auf die Erde gefallen war. Sie hatte geweint. War Hans wirklich etwas zugestoßen? War das der Grund, weshalb er sich nicht mehr meldete?

Noch am selben Abend hatte sie seiner Mutter geantwortet.

Auch ich bekam im Sommer eine letzte Karte von Hans und fragte mich seitdem, ob er vielleicht schwer erkrankt ist. Nun zu erfahren, dass er möglicherweise nicht mehr lebt, erschüttert mich zutiefst.

Seitdem träumte sie häufig von ihm. Im Traum suchte sie ihn verzweifelt. Manchmal konnte sie in diesen Träumen laufen. Sie lief über grüne sanfte Hügelketten, hörte das Meer und den Wind rauschen und rief seinen Namen. In einem Traum fand sie Sigurd und drückte ihn an ihr Herz. Mit schrecklicher Gewissheit begriff sie, dass Hans nicht mehr lebte, dass er den Troll verloren hatte, während er in den Schlund eines Vulkans oder einen Abhang hinuntergestürzt war.

Seinen toten Körper nicht mehr zu finden, ihn nicht beerdigen zu können fühlte sich furchtbar an. Wie schlimm musste es erst für seine Eltern sein?

»Grete?« Fritz stupste sie an. »Träumst du?«

»Ich musste gerade an Hans denken«, sagte sie leise.

»Tut mir so leid, Grete«, sagte Anna und legte die Hand auf ihre. »Fritz sagt, er sei ein netter Kerl gewesen.«

Bedrückende Stille legte sich über die drei, während die Kinder laut lachten und herumrannten.

»Soll ein Leben so zu Ende gehen?«, sagte Margarete am Abend, als sie draußen vor dem Haus saß. Ihr Vater hatte sich neben sie gesetzt. »Hans verschwindet einfach irgendwo in Island? Weißt du, was ich mir ständig vorstelle? Dass er tagelang unterhalb eines Berges, eines Abhangs gelegen und um Hilfe gerufen hat. Dass er Angst hatte, Schmerzen. Dass der Tod ganz langsam angekrochen kam und ihn in die Dunkelheit hinabzog.«

Friedrich schaute sie nachdenklich an. »Das ist keine angenehme Vorstellung, weiß Gott nicht. Aber du kannst nicht wissen, wie's war. Und du wirst es auch nie rausfinden.«

»Das ist ja das Schlimme, Vater. Es kann so oder völlig anders gewesen sein. Vielleicht hat er sich ja auch unsterblich in eine schöne Isländerin verliebt und ist mit ihr auf und davon.« Das würde sie gern glauben, so gern. Das hieße, er wäre glücklich und vor allem: am Leben.

»Und das würde dir das Herz brechen.« Ihr Vater nickte.

»Was? Nein, das wollte ich damit nicht sagen. Mir wäre es lieb so. Zwischen uns war ja keine Verliebtheit, wie oft soll ich das noch sagen?« Es klang ungehalten, hitzig.

»Bist du so gut und lässt mich allein? Ich würde gern ...«

Schreien, schluchzen, fluchen, bitterlich weinen.

Er nickte und erhob sich. »Ruf mich, wenn du ins Bett willst.«

Margarete wartete, bis er im Haus verschwunden war, dann schlug sie die Hand vor den Mund und erstickte damit den wütenden, verzweifelten Laut, der herauskommen wollte.

Kapitel 27

An diesem kühlen und windigen Herbsttag saß Margarete an ihrem Arbeitstisch und nähte an einem Unterrock.

Ihre Mitarbeiterinnen sprachen leise miteinander, auf dem Tisch vor ihnen lag ein Berg Kindermäntel.

Sie hatte in der Nacht lange wach gelegen und war schließlich in einen unruhigen Schlaf gefallen. Kurz vor dem Aufstehen hatte sie von Hans geträumt. Er lag in einer Schlucht, Arme und Beine grotesk abgewinkelt, die Augen starr ins Leere gerichtet. Sie stand oben am Abhang und blickte wie betäubt auf den toten Körper hinab. Er lag weit entfernt, trotzdem konnte sie alles genau sehen: die leblosen Augen, die blutigen Kratzer auf Stirn und Wangen. »Hans!«, rief sie mit zitternder Stimme. »Soll ich kommen und dich holen?« Sie glaubte wirklich, ihn noch retten zu können, irgendwie. Es musste doch Rettung geben!

Ihr Blick fiel auf den kleinen Filztroll, der neben ihm lag. Sigurd. »Warum hast du nicht auf ihn aufgepasst?«, hatte sie geschrien. »Du solltest doch sein Talisman sein!«

Sie war hochgeschreckt, von ihrer eigenen Stimme. Offenbar hatte sie laut gerufen.

Ihre Mutter war hereingekommen. »Was um Himmels willen hast du denn?«

»Er ist tot«, hatte sie gestammelt. »Er kommt nicht wieder.«

»Grete?«

Sie fuhr zusammen und blickte verwirrt auf.

Martha stand vor ihr. »Was ist mit dir? Du sahst aus, als wärst du weit weg gewesen.«

Sie nahm sich zusammen. »Ich hab furchtbar geschlafen.«

Martha nickte mitfühlend und deutete auf den Unterrock. »Soll ich weitermachen, und du ruhst dich etwas aus?«

Sie schüttelte den Kopf. »Lass nur, die Arbeit lenkt mich ab.«

Die anderen Frauen sahen sie ein wenig betreten an.

»Habt ihr nichts zu tun?« Sie löste die Bremse und fuhr zum Tisch. Sie griff nach dem erstbesten Stück, das auf dem Stapel lag, und inspizierte es. »Sieht das wie ein fertiger Rock aus? Wer hat den genäht?«

»Ich«, sagte Ruth leise.

»Der Saum muss neu gemacht werden.«

»Aber er ist ...«

»Hast du nicht gehört?«, fuhr Margarete sie an.

»Ist gut.« Ruth nahm den Rock und legte ihn neben sich, den Blick gesenkt.

Die anderen Frauen waren mucksmäuschenstill geworden.

»Herrschaftszeiten, muss ich denn alles selbst machen!« Sie wollte noch mehr sagen, noch lauter werden. Sie wollte auch weinen, fluchen, alles aus sich herausschreien, was sich aufgestaut hatte. Kein Mensch konnte sich immerzu zusammenreißen. Ihre Backenzähne knirschten, weil sie sie so fest aufeinanderpresste.

Heftig atmete sie durch die Nase aus. »Und jetzt wird weitergearbeitet.«

Sie fuhr zurück zu ihrem Tisch, den Blick starr auf die Nähmaschine gerichtet, als könne sie Trost spenden, ihr Halt geben.

Still arbeitete sie weiter. Nur das Surren der Nähmaschine und das Ticken der Wanduhr waren zu hören.

Margarete blickte erst auf, als Ruth vor ihr stand und drei Röcke vor sie hinlegte. »Wenn du sie überprüfen möchtest …«

Sie schluckte und schämte sich in Grund und Boden. Sie durfte sich nicht so gehenlassen, denn das bedeutete, dass sie ungerecht wurde.

»Ich hab auch die anderen Säume noch mal aufgemacht.«

Sie rang sich ein Lächeln ab. »Dann geh ruhig heim, Ruth, und kümmere dich um deine Familie.«

»Erst wenn du die Säume überprüft hast.« Es klang trotzig.

Sie seufzte verhalten, nahm den oberen Rock und betrachtete den Saum. Mit einem Nicken legte sie ihn zurück und nahm den nächsten. Sie nickte erneut. »Gute Arbeit.«

Ruth hob das Kinn, schien etwas entgegnen zu wollen.

Sie ist eine Rebellin wie ich, ging Margarete durch den Kopf. Doch Ruth sagte nichts, wandte sich ab und nahm ihren Mantel vom Haken.

»Warte.« Margarete löste die Bremse und kam hinter dem Tisch hervor. »Es tut mir leid, Ruth. Ich war ungerecht, und ich verabscheue Ungerechtigkeit.« Sie hatte es so laut gesagt, dass auch die anderen es hören konnten. Nach einem Räuspern sagte sie weiter: »Ein guter Freund … Er ist … verschollen, irgendwo in Island. Ich schwanke ständig zwischen Hoffnung und Trauer, und das …« Die Tränen brannten in ihren Augäpfeln, und sie verstummte abrupt.

»Das tut mir leid, Grete.« Martha kam zu ihr. »Wie schrecklich.«

»Ja, es ist eine Tragödie.«

Sie tauschten einen Blick.

»Ich habe meinen Kummer an euch ausgelassen, und das war nicht richtig. Ihr alle leistet gute Arbeit und seid sehr fleißig. Ich wollte niemanden kränken.«

»Ist schon gut.« Martha legte die Hand auf ihre Schulter und drückte sie sacht.

Ruth stand an der Tür, mit dem Rücken zu ihnen. »Ich weiß, wie du dich fühlst, Grete.« Langsam drehte sie sich um. »Ich hab meinen Mann vor sechs Jahren verloren. Glaub mir, ich weiß genau, wie du dich fühlst.«

Margarete schluckte betroffen. »Davon hast du nie erzählt.«

»Weil's noch immer viel zu sehr wehtut.« Ruth schaute zum Fenster, als erinnere sie sich schmerzlich. »Mein zweiter Ehemann, Evchens Vater, ist ein guter Mann. Er hat mich genommen, wie ich war: eine sich grämende, viel zu junge Witwe. ›Ich mach, dass du wieder lächeln kannst‹, hat er gesagt.«

Die anderen Frauen räusperten sich gerührt.

»Meine Mutter war auch verwitwet, als sie meinen Vater traf«, sagte Margarete. »Es ist gut, dass du einen so netten Mann gefunden hast.«

Ruth lächelte und nickte.

»Dass es solche Männer gibt«, murmelte Luise mit glänzenden Augen. »So einen hätt ich auch genommen.«

»Ich auch.« Ihre Schwester seufzte. »Aber das scheint unser Los zu sein, Lieschen: Wir werden als alte Jungfern sterben.«

»Dann sind wir schon drei im Bunde«, sagte Margarete trocken.

Wenig später kam Anna mit den Kindern herein.

Richard schnappte sich sofort den Elefanten, der im Regal stand, und spielte mit ihm.

Paul stellte sich neben Margarete und schaute ihr über die Schulter, der zweijährige Franz gesellte sich auf die andere Seite. »Tut deine Hand heute weh, Tante?«, fragte Paul.

Sie schüttelte den Kopf, obwohl es nicht der Wahrheit entsprach.

»Was nähst du da?«

»Einen Kindermantel.«

Der Junge trollte sich zu seiner Schwester, die ihre ersten wackligen Gehversuche machte und schließlich auf die Knie fiel und durch den Raum robbte.

Anna hatte sich zu den anderen Frauen an den Tisch gesetzt.

»Ich bin gern hier bei euch«, sagte sie.

»Du schaust uns gern bei der Arbeit zu, meinst du das?«, neckte Martha sie, und sie lachte.

Der kleine Franz hustete bellend, und sie sah ihn besorgt an.

»Die Hand vor den Mund halten«, raunte Margarete ihm zu und gab ihm ihr Taschentuch. »Du kannst auch das Tuch vor den Mund halten.«

Er blickte sie treuherzig an, und sie strich ihm über den weichen Haarschopf. »Ist der Husten schlimmer geworden?«, fragte sie Anna.

»Nein, Gottlob nicht.«

Margarete war stets besorgt um das Wohlergehen der Menschen, die sie gernhatte, und das waren so einige. »Schau mal, dort drüben im Regal«, sagte sie zu Franz, der ihr Taschentuch soeben in seine Jackentasche gesteckt hatte. »Siehst du das kleine Schaf?«

Er nickte mit großen Augen.

»Gefällt's dir? Du darfst es haben.« Um sich auf andere Gedanken zu bringen, hatte sie vor ein paar Wochen begonnen, kleine Filzschafe zu nähen. Nebeneinander aufgereiht standen sie im Regal und warteten darauf, dass Kinderhände sie nahmen.

Die kleine Lina kam angekrochen und versuchte, sich an ihrem Rollstuhl hochzuziehen. Margarete unterstützte sie mit der linken Hand, bis die Kleine schließlich auf ihrem Schoß saß. Sie roch nach Milch und Kernseife, und Margarete lächelte. »Du bekommst natürlich auch ein Schaf«, flüsterte sie.

Paul lehnte den Kopf an ihre Schulter, eine Geste, die sie so rührte, dass sie schlucken musste. Seit Hans' Verschwinden war sie nahe am Wasser gebaut und konnte nun ihre Tränen nur mit großer Mühe zurückhalten.

»Tante Grete?«

»Ja, Paul?« Sie schluckte wieder.

»Wenn ich groß bin, heirate ich dich.«

Es war still geworden im Zimmer, alle Augen waren auf sie gerichtet. Sie sah, wie Anna um Beherrschung rang. Ihr Mundwinkel zuckte. Henriette und Luise dagegen hatten feuchte Augen.

»Ich fürchte, das wird nicht gehen«, sagte Margarete bedauernd.

»Und wieso nicht?«

»Weil ich deine Tante bin. Außerdem bin ich viel zu alt für dich.«

Darüber schien er nachzudenken, die Stirn konzentriert gerunzelt. »Na gut«, sagte er nach einer Weile. »Aber dann will ich bei dir arbeiten.«

»Mit Nadel und Faden?«, fragte sie belustigt.

Er zuckte die Schultern. »Oder was anderes.«

»Das werden wir sehen, Paul«, sagte sie liebevoll und zwinkerte Anna zu. »Wir werden sehen, was die Zukunft bringt.«

Kapitel 28

Giengen a. d. Brenz im Sommer 1893

Mehr als zwölf Jahre waren vergangen. Jahre, die Margarete manchmal wie dreißig und dann wieder wie drei vorkamen.

Ihr anfängliches Filzwarengeschäft war gewachsen und gewachsen, zu den vier Mitarbeiterinnen waren noch zehn Heimarbeiterinnen gekommen. Weitere Nähmaschinen waren angeschafft worden. Mittlerweile fertigten sie außer Filzelefanten auch viele andere Spieltiere, angefangen mit einem Kätzchen, dann kamen ein Hund und ein Schwein hinzu.

Margarete nähte stets das erste Modell eines neuen Tieres, feilte daran, bis es lebensecht und sie zufrieden war.

Dann ging das Tier in die Herstellung.

Sie arbeiteten Hand in Hand: Drei Frauen waren damit beschäftigt, die zugeschnittenen Filzteile zusammenzunähen, andere stopften das fertige Tier, und die nächsten gaben ihm ein Gesicht.

Die Räumlichkeiten in Margaretes Elternhaus waren längst zu klein geworden. Vor fünf Jahren hatte Fritz das Baugeschäft des Vaters übernommen, und er begann, Margarete zu drängen, in ein größeres Gebäude umzuziehen.

Anfangs hatte sie gelacht. »Nun übertreib nicht, Fritz. Mir gefällt's daheim. Wir Frauen sitzen beieinander am großen Tisch und sind fleißig. Und es ist familiär. So soll's auch bleiben.«

»Das kann es auch anderswo.«

Sie hatte entschieden den Kopf geschüttelt. »Nein, Fritz, alles bleibt, wie es ist. Keine Höhenflüge.«

Aber wie meistens, wenn Fritz ihr ins Gewissen redete, fing sie an, darüber nachzudenken, ob er nicht vielleicht doch recht hatte.

Und weil er sie gut kannte, ließ er nicht locker. »Schau, Grete, du musst endlich von daheim ausziehen, du brauchst deine eigenen vier Wände. In der Mühlstraße könnte ich ein Grundstück erwerben und dir ein Haus darauf bauen.« Er hatte bereits eine Zeichnung angefertigt, die er nun vor ihr ausbreitete. »Sieh mal, was sagst du?«

Er hatte ein hübsches Eckhaus gezeichnet, mit einem großen Erker im ersten Stock. Und darunter? Margarete hatte sich vorgebeugt und darauf gezeigt. »Was ist das, Fritz?«

Er hatte gegrinst. »Ein Laden. Dort könntest du die Kleidung und das Spielzeug verkaufen.«

Sie war sprachlos gewesen. Ein eigenes Lädchen! Ihr Herz hatte vor Aufregung gepocht. »Fritz, das ist ...«

»Ja?«

»Famos! Ganz famos, Fritz. Aber ...«

»Aber?«

»Ich kann doch nicht ganz allein dort wohnen. Wie soll ich ohne Hilfe zurechtkommen?«

»Du könntest Johanna fragen, ob sie zu dir ziehen will.«

Johanna, natürlich! Darauf hätte sie selbst kommen können.

Johanna war die Schwägerin ihrer Schwester, ebenfalls unverheiratet und im Laufe der Zeit zu einer Freundin geworden.

Aber sie beide unter einem Dach, konnte das gut gehen?

Margarete hatte eine Nacht darüber geschlafen und am nächsten Tag mit Johanna gesprochen. »Kannst du dir vorstellen, mir hier und da zur Hand zu gehen? Mich im Haushalt zu unterstützen?«

»Natürlich kann ich mir das vorstellen«, hatte die Freundin entgegnet. »Wir beiden alten Schachteln, das wird gewiss fein.«

Wenig später hatte Fritz mit dem Bau begonnen. Dafür hatte er ein paar Männer aus dem Ort angeheuert. Margarete hatte sich fast täglich von Johanna hinfahren lassen, um den Fortschritt zu bestaunen. Und mit jedem weiteren Stein, jedem Fenster, das eingebaut worden war, stieg ihre Vorfreude.

Als sie dann endlich einziehen konnten, war Margarete staunend vor Glück durch die Räume gefahren. Wie weitläufig alles war und wie hell! Tageslicht fiel durch die großen Fenster, und die Türrahmen waren allesamt breit genug, damit sie mit dem Rollstuhl hindurchpasste, ohne anzustoßen. Die Zeit der verkratzten Türrahmen war vorbei.

Johanna und sie kamen prächtig miteinander aus, Streit gab es so gut wie nie. Was wohl vor allem daran lag, dass Johanna alles recht war, solange es Margarete gut ging. »Ich bin hier, um für dich zu sorgen. Und umgekehrt sorgst du für mich, weil ich ohne eine Aufgabe vor Einsamkeit und Langeweile umkommen würde.«

»Eine Hand wäscht die andere.« Margarete hatte genickt. »Aber tu mir den Gefallen, und behalte deine eigene Meinung. Ich kann es nicht ausstehen, wenn man mir ständig nach dem Mund redet.«

Johanna kümmerte sich rührend um sie. Im Gegenzug sorgte Margarete dafür, dass ihre Freundin ein Auskommen hatte.

Sie ergänzten sich wunderbar, passten aufeinander auf und

hatten eine Menge Spaß zusammen. Margarete konnte sich schon bald ein Leben ohne Johanna nicht mehr vorstellen.

Die Spielzeugfertigung ging in den neuen Räumlichkeiten mit verblüffender Geschwindigkeit vonstatten. Affen, Esel, Pferde, Kamele, Mäuse, Hasen und Giraffen kamen hinzu, die in einem hübsch illustrierten Katalog präsentiert wurden.

Im Frühjahr dieses Jahres hatte sie ihre Spielwarenfabrik im Handelsregister eintragen lassen: *Margarete Steiff, Filz- und Spielwarenfabrik in Giengen an der Brenz.*

Im Herbst würden sie zum ersten Mal auf der Spielwarenmesse in Leipzig vertreten sein.

Dann und wann musste Margarete sich kneifen, weil sie es nicht glauben konnte.

An diesem sonnigen Nachmittag saß sie wieder am Fenster des Erkers und schaute auf die Straße hinunter.

Gerade kam eine junge Frau mit einem kleinen Mädchen an der Hand die Straße entlang und blieb vor dem Laden stehen.

Sie zeigte auf das Schaufenster und sagte etwas zu dem Kind.

Das nickte eifrig.

Kurz darauf betraten sie das Geschäft.

Margarete stellte sich vor, wie das Mädchen zu den Regalen lief und sich das Spielzeug anschaute. Vielleicht fragte es, ob seine Mutter ihm ein Kamel kaufen würde. Oder einen Esel.

Johanna kam aus der Küche. »Was hältst du von einem kleinen Spaziergang? Das Wetter ist so herrlich.«

Margarete nickte abwesend.

Johanna gesellte sich zu ihr und schaute aus dem Fenster. »Was gibt's denn da zu sehen?«

»Ein niedliches kleines Mädel.«

»Und das fasziniert dich so? Du bekommst täglich kleine Mädel und Buben zu sehen, Grete.«

Margarete lächelte anstelle einer Antwort. An Kindern würde sie sich nie sattsehen können. Leuchtende Kinderaugen waren etwas Wunderbares.

Es klingelte an der Tür, und ihre Freundin ging hin.

Kurz darauf war sie zurück. »Die Post war da.« Sie legte Margarete einen Stapel Briefe in den Schoß.

Margarete schaute sie durch und stutzte bei einem. Er war aus der Schweiz. »Nanu.« Sie öffnete ihn und las die wenigen Zeilen.

Sehr verehrtes Fräulein Steiff,

wir haben von Ihrer Spielwarenfabrik gehört und können uns vorstellen, Ihr Spielzeug in unserer Spielwarenhandlung zu vertreiben. Dürfen wir Sie zu einem Besuch nach St. Gallen einladen? Selbstverständlich werden wir uns um die Unterbringung in einer Pension oder einem Hotel kümmern.
Würden Sie uns die Ehre erweisen?

Mit vorzüglicher Hochachtung

Sie gab Johanna den Brief zu lesen.

»Das ist aber nett, nicht wahr? Und? Wirst du hinfahren?«

Margarete nickte. Sie hatte es bereits beschlossen, als sie die erste Zeile gelesen hatte. »Begleitest du mich?«

Ihre Freundin zögerte keine Sekunde. »Selbstverständlich.«

»Weißt du, woran ich gerade denken muss, Johanna?« Sie blickte erneut aus dem Fenster. »Daran, ob einer meiner Neffen wirklich ins Unternehmen einsteigen wird.«

»Du wünschst es dir, nicht wahr?«

Und wie sie es sich wünschte. Es wäre schön, wenn das Unternehmen in der Familie bleiben würde. »Es ist mir zu lieb, zu kostbar, um es irgendwann in fremde Hände zu geben.«

Johanna legte ihr die Hand auf den Arm. »So etwas kann man nicht beeinflussen, Grete, und ich weiß, dass du das ohnehin nicht tun würdest. Also bleibt dir nichts anderes übrig, als abzuwarten.«

»Ich weiß.« Margarete seufzte leise. Dann nahm sie sich zusammen. »Sagtest du nicht eben etwas von einem Spaziergang? Ich glaube, die frische Luft wird mir guttun.«

III.

Die Jahre 1902 – 1903

Kapitel 29

Giengen a. d. Brenz, Anfang des Jahres 1902

Vor zwei Jahren war Margaretes Bruder gestorben. Ihr kleiner Bruder, der sich immer wie ihr großer Bruder gefühlt hatte.

An die Leere, die er hinterlassen hatte, würde sie sich wohl nie gewöhnen. Noch immer schaute sie erwartungsvoll zur Tür, wenn sie glaubte, seine Schritte auf der Treppe zu hören. Noch immer lächelte sie, wenn sie meinte, seine Stimme zu hören, sein lautes Lachen. Wenn Anna sie in der Firma besuchte, lagen ihr die Worte bereits auf der Zunge: »Wie geht es Fritz?«, bis ihr wieder schmerzlich, allzu schmerzlich, bewusst wurde, dass er nicht mehr da war. Er hatte einen Teil von ihr mit ins Grab genommen, genau so fühlte es sich an.

Auch der Tod der Eltern hatte Margarete getroffen, Fritz' Tod jedoch hatte ihr das Herz aus der Brust gerissen. Wochenlang war sie wie betäubt, wie leer, und sie konnte nicht die Kraft aufbringen weiterzumachen. Weiterzuleben. Wäre Johanna nicht gewesen, säße sie wohl heute noch schwermütig am Fenster und ließe die Zeit verstreichen.

Ihr Unternehmen war inzwischen noch weitergewachsen, es hatte mittlerweile zweihundert Angestellte. Margarete musste sich diese ungeheure, absolut überwältigende Zahl oft wieder bewusst machen. Sie hatte sogar einen Handelsvertreter eingestellt. Hätte Fritz ihr auch das damals prophezeit, sie hätte ihn ausgelacht.

Nachdem die Stofftiere sich so gut verkauften, hatte er vorgeschlagen, auch Reittiere herzustellen.

Doch Margarete hatte den Kopf geschüttelt. Reittiere? Wie stellte er sich das vor?

»Lass mich nur machen«, hatte er wie so oft gesagt und begonnen, ein Gestell aus Holz anzufertigen, das als Stützkonstruktion dienen sollte.

Ungläubig hatte sie später davorgestanden. Plötzlich hatte sie ein Pferd vor sich gesehen oder auch einen Elefanten, auf dem ein Kind mit vergnügtem Gesicht saß. Auf einem breiten Sattel, damit es nicht herunterfallen konnte.

»Und Rollen, damit man es hinter sich herziehen kann«, hatte Fritz gemeint.

Margarete hatte es bildlich vor Augen gehabt. »Das klingt famos, Fritz! Ja, lass es uns versuchen.«

»Sieh an.« Seine Augen hatten schelmisch gefunkelt. »Hab ich dich wieder am Haken.«

Wie jedes Mal. Und die Reittiere verkauften sich außerordentlich gut, die Kinder liebten sie.

Tatsächlich war einer ihrer Neffen ins Unternehmen eingestiegen. Doch es war nicht Paul, sondern sein jüngerer Bruder Richard. Er hatte die Kunstgewerbeschule in Stuttgart besucht und anschließend im englischen Königreich studiert. Bereits als Zwölfjähriger hatte er verkündet: »Ich will in deinem Unternehmen arbeiten, Tante« – und er hatte Wort gehalten.

Margarete war mächtig stolz auf den klugen und ehrgeizigen jungen Mann, der zudem ihren Sinn für Humor teilte. Oft brachte er sie mit einer trockenen Erwiderung so zum Lachen, dass sie aus dem Zimmer fahren musste, um nicht alle mit ihrem wiederkehrenden hartnäckigen Gelächter anzustecken. Richard war ganz nach ihrem Geschmack: spielend vereinte er Kreativität mit einem verblüffenden Geschäftssinn.

Vor Jahren hatte Margarete gemeint, ihr Leben bestünde aus fleißiger Arbeit und daraus, wie sie aus dem Fenster schaute und träumte oder vor dem Haus saß und Geschichten erzählte. Daran hatte sich nicht viel geändert, außer dass die Kinder von früher nun erwachsen waren.

Auch Fritz' und Annas stetig gewachsene Kinderschar – sechs Söhne und drei Töchter – waren bis auf die vierzehnjährige Marie und den knapp zwölfjährigen Ernst inzwischen flügge.

Paul und Franz waren zwei Jahre nach Richard ins Unternehmen eingetreten, und die anderen waren nach und nach gefolgt.

Ihre Nichten wollte Margarete am liebsten gut verheiratet wissen. Eine Familie zu gründen und zu versorgen war für sie nach wie vor die schönste und wichtigste Aufgabe einer Frau.

Sie hätte alles dafür gegeben, wenn es auch ihre hätte sein können.

Nichte Eva jedoch hatte für eine gewisse Zeit ins englische Königreich gewollt. »Ich will die Sprache erlernen, Tante. Englisch sprechen zu können ist gewiss nicht verkehrt. Auch für eure geschäftlichen Beziehungen.«

Ihr Spielzeug wurde inzwischen auch in einem großen Londoner Kaufhaus verkauft.

Margarete hatte die Idee sehr befürwortet. Die Nase in den Wind zu halten, Neues kennenzulernen und Eindrücke zu sammeln war immer etwas Wertvolles.

Paul war derweil nach Amerika gegangen, um dort geschäftliche Kontakte zu knüpfen.

Das Steiff-Unternehmen florierte.

An diesem Morgen war es bitterkalt, ein eisiger Wind pfiff durch die schneebedeckten Straßen. Margarete saß wie so oft am Fenster ihrer Wohnung und blickte auf die weiße Straße hinunter. Ihr war trübsinnig zumute, und sie fühlte sich erschöpft und matt.

Sie hörte Johanna in der Küche werkeln und laut singen.

Sie selbst hatte seit Fritz' Tod nicht mehr gesungen, nicht einen einzigen Ton. Auch die Zither lag verschlossen in ihrem samtbeschlagenen Koffer und wartete darauf, wieder gespielt zu werden.

»Grete?« Johanna stand plötzlich hinter ihr, und sie fuhr so heftig zusammen, dass sie sich auf die Zunge biss.

»Herr im Himmel, hast du mich erschreckt! Musst du dich immer so anschleichen!«

»Anschleichen? Es ist kaum eine Woche her, dass du mich geschimpft hast, weil ich ›wie ein Elefant durchs Haus stapfe‹. Dein Neffe ist da.«

»Welcher?«, fragte sie müde.

»Richard.«

Sofort verschwanden die dunklen Wolken, die sich auf ihr Gemüt gelegt hatten. »Schick ihn herein.«

»Er ist schon hier.« Johanna zeigte zur Tür.

Dort stand er, ein strahlendes Lächeln im Gesicht. Mit großen Schritten kam er herein. »Du siehst blass aus, Tante. Du brauchst frische Luft. Komm, wir machen einen Spaziergang.«

»Bei dem Wetter?«

»Sagt sie nicht immer, sie wäre nicht aus Zucker?«, fragte er mit Blick auf Johanna, die zustimmend nickte. »Ich habe einen Schlitten mitgebracht.« Er löste die Bremse und schob sie auf den Flur. »Du musst dich warm anziehen, es ist eiskalt.«

»Was du nicht sagst.« Sie machte keine Anstalten, ihren Mantel zu nehmen oder nach ihrer Mütze zu greifen. Dabei freute sie sich, dass er da war, dass er sich um sie kümmerte. Richard war ihr Augenstern, schon immer gewesen. Er erinnerte sie ungeheuer an ihren Bruder, die beiden hatten so viel gemeinsam. Was die geschäftlichen Belange betraf, vertraute sie ihm blind. Die Firma eines Tages in seinen Händen zu wissen beruhigte sie.

»Müsstest du dich nicht um wichtigere Dinge kümmern?«, murrte sie und fragte sich zugleich, warum sie sich so aufführte.

»Was könnte wichtiger sein, als mich um meine Lieblingstante zu kümmern?«

»Willst du mich allen Ernstes auf einem Schlitten durch die Gegend ziehen, Richard?«

»Ich dachte, du liebst Schlittenfahren.«

Und wie sie es liebte. Als Kind hatte sie gar nicht genug davon bekommen können. »Schneller, Fritz!«, hatte sie ihren Bruder angefeuert, der vor ihr auf dem Schlitten hockte, wenn sie den Abhang hinuntergesaust waren. Wie hatte sie sich gewünscht, hinter dem Schlitten herzurennen und Anschwung zu geben.

Ach, Fritz. Er fehlte ihr entsetzlich.

»Richard.« Sie schnalzte mit der Zunge. »Ich hab's als Kind geliebt. Jetzt bin ich über fünfzig.«

Johanna half ihr in den Mantel und nahm den Wollschal von der Kommode.

Margarete schlug ihr auf die Finger, als sie ihn ihr um den Hals schlang und bis zur Nasenspitze wickeln wollte. »Herr im Himmel, Johanna, du bist eine grässliche Glucke. Wie ich eben schon sagte: Ich bin über fünfzig!«

Ihre Freundin lachte unbekümmert und warf Richard einen vielsagenden Blick zu.

Sie hat sich an meine Launen und Marotten gewöhnt, wie ich mich an ihre, dachte Margarete und wusste nicht, ob sie beschämt oder verblüfft sein sollte. *Sie hat's nicht leicht mit mir. Ich bin unausstehlich geworden.*

Als ahnte ihr Neffe ihre Gedanken, hockte er sich neben sie und griff nach ihrer gesunden Hand. »Er ist jetzt zwei Jahre tot, du musst nach vorn schauen, Tante. Das müssen wir alle. Meinst du, mir fehlt er nicht?«

Die Tränen kamen, bevor ihr überhaupt klar wurde, dass sie weinen musste. Leise schluchzte sie und wollte sich doch zusammenreißen.

»Ich weiß«, sagte er nur und strich über ihre Hand. »Ihr wart eng miteinander verbunden. Vater hat oft erzählt, dass Fritz sich für dich verantwortlich gefühlt hat – und du dich für ihn, nicht wahr?«

»Er hat immer auf mich aufgepasst«, flüsterte sie.

»Und du auf ihn.« Richard lächelte.

»Du hast recht.« Margarete räusperte sich energisch und zupfte an ihrem Wollschal. »Ich brauche dringend frische Luft. Das ständige Geheule ist ja nicht zum Aushalten.«

»Hast du es auch warm, Tante?«, erkundigte Richard sich, als sie wenig später dick eingemummelt auf dem Schlitten saß. Schneeflocken landeten auf ihrer Nasenspitze, und sie musste lachen. »Ja, ich hab's recht gemütlich.«

Sie blickte hinauf in den Himmel, an dem die Wolken noch mehr Schnee verkündeten.

Als Kind hatte Margarete geglaubt oder vielleicht auch nur gehofft, dass die Verstorbenen auf einer Wolke saßen und den Menschen, die sie zurückgelassen hatten, zuschauten. Sie hatte sich oft gefragt, ob man als Verstorbener etwas bereute, das man zu Lebzeiten getan oder auch nicht getan hatte. Ob man sich grämte, weil man jemanden verärgert hatte, den man liebte. Ob man noch etwas wie Sehnsucht verspüren konnte.

Als sie älter geworden war, hatte sie befürchtet, dass man einfach nur in Dunkelheit gehüllt und von vollkommener Stille umgeben war. Eine schreckliche Vorstellung.

Richard hielt unten vor dem Laden. »Ich dachte, du möchtest Lydia vielleicht rasch Guten Tag sagen.«

Wie gut er sie doch kannte. Manchmal war es geradezu erschreckend, wie er sie stets durchschaute.

Er ging zur Tür und öffnete sie, sodass Margarete einen Blick hineinwerfen konnte. »*Filz-Spielwaren-Fabrik*« stand auf einem Schild neben der Tür.

Lydia, die junge Verkäuferin, stand hinterm Tresen und winkte ihr zu. »Grüß Sie Gott, Fräulein Steiff! Erfrieren Sie uns bloß nicht!«

Margarete winkte zurück. Es verging kaum ein Tag, an dem sie nicht herkam. Nicht, um nach dem Rechten zu sehen, das wäre gar nicht nötig gewesen, denn Lydia hütete das Lädchen wie ihren Augapfel. Nein, sie liebte es, herzukommen und sich umzuschauen. »Ich werde Sie nicht enttäuschen«, hatte Lydia gesagt, als sie sie eingestellt hatte. »Ich liebe Kinder, und ich liebe Spielzeug.«

Mehr braucht es nicht, hatte sie gedacht.

Eine Mutter mit einem kleinen Jungen an der Hand kam die Straße entlang und nickte ihnen zu. »Grüß Gott, Fräulein Steiff. Herr Steiff.« Sie betraten das Geschäft, und der Junge machte sich sofort los und stürmte zu einem der Regale.

»Aber sei brav, Heinrich!«, rief die Mutter ihm zu. »Reiß nichts um, hörst du?« Sie eilte ihm nach. »Zeig mir deine Hände.«

Der Junge zog seine Handschuhe aus und hielt ihr die Hände hin. »Ganz sauber, Mama.«

Margarete lächelte. Bei der Gestaltung und Einrichtung war ihr wichtig gewesen, dass Kinder sich wohlfühlten, ohne ständig befürchten zu müssen, etwas umzustoßen oder zu zerbrechen. Die Stofftiere in den Regalen waren so aufgestellt, dass Kinder heranlangen und sie ohne fremde Hilfe an sich nehmen konnten.

Und schmutzige Hände? Ihr Spielzeug war gut und leicht zu reinigen, auch darauf legte sie Wert.

»Sieh nur, Mama, ein Äffchen!«, rief der Junge. »So einen möcht ich haben!« Er lief weiter zu einem anderen Regal. »Nein, lieber doch einen Hund.« Er legte den Kopf schief und betrachtete die kleinen und großen Höckertiere. »Oder ein Kamel?«

Margarete wurde ganz warm ums Herz. Sie sah ihren Neffen an. »Danke.«

»Wofür?«, fragte er unschuldig, doch er schien es zu wissen, denn er nickte und zwinkerte ihr zu.

Kapitel 30

Als Margarete an diesem Morgen mit Johanna das Haus verlassen hatte, waren sie auf dem Gehweg stehen geblieben und hatten gleichzeitig geseufzt.

»Endlich ist der Frühling da«, hatte Johanna gesagt. »Sieh nur, die Forsythien treiben schon aus.«

»Je älter ich werde, desto mehr macht der lange Winter mir zu schaffen.«

Wenig später schob Johanna sie die Rampe des Firmengebäudes hinauf in die Fertigungshalle.

Alle Arbeiterinnen hoben augenblicklich den Kopf und schauten zu ihnen herüber. Das Stimmengemurmel war hier und da verebbt, setzte aber sogleich wieder ein. Margarete hatte nie einen Hehl daraus gemacht, dass ihr ein respektvoller, aber durchaus freundschaftlicher Umgang wichtig war. Es durfte geschwatzt werden, solange die Arbeit anständig gemacht wurde. Von Klatsch und Tratsch hielt sie nicht viel, auch das wussten alle, und wenn es ihr einmal zu viel wurde, räusperte sie sich energisch und sagte laut: »Jetzt ist's aber genug. Lasst uns lieber was singen.«

»Geh nur wieder heim, Johanna«, sagte sie nun. »Und sieh zu, dass du die anderen beiden Kuchen rechtzeitig herbringst.«

»Grete.« Johanna schnaubte. »Glaubst du, ich stehe einen

ganzen Tag lang in der Küche und backe – und vergesse dann die Kuchen?«

Margarete grinste. Johannas übertriebene Entrüstung war gespielt, wenn auch recht überzeugend. *Würde ich dich nicht so gut kennen, wäre ich dir auf den Leim gegangen*, dachte sie.

»Was siehst du mich so an?«, fragte Johanna.

Margarete tätschelte ihre Hand und hielt sie einen Moment fest. »Wann hab ich mich das letzte Mal bei dir bedankt?«

»Wofür?«

»Wofür.« Nun schnaubte Margarete kopfschüttelnd.

Johannas Mundwinkel zuckte. Mit einer Hand griff sie an ihren Dutt; eine Geste, die Margarete vertraut war. Sie war ganz offensichtlich gerührt. »Letzte Woche.«

»Wie, letzte Woche?«

»Da hast du dich bei mir bedankt.«

»Dann ist's ja gut. Ich dachte schon, ich hätte es länger nicht getan.«

»Warum fährst du nicht weiter?«

»Und warum stehst du noch immer hinter mir, anstatt dich um den Kuchen zu kümmern?«

»Ist schon recht«, brummte Johanna und machte kehrt.

Wie langweilig wäre es doch ohne ihre Kabbeleien.

Martha war aufgestanden und kam zu Margarete. »Ich bringe dich zu den anderen.«

Ihr ehemals glänzendes Haar war grau und ein wenig stumpf geworden. Hübsch war sie noch immer, und es war ein Wunder, dass sie nicht schon vor vielen Jahren einen Mann zum Heiraten gefunden hatte. Der war erst vor drei Jahren in ihr Leben getreten, zu einem Zeitpunkt, an dem beide nicht mehr damit gerechnet hatten, sich noch zu vermählen.

»Ist sie schon da?«, raunte Margarete und blickte sich um.

»Nein«, raunte Martha zurück. »Du hast ihr den Vormittag freigegeben, schon vergessen? Damit sie daheim mit ihren Lieben ihren Geburtstag feiern kann.«

»Richtig.« Sie nickte. Vergesslich war sie nun also auch noch geworden, wunderbar. Als Nächstes wurde sie wahrscheinlich noch seltsam im Kopf und schwatzte mit sich selbst.

Johanna würde jetzt wohl sagen: »Wunderlich bist du doch bereits, und du schwatzt ständig mit dir.«

Martha schob sie zu einem der langen Tische, an dem die Stopferinnen saßen. »Grüß Gott, Fräulein Steiff«, war von überall zu hören.

»Grüß euch Gott, alle miteinander!«, rief Margarete durch die Halle. »Hanne, ist das Kind deiner Schwester endlich da?«

»Wenn's denn mal so wäre.« Die Mitarbeiterin schüttelte bedauernd den Kopf.

»Wie geht's deinem Buben, Sophie?«, erkundigte Margarete sich bei einer weiteren Mitarbeiterin. »Hustet er noch?«

»Nein, es geht ihm viel besser.«

»Schön.« Sie stellte die Bremse fest und blickte sich erneut um. »Heute ist der Geburtstag von Berta Engelmann, wie ihr bestimmt schon wisst.« Sie bat Martha, den Kuchen, der sich noch auf ihrem Schoß befand und mit einem Tuch abgedeckt war, auf den Tisch zu stellen. »Wir wollen ihn später feiern. Mit Kaffee und Kuchen, den Johanna gebacken hat.« Sie strich über ihren schwarzen Rock, der sich gern in einem der Räder verfing. »Und bis dahin wollen wir fleißig sein.«

Alle murmelten zustimmend und senkten die Köpfe wieder über ihre Arbeit. Ruth und Henriette saßen Margarete schräg gegenüber. Ruth half auch schon mal bei den Stopferinnen aus, ein Handwerk, das sie mittlerweile gut beherrschte.

Henriettes Schwester Luise hatte vor einigen Jahren einen

Witwer geheiratet und war mit ihm und den beiden Stiefsöhnen nach Ulm gezogen. »Wer hätte gedacht, dass mich noch einer haben will?«, hatte sie gesagt.

Und Margarete hatte erwidert: »Dann sind wir wohl nur noch zwei im Bunde: Henriette und ich. Aber ich freue mich für dich, Luise, sehr sogar.«

Henriette war immer die Hübschere und Klügere der Brandner-Schwestern gewesen, aber sie war auch hitziger und eigensinniger. »Vielleicht hat sich deshalb niemand gefunden, der mich ehelichen will«, hatte sie Margarete irgendwann anvertraut. »Ich bin den Mannsbildern zu starrköpfig.«

»Habt ihr heute gefrühstückt?«, fragte Margarete wie nebenbei Mechthild, die gleich neben ihr saß. Die junge Frau war immer blass und so zart, dass man bei heftigem Wind befürchten musste, er würde sie mit sich reißen. Außerdem war sie guter Hoffnung.

Scheu nickte sie. »Ja, Fräulein Steiff.«

»Du kannst mich Grete nennen, das weißt du doch.« Margarete schaute sie prüfend an. »Schwindelst du auch nicht?« Eine Antwort benötigte sie nicht. »Martha, sei so gut und lauf hoch zu Johanna. Sie soll ein paar Brote mit Zwetschgenmus schmieren.«

Martha nickte und erhob sich.

»Und sie soll nicht am Mus sparen.«

»Ich werd's ausrichten.« Martha lief hinaus.

Margarete nahm eins der weißen Schafe, die vor ihr auf dem Tisch lagen, und schaute es eingehend an. »Johanna hat wieder so viel Zwetschgenmus eingekocht, dass eine ganze Kompanie satt werden würde«, sagte sie mehr zu sich selbst, aber doch so, dass Mechthild es hören konnte. »Ich bin froh, dass ich's hier unter die Leute bringen kann, sonst müssten wir drei Jahre davon essen.«

Nachdem sie ihre Mitarbeiterinnen mit Marmeladenbroten versorgt hatte, machte Margarete sich auf den Weg zu Franz, der ein Büro neben der Fertigungshalle hatte. Seit er ins Unternehmen eingestiegen war, kümmerte er sich hauptsächlich um den Einkauf und die Werbung.

Margarete klopfte an seine Tür. Sie war ungeheuer gespannt auf den neuen Katalog, an dem er gerade arbeitete.

Auf ihr Klopfen rührte sich nichts, also klopfte sie erneut.

»Immer herein!«

Sie schob die Tür auf und bugsierte ihren Rollstuhl ins Zimmer. Es roch nach kaltem Rauch, und sie verzog das Gesicht.

»Musst du immer so viel rauchen, Junge?«

Ihr Neffe stand am Fenster und hatte seine Brille abgenommen, um sie mit seinem Taschentuch zu putzen. »Immer strahlender Laune, Tante Grete.«

Sie musste lachen. »Lausbub.«

»Was führt dich zu mir?«

»Meine Neugier.«

Er zwirbelte seinen Schnauzbart, wie er es gern tat. »Ah, du bist gekommen, um einen Blick in den neuen Katalog zu werfen.«

»Ist er denn schon fertig?«

»Nein, aber du kannst den ersten Entwurf sehen.« Er setzte die Brille auf und ging zu dem niedrigen Schränkchen, das an der Wand neben seinem Schreibtisch stand. Mit einem Stapel Papier kam er zu ihr zurück und breitete die einzelnen Blätter auf dem Schreibtisch aus, sodass sie jedes ansehen konnte.

»Sehr schön.« Margarete betrachtete das erste Blatt und nickte anerkennend. Sie nahm das zweite und nickte erneut. »Die Giraffe ist wirklich …« Sie suchte nach einem Wort.

»Lebensecht?«

»Das nehme ich an. Mir ist nie eine begegnet.«

Er grinste. »Richard schon. Du weißt ja, wie gern er sich im Tiergarten herumtreibt.«

Eine seiner Lieblingsbeschäftigungen. Er saß dort auf einer Bank, den Zeichenblock auf den Knien, und skizzierte die Tiere. Am liebsten die Bären. »Du solltest sehen, wie die Jungbären übereinanderpurzeln, wie sie sich knuffen und schubsen. Sie benehmen sich wie kleine Kinder, die miteinander raufen«, hatte er ihr erzählt. »Und was für lustige Töne sie von sich geben, sie brummen und knurren. Und die Mutter sitzt daneben und gibt acht, dass sie sich nicht ernstlich verletzen. Ganz gutmütig sieht sie dann aus, als ließe sie ihre Kinder spielen, weil sie sich noch daran erinnert, wie viel Spaß das macht.«

»Wer sagt, dass Tiere keine Erinnerung an etwas so Schönes haben«, hatte sie entgegnet.

Richard war ein begnadeter Zeichner. Nach seinen Skizzen wurden die Stofftiere gefertigt.

Franz räusperte sich und zwirbelte erneut seinen Bart. »Er hat schon mit dir über seine neuen Pläne gesprochen?«

Ihr blieb für einen kurzen Augenblick das Herz stehen. Neue Pläne? Gedachte er etwa, die Firma zu verlassen?

Sie schluckte unbehaglich. »Nein.«

»Dann sollte ich ihm nicht zuvorkommen.« Für Franz schien die Sache damit erledigt zu sein, nicht aber für Margarete.

»Du willst mich im Unklaren lassen, Junge?«

Er sah aus, als fiele ihm das äußerst schwer, doch er nickte. »Ich würde in Teufels Küche kommen, Tante. Richard soll es dir selbst sagen.«

Sie legte die Hand auf seinen Unterarm. »Er ... hat aber doch nicht vor fortzugehen?«

Ihr Neffe sah sie verblüfft an, dann lachte er. »Was? Aber nein,

Tante Grete, keine Sorge. Wieso sollte er fortgehen? Wo er doch eins mit dem Unternehmen geworden ist.«

»So wie du.« Sie lächelte ihn an, und er erwiderte es.

Was würde ich nur ohne sie machen?

Sie atmete tief durch und fuhr zur Tür. »Alles andere soll mir recht sein.«

Franz seufzte verhalten. »Wir werden sehen.« Es klang skeptisch.

Was Margarete nun doch beunruhigte.

Am Abend saß Margarete im Bett, die Hutschachtel mit Hans' Briefen und Ansichtskarten vor sich. Sie hatte den Deckel abgenommen und schluckte schwer. Es war lange her, sehr lange, seit sie das letzte Mal einen Blick hineingeworfen hatte. Damals hatte sie seine letzte Karte gelesen und schrecklich weinen müssen.

Es hatte nie mehr ein Lebenszeichen von ihm gegeben, nicht den kleinsten Hinweis darauf, was damals vor so vielen Jahren geschehen war.

Wir werden es wohl nie erfahren, hatte seine Mutter ihr geschrieben. *Aber ich wünschte, ich wüsste es. Ich wünschte, es gäbe ein Grab, an dem ich trauern könnte, einen Ort, an dem er ruht. Nichts zu haben fühlt sich furchtbar an, unerträglich.*

Sie war daran zerbrochen. Kaum zwei Jahre später war sie an ihrem Kummer gestorben.

Man kann an gebrochenem Herzen sterben, hatte Margarete damals gedacht, und sie dachte es noch heute.

Sie griff in die Hutschachtel und nahm einen beliebigen Brief heraus. Hans hatte ihn geschrieben, kurz nachdem sie sich im Zug begegnet waren. Margarete las die wenigen Zeilen und lächelte traurig.

Sie nahm einen weiteren Brief, las ihn und legte ihn zurück in die Schachtel. Nachdenklich betrachtete sie den Deckel, legte ihn schließlich auf die Schachtel und wickelte den Bindfaden darum.

Aber wozu sie noch länger aufbewahren? In ihrer Erinnerung war Hans noch sehr lebendig, sie musste oft an ihre gemeinsamen Ausflüge, ihre Gespräche denken. Sie erinnerte sich noch gut an den Tag, als sie aus dem Holzkarren gefallen war.

Wie erschrocken Hans ausgesehen hatte.

Sie dachte auch gern daran zurück, wie sie an der Burg Hellenstein in ein Unwetter geraten und klatschnass geworden waren.

Ihre Erinnerungen konnte ihr niemand nehmen, aber wenn sie nicht mehr war, würde jemand die Briefe finden und vermutlich auch lesen. Und allein der Gedanke daran fühlte sich nicht gut an.

Margarete war zeit ihres Lebens auf Hilfe angewiesen gewesen und hatte damit einen großen Teil Privatleben, das für andere Menschen selbstverständlich war, aufgeben müssen.

Das Andenken an Hans und damit auch seine Briefe gehörten ihr ganz allein. Und so sollte es auch bleiben.

Sie würde Johanna nicht bitten, die Schachtel zurück auf den Dachboden zu bringen, sondern darum, sie gleich morgen zu verbrennen.

Kapitel 31

Zwei Wochen waren vergangen, und an diesem Sonntagmorgen saß Margarete am Küchentisch und trank ihren Kaffee, als es an der Tür Sturm klingelte.

»Wer mag das denn sein? Um diese Zeit?« Johanna runzelte unwillig die Stirn und ging hin, um nachzusehen.

Margarete vernahm laute männliche Stimmen, ein Lachen. Ihre Neffen. Für einen Moment hatte sie Mühe, die Stimmen dem entsprechenden Neffen zuzuordnen. Die eine gehörte Paul, wenn sie nicht irrte. Und die zweite? Sie waren einander so ähnlich.

Erwartungsvoll blickte sie zur Tür, als Johanna zurückkam. »Rate, wer da ist.«

»Ah, wir spielen ein Ratespiel. Schön, der eine ist Paul.«

»Und der andere Otto«, platzte Johanna heraus. »Sie wollen dich zu einer kleinen Motorradfahrt abholen.«

Margarete hob die Augenbrauen. »Motorradfahrt?«

»Ja, aber ich hab ihnen gesagt, dass ich nicht weiß, was ich davon halten soll.«

»Du bist meine Freundin, Johanna, nicht meine Mutter.«

Johanna senkte die Stimme. »Aber ich hab versprochen, auf dich achtzugeben. Und eine Fahrt auf dem Motorrad? Wie in Gottes Namen soll das gehen?«, raunte sie.

»Kommt nur herein, ihr beiden!«, rief Margarete, ohne auf Johannas Bedenken einzugehen.

Paul und Otto kamen ins Zimmer, beide mit geröteten Wangen, ein breites Grinsen im Gesicht.

Als hätten sie was angestellt, dachte Margarete belustigt.

»Grüß Gott, Tante.« Paul küsste sie auf die Wange, und sie hielt Otto die andere hin.

»Paul. Otto. Schön, dass ihr eure alte Tante besucht.«

Die beiden trugen Motorradkleidung. Paul besaß seit Längerem ein Motorrad, und anscheinend hatte sich auch sein jüngerer Bruder eins angeschafft.

»Das Wetter ist so herrlich, und da dachten wir …«, setzte Otto an und warf Paul einen Hilfe suchenden Blick zu. »Also, ich hab nämlich auch eins, ein ganz schickes.«

»Schicker als meines.« Paul zwickte ihn in die Seite, und er knickte ein.

»Hör auf, deinen Finger in meine Rippen zu bohren.« Otto verpasste ihm einen spielerischen Klaps auf den Arm. »Wir dachten, wir laden dich zu einer kleinen Fahrt auf dem Motorrad ein, Tante.«

Sie schaute erst ihn, dann Paul an und lachte lauthals. »Gewiss doch. Ich steige hinter einen von euch und halte mich an seinem Rücken fest.«

Die beiden wechselten einen Blick.

»Kommt ja gar nicht infrage«, brummelte Johanna.

»Komm doch erst mal mit vor die Tür, Tante.« Otto löste kurzerhand die Bremse ihres Rollstuhls.

»Werde ich vielleicht vorher gefragt?«, protestierte sie, musste aber wieder lachen. Sie hatte ihren Neffen noch nie böse sein können, selbst zu der Zeit, als sie zu allerlei Schabernack bereit gewesen waren und ständig ermahnt werden mussten.

Otto schob sie zur Tür hinaus, Paul und auch Johanna folgten ihnen.

»Ihr könnt eure Tante doch nicht einfach mitnehmen!«, schimpfte ihre Freundin. »Auf einem Motorrad! Das werde ich nicht zulassen.«

»Beruhige dich, Johanna«, sagte Paul besänftigend und sprach leise mit ihr.

Leider konnte Margarete kein Wort verstehen.

Otto hob sie aus dem Rollstuhl und trug sie die Treppe hinunter bis auf die Straße. Dort standen zwei dunkle Motorräder, einer davon mit einem Beiwagen.

»Oh«, sagte sie nur.

»Sieh mal, Tante, den habe ich extra für dich angeschafft und anbauen lassen«, sagte Paul.

Sie hatte den Beiwagen nicht aus den Augen gelassen. Sie sah sich bereits darin sitzen, das Haar flatternd im Wind, die Wangen genauso rosig wie die ihrer Neffen. Sie hatte vor Augen, wie sie durch Giengen brausten – und es würde doch bitte sehr ein Brausen und kein Schleichen sein – und wie die Leute stehen blieben und sie angafften. Und sie würde fröhlich winken und »Grüß Gott« rufen. Nein, dazu wäre es wohl zu laut – und hoffentlich auch zu schnell.

»Sei so gut und heb mich hinein«, bat sie Otto.

»Um Himmels willen, Grete, du willst doch nicht allen Ernstes in diesen ... diesen Kasten klettern.« Johanna umkreiste das Motorrad samt Beiwagen mit misstrauischem Blick.

»Doch, genau das möchte ich. Otto?«

Bevor er sie hineinhob, nahm er eine zusammengerollte Decke heraus. Als sie saß, breitete er die Decke über ihre Beine.

»Und? Ist es auch bequem genug, Tante?«

Sie hatte den Mund kaum geöffnet, als Johanna ihr zuvorkam. »Bequem? Wie kann es in diesem Ding bequem sein?«

»Sei so gut und hör auf zu zetern, hol mir stattdessen mein Wolltuch«, bat Margarete.

Otto und Paul warfen sich vielsagende Blicke zu. *Wir haben sie am Haken*, genau das mochten sie wohl gerade denken.

»Das wird ein Spaß, Tante Grete, wirst sehen.« Otto setzte eine Lederhaube auf und knöpfte seine Jacke zu.

Margarete spürte eine kindliche Freude, wie sie sie lange vermisst hatte. »Versprichst du mir, dass wir nicht gemütlich durch die Straßen zuckeln? Ich will nicht, dass die Fuhrwerke uns überholen.«

Paul band seine Lederhaube unterm Kinn fest. »Das verspreche ich erst, wenn Johanna uns nicht mehr sehen kann«, raunte er, und sie unterdrückte ein Lachen.

Johanna kam aus dem Haus, das Wolltuch unterm Arm, dazu eine weitere Decke und ein Kissen. Was hatte sie noch dabei, fragte Margarete sich. Eine Essensration, falls die Nacht unerwartet hereinbrach und sie in einem Heuschober irgendwo dort draußen übernachten mussten?

»Was gibt's da zu kichern, Grete?« Johanna versuchte, ihr das Kissen in den Rücken zu stopfen. Doch es war zu dick.

Also versuchte sie es mit der Decke. Anschließend wickelte sie ihr das Wolltuch um den Kopf und band es so fest zusammen, dass Margarete das Gesicht verzog und fragte, ob sie vorhatte, sie zu erwürgen.

Paul saß auf und warf ihr einen fragenden Blick zu. »Bereit?«

»Ja!«

Johanna schnaubte, während Otto sich vor Lachen ausschütten wollte.

Gemächlich fuhren sie los, und Margarete genoss den lauen

Fahrtwind im Gesicht. »Fahr schneller, Paul«, bat sie. »Sie kann uns nicht mehr sehen.«

»Gemach, gemach, Tante!« Er schaute sie belustigt an. »Und? Wie fühlst du dich?«

»Es ist herrlich, Paul! Aber bitte fahr doch schneller.«

»Und wenn dir übel wird?«

»Als würde mir übel werden!«

»Ganz wie du meinst.« Er warf seinem Bruder einen Blick zu und nickte. Dann gab er mehr Gas, und Margarete jauchzte vor Vergnügen.

Als ihre Neffen sie am späten Nachmittag wieder heimbrachten, klopfte ihr Herz noch immer vor lauter Freude. Sie hatte lange nicht mehr solchen Spaß gehabt.

»Wann holt ihr mich wieder ab?«, fragte sie, als Paul sie ins Haus trug.

»Wenn das Wetter mitspielt, nächsten Sonntag.«

»Fein! Ich danke euch, Paul, was für eine wunderbare Idee, einen Beiwagen anzuschaffen.«

Er zwinkerte ihr zu. »Du kannst schließlich schlecht bei einem von uns hinten aufsteigen und dich am Rücken festhalten. Nicht wahr?«

Kapitel 32

An diesem Vormittag hatte Margarete ihre Schwägerin Anna besucht. Sie sah müde und eingefallen aus. »Ich schlafe furchtbar, Grete. Ich träume seit einiger Zeit ständig von Fritz, dabei ist er doch schon mehr als zwei Jahren tot.«

»Du hast bis jetzt still getrauert, und nun durchlebst du noch mal die Zeit mit ihm.«

»Ich dachte, es wird besser.«

»Das wird es auch, Anna, glaub mir.« *Ich spreche aus Erfahrung.*

Sie selbst träumte ebenfalls viel von ihrem Bruder, und in jedem dieser Träume waren sie wieder Kinder. Manchmal konnte Margarete in einem der Träume laufen und sprang neben Fritz her. Ab und an träumte sie, wie der Holzkarren nach einer rasanten Fahrt umkippte und sie beide in der Brenz landeten. So wie es tatsächlich vor vielen Jahren geschehen war. Es war ein Wunder gewesen, dass sie nicht ertrunken war. Aber sie hatte wohl schon immer einen zähen Überlebenswillen gehabt.

»Es ist ein Segen, dass du deine Kinder hast, Anna.«

»Du hast recht. Und ich bin froh, dass sie in deinem Unternehmen einen Platz gefunden haben.«

Margarete hatte gelächelt. »Oh, das bin ich auch.«

Erst wenige Wochen zuvor hatte sie ihr Testament aufsetzen lassen. Sie wollte, dass das Unternehmen nach ihrem Tod in Familienhand bleiben würde. Es war alles geregelt, und diese Tatsache beruhigte sie sehr. Ihre Neffen würden das Unternehmen in ihrem Sinne weiterführen, und was genauso wichtig war, sie würden nicht übereinander herfallen und sich die Augen auskratzen.

Am Nachmittag saß Margarete bei den Stickerinnen, die sich über Elviras kleinen Jungen unterhielten, der zwei Tage zuvor geboren worden war.

»Ein zuckersüßer Bub«, meinte Hedwig. »Das dunkle Haar hat er vom Vater. Elvira sagt, sie wäre froh, dass er nicht ihre rote Locken geerbt hat.«

»Also mir gefallen rothaarige Männer«, sagte Charlotte, und die anderen lachten.

»Lasst uns überlegen, worüber Elvira sich freuen würde«, schlug Margarete vor, ein Filzkätzchen im Schoß, dessen Nase noch fehlte.

»Es ist das erste Kind. Da fehlt's noch an allen Ecken und Enden.«

»Wie wär's mit einer hübschen Decke für die Wiege?«, sagte Käthe und überprüfte mit kritischem Blick das Gesicht eines Schafes, das sie vor sich hatte.

Margarete sah Richard hereinkommen und sich suchend umblicken. Dann hatte er sie entdeckt und kam mit ausladendem Schritt auf sie zu.

Sie stellte fest, dass so manche junge Frau am Tisch rasch die Augen niederschlug. Richard war nicht nur äußerst beliebt, offenbar verdrehte er auch der ein oder anderen den Kopf. Margarete fragte sich, ob ihm das bewusst war und sogar schmeichelte.

Er nickte allen freundlich zu und legte ihr die Hand auf die Schulter. »Hast du einen Moment, Tante?«

»Für dich immer, das weißt du doch.«

Er löste die Bremse und fuhr sie durch die Halle hinaus zu seinem Büro am Ende des Ganges. Währenddessen sprach er kein Wort.

»So geheimnisvoll, Richard?«

Er öffnete die Tür und schob sie zum Schreibtisch. »Ich möchte dir etwas zeigen.«

Ob er den Plan meinte, den Franz angesprochen hatte?

Auf seinem Tisch lagen Dutzende Blätter Papier, die er nun zusammenschob und beiseitelegte. Zwei Blätter jedoch hatte er liegen lassen und zeigte darauf. »Würdest du dir die Zeichnung ansehen?«

Er hatte einen Bären gezeichnet, aber nicht so, wie sie es von ihm gewohnt war. Vielmehr hatte er ihn in seinen Bewegungsabläufen skizziert; mal stand er auf allen vieren, mal hockte er auf den Hinterbeinen. Er wirkte nicht wie ein wildes Tier, das er im Tierpark beobachtet hatte.

Margarete starrte eine Weile darauf, ohne zu verstehen, was er ihr damit sagen oder zeigen wollte. »Ein Bär«, sagte sie schließlich, und er lachte.

»Du bist wirklich eine kluge Person, Tante.«

Sie unterdrückte ein Seufzen. »Das hätte auch dein Vater gesagt, Richard. Wie sehr du mich doch immer wieder an ihn erinnerst.«

Er verzog das Gesicht, aber nur sehr flüchtig, und ihr ging auf, dass auch er noch immer trauerte. Auf seine ganz eigene Weise. »Stimmt, es ist ein Bär«, sagte er schließlich leise und machte eine Pause. »Ich möchte ein bewegliches Spieltier herstellen.«

»Ich verstehe nicht …«

Er deutete auf die Gliedmaßen des Bären. »Arme und Beine sind beweglich, und der Kopf kann sich nach rechts und links drehen.«

Margarete schaute ihn verständnislos an. »Und warum? Wozu soll das gut sein?«

»Ich dachte mir, dass du das fragst. Glaubst du nicht, dass Kinder gern mit einem beweglichen Stofftier spielen möchten?«

»Nein.«

»Nein?« Er lachte ungläubig.

Sie deutete auf die Zeichnung und wollte etwas dazu sagen, doch sie überlegte es sich anders. »Erklär's mir, Richard«, bat sie stattdessen. »Erklär mir, was du dir bei der Zeichnung gedacht hast.«

Ein paar Minuten später war sie schlauer, so recht verstand sie es dennoch nicht. Wozu mussten die Gliedmaßen eines Stofftieres beweglich sein? Das bedeutete zwangsläufig, dass es aus einem besonders festen Material gefertigt werden musste. Und das wiederum bedeutete, dass es hart und damit nicht anschmiegsam sein würde. Und wie sollten die Gliedmaßen am Körper befestigt werden?

»An welches Material dachtest du?«, fragte sie trotzdem interessiert. »Und womit soll es gestopft werden?«

»Das weiß ich noch nicht so recht. Ich tüftele noch.«

»Dann tüftle weiter, und sag mir Bescheid, wenn es etwas anzuschauen oder zu berichten gibt.« Sie fuhr zur Tür, und er kam und hielt sie ihr auf.

»Morgen fahre ich nach Berlin.«

»Berlin?« Dann nickte sie zerstreut. »Richtig, ein Kaufhaus möchte unsere Stofftiere verkaufen.«

»Ich muss noch die Konditionen aushandeln. Wollen wir uns Freitagnachmittag zusammensetzen? Ich möchte etwas mit dir besprechen. Vielleicht habe ich dann auch eine neue, eine bessere

Bären-Zeichnung fertig und kann es dir anschaulicher demonstrieren.«

»Gern, Richard. Was hältst du von halb vier?«

»Perfekt.«

Sie betrachtete ihn ein wenig besorgt. Er arbeitete zu viel, aber hatte man ihr das nicht auch immer nachgesagt? Und was hatte sie darauf stets geantwortet: »Ich arbeite für mein Leben gern. Es macht mir Freude.«

Genau das würde auch Richard sagen. Er liebte das Unternehmen, ging vollkommen darin auf, und seine Kreativität, sein nie enden wollender Quell an Ideen taten ihm – dem Unternehmen – gut.

»Viel Erfolg in Berlin, Richard. Es ist schön, dass ich mich blind auf dich verlassen kann.« Sie tätschelte seinen Arm und deutete dann auf sein dunkles Jackett. »Hast du abgenommen?«

Er schüttelte den Kopf.

»Du solltest regelmäßiger essen.«

»Jawohl, Tante.« Er verzog keine Miene.

»So ist's recht«, sagte sie und zog ebenfalls ein gleichmütiges Gesicht. »Du weißt, dass ich Widerworte nicht ausstehen kann.«

»Wo doch alle wissen, dass du selbst niemals Widerworte gegeben hast.«

Margarete wollte ernst bleiben, doch es gelang ihr nicht. Sie lachte lauthals. »Du bist wirklich wie dein Vater. Dann sehen wir uns Freitagnachmittag. Ich bringe Kaffee und deinen Lieblingskuchen mit.« Sie war schon aus der Tür, als sie noch hinzufügte: »Damit du ein bisschen was auf die Rippen bekommst, Junge.«

Kapitel 33

Freitagnachmittag Punkt halb vier klopfte Margarete an Richards Tür.

»Tante Grete, pünktlich auf die Minute.«

Sie stellte den Gugelhupf, den Johanna gebacken hatte, auf seinen Schreibtisch und blickte sich um, als wäre sie zum ersten Mal hier. »Wie war es in Berlin?«

»Gut, sehr gut.« Er nahm am Schreibtisch Platz und schielte sehnsüchtig auf den Gugelhupf. »Der sieht köstlich aus.«

»Konntest du gute Konditionen verhandeln?«

»Gut im Sinne von gut für beide Parteien?« Er schmunzelte und nickte. »Ich bin zufrieden, ja. Und die andere Partei dürfte es ebenfalls sein.«

Es gefiel ihr, dass er noch nie versucht hatte, jemanden über den Tisch zu ziehen. Richard war ein absolut integrer Geschäftsmann, der nicht nur auf die Vorteile des eigenen Unternehmens bedacht war. »Immer nur das Beste für die eigene Firma zu wollen ist zu kurzfristig gedacht«, hatte er zu ihr gesagt, als sie seinen Geschäftssinn gelobt hatte.

Margarete fuhr zum Fenster und schaute hinaus.

Es war ein herrlicher Frühlingstag, die Luft flirrte, und Insekten tanzten darin. Es war ungewöhnlich warm für Ende Mai, und

Johanna hatte die vergangenen zwei Tage damit verbracht, das Haus auf Hochglanz zu bringen. Wie jedes Frühjahr.

Ständig war Margarete im Weg gewesen, egal, wo sie sich aufgehalten hatte, bis es ihr schließlich zu viel geworden war. »Nenn mir einen Ort, an dem du nicht um mich herumwirbelst, und ich begebe mich auf der Stelle dorthin.«

Sie lächelte, als Richard sich neben sie stellte und ebenfalls hinausschaute. Doch da war etwas in seinem Blick, das sie verwirrte. »Fehlt dir etwas, Junge?«

»Nein, mir geht's gut.« Er räusperte sich, und in diesem Moment hatte sie eine leise Ahnung.

»Sag bloß, es geht um eine Frau?«

An seiner Reaktion merkte sie, dass sie ins Schwarze getroffen hatte. »Ich dachte schon, es gäbe keine Frau, die dich interessiert. Wie heißt sie? Kenne ich sie?«

»Ich denke nicht.« Eine feine Röte überzog seine Wangen. »Sie heißt Else, Else Dehlinger.«

»Und sie gefällt dir ausnehmend gut, nehme ich an.«

Er nickte verlegen.

Margarete hatte ihn noch nie so erlebt. »Wann lerne ich sie kennen?«

»Gib mir noch ein wenig Zeit, ja?« Er räusperte sich wieder. »Darf ich?« Er deutete auf den Gugelhupf.

»Natürlich, deshalb steht er da. Schneide mir bitte auch ein Stück ab.«

Es klopfte, und Johanna kam herein und brachte eine Kanne Kaffee.

»Dein Kuchen schmeckt vorzüglich«, sagte Richard mit vollem Mund.

»Das ist nicht zu übersehen.« Sie schenkte Kaffee ein und

zwinkerte danach erst ihm, dann Margarete schelmisch zu und ging zur Tür.

»Danke, Johanna. Was täte ich nur ohne dich?« Margarete wartete, bis sie gegangen war, dann aß sie ihr Stück Gugelhupf und sah ihren Neffen erwartungsvoll an. »Was wolltest du mit mir besprechen? Oder ging es etwa um deine Else Dehlinger?«

»Nein, nein.« Er wischte sich einen Krümel aus dem Schnauzbart und zog ein Blatt Papier aus einem Stapel.

Wieder war sie verblüfft, dass er auf Anhieb das fand, was er gesucht hatte. Wo doch eigentlich immer eine gewisse Unordnung auf seinem Tisch herrschte.

»Hier, schau.« Er breitete das Papier vor ihr aus. Darauf die Zeichnung eines Bären, dessen Kopf nach rechts schaute. Arme und Beine waren mit kreisförmigen Pfeilen versehen. »Der Bär kann sitzen und stehen, wenn vermutlich auch etwas wacklig. Der Kopf soll sich nach rechts und links drehen lassen.«

»Wie soll die Beweglichkeit hergestellt werden?«

»Mit einem Faden, der am Rumpf befestigt wird.«

Margarete machte »Hm« und schaute weiterhin auf die Zeichnung.

»Der Bär soll ein Fell bekommen, einen richtigen Pelz.«

Sie blickte auf und runzelte die Stirn. »Dann willst du keinen Wollfilz verwenden?«

»Ich dachte an Mohairplüsch. Was meinst du?«

Sie freute sich, dass er sie miteinbezog, aber sie fühlte sich überfordert. Von seiner Idee, der Zeichnung, der Vorstellung, der Bär bekäme ein Fell. Deshalb sagte sie nichts.

»Ein weicher, aber widerstandsfähiger Stoff«, erklärte er. »Ich habe bereits Kontakt zu einer Florweberei aufgenommen.«

»Ach ja? Dann ist es dir offenbar ernst.«

»Und ob es mir ernst ist, Tante. Warum bist du so skeptisch?«

»Ich weiß nicht. Ein beweglicher Bär, Richard, das ist …«

Er schaute sie interessiert an. »Neu? Wolltest du das sagen?«

Sie seufzte verhalten. »Neu, ja, aber das meinte ich nicht. Ich versuche gerade, mir den Bären im Arm eines Kindes vorzustellen. Es geht nicht, Richard. Es will mir nicht gelingen.«

Ihr Neffe beugte sich vor und sah sie an. »Du warst Neuem gegenüber immer aufgeschlossen, Tante. Und jetzt sträubst du dich so, allein die Vorstellung zuzulassen?«

Erneut seufzte sie. »Ich sträube mich nicht, es gelingt mir nicht. Es will mir nicht in den Kopf, warum ein Stofftier beweglich sein muss.«

Er grinste unbekümmert. »Es muss ja nicht. Aber es ist doch fein, wenn es möglich ist.«

»Das finde ich nicht«, erklärte sie bestimmt. »Sieh mal, Richard, ein Stofftier soll weich und anschmiegsam sein, dafür steht unsere Firma, unser Name, nicht wahr?« Als er nickte, sprach sie weiter. »Wie groß soll dein Bär werden, was meinst du?«

»Ich dachte an etwa fünfzig Zentimeter, möglicherweise etwas mehr.«

»Grundgütiger, Richard, das ist doch viel zu groß für ein Stofftier, mit dem das Kind schmusen will! Und womit willst du ihn stopfen? Es muss etwas sein, das die Belastung, die Beweglichkeit aushält.«

Wieder nickte er. »Natürlich. Mit Holzwolle.«

»Gut, also Holzwolle. Denken wir mal weiter. Die Gliedmaßen des Bären lassen sich bewegen, aber mit seiner Größe und der Holzwolle, mit der er gestopft wird – und er muss recht fest gestopft werden, nicht wahr? –, wird er starr im Arm des Kindes sein. Starr und furchtbar … plump.«

»Plump.« Richard runzelte die Stirn und betrachtete seine Zeichnung. »Ich glaube nicht, dass er plump sein wird.«

»Ich schon.«

Er schwieg eine Zeit lang. Margarete ahnte, wie es hinter seiner Stirn arbeitete. »Ich würde es gern versuchen«, sagte er schließlich. »Bitte lass es mich versuchen.«

»Ich hindere dich gewiss nicht, Richard, das solltest du wissen. Aber ich habe Zweifel, und daraus mache ich keinen Hehl, so gut solltest du mich auch kennen. Ich glaube, du versteigst dich da in etwas. Ich glaube, dass dein Bär die Kinder erschrecken wird.«

Jetzt lachte er, wurde aber gleich wieder ernst. »Ich nehme deine Skepsis ernst, Tante Grete, und deine Meinung war und ist mir wichtig. Lass es mich trotzdem versuchen, nur darum bitte ich dich.« Er hob die Hand, als sie den Mund öffnete, um etwas zu entgegnen. Er konnte nicht wissen, dass sie lediglich einwenden wollte, ihr Einverständnis bereits gegeben zu haben. »Wenn sich niemand für den Bären interessiert, lasse ich es bleiben. Versprochen.«

Sie nickte lächelnd. Für sie war seine Idee von einem beweglichen Stofftier damit bereits Vergangenheit. Er würde damit zurechtkommen, dass niemand Interesse an seinem Bären zeigte.

»Ich möchte ihn auf der Spielwarenmesse vorstellen.«

Margarete, die einen Schluck Kaffee getrunken hatte, verschluckte sich und musste husten. »Wie bitte? Das kann nicht dein Ernst sein, Richard.«

»Es ist die beste Gelegenheit, etwas derart Neues vorzustellen.«

Sie stellte die Tasse ab, so heftig, dass das Porzellan auf dem Tisch schepperte.

Es klopfte, und Franz schaute zur Tür herein. »Tante Grete.«

Er lächelte sie erfreut an. »Ist alles in Ordnung? Es hat gerade so gepoltert.«

»Franz.« Sie rang sich ein gequältes Lächeln ab. »Ja, es ist alles in Ordnung.«

Er warf seinem Bruder einen Blick zu, den der mit einem knappen Nicken quittierte. »Dann gehe ich mal wieder.« Er schloss die Tür hinter sich.

Margarete legte die Hand auf Richards Unterarm. »Wir haben uns in den vergangenen Jahren einen Namen gemacht, unsere Firma steht für Qualität, für gleichbleibende Qualität und Beständigkeit. Wir haben einen Ruf zu verlieren, Junge.«

»Als wüsste ich das nicht.« Es klang ein wenig schroff und verärgert. »Ich habe nicht vor, unseren Ruf aufs Spiel zu setzen.« Er machte eine kleine Pause und sagte dann mit versöhnlicher, einlenkender Stimme: »Sieh mal, Tante, ich werde den Bären dort präsentieren. Und wenn sich niemand dafür interessiert oder er gar …« Er verstummte und suchte nach einem Wort.

»Ja?«

»Nun, wenn er belächelt wird, bringe ich ihn wieder mit, und er verschwindet in einer Kiste. Für immer. Das verspreche ich dir.« Er lächelte sie an. Es wirkte ein wenig bemüht. »Er wird ein freundliches, gutmütiges Gesicht bekommen mit Knopfaugen aus Glas. Ich seh's bereits ganz deutlich vor mir.«

Sie konnte nicht anders, sie musste ebenfalls lächeln. Seine uneingeschränkte Begeisterung imponierte ihr. Sie war doch im Grunde genauso. »Na schön, du hast meinen Segen.«

»Wirklich?« Er sprang auf, nahm ihre Hand und küsste sie. »Das freut mich, Tante, und es bedeutet mir viel.«

Sie schnitt zwei weitere Stücke vom Gugelhupf ab und legte eins auf seinen Teller. »Noch Kaffee?«

»Ja, bitte. Da wäre noch etwas.«

Margarete nickte ergeben und unterdrückte ein Seufzen. »Raus mit der Sprache.«

»Das klingt, als könnte dich nichts mehr erschüttern.«

»So ist es.«

»Ich finde, wir sollten ein neues Firmengebäude bauen lassen.«

Der Kuchen fiel ihr aus der Hand und landete in ihrem Schoß. Sie fluchte leise und sammelte die Krümel sorgsam auf. Dann richtete sie den Blick auf ihren Neffen. »Ein neues Gebäude? Wozu, Richard?«

Er hockte sich neben sie auf die Schreibtischkante. »Ein großes, helles Gebäude, mit einer Konstruktion aus Glas und Stahl.« Es klang, als befasse er sich bereits seit einiger Zeit mit dem Thema. »Ich kann es mir schon bildlich vorstellen.« Er machte eine ausladende Handbewegung, und Margarete brachte rasch die gute Porzellankanne in Sicherheit. »Glas und Stahl sind günstig, so ein Bau würde uns kaum die Hälfte von dem kosten, was wir für einen anderen Bau aufbringen müssten.«

»Ich will auch keinen anderen Bau«, murrte sie und schob ihren Teller beiseite. Ihr war der Appetit vergangen.

Warum konnte er nicht alles so lassen, wie es war? Es war doch wunderbar so. Das Firmengebäude war groß genug und hatte genügend Räume.

»Du sagst doch oft, es sei viel zu dunkel in der Fertigungshalle.«

»Ach ja, sage ich das?«

»Erst kürzlich.«

Sie schauten einander in die Augen, beide mit unbeweglicher Miene.

Richard war der Erste, der grinsen musste. »Ich kenne dich als vorausschauende Frau, die immer einen Schritt weiterdenkt als andere. Die immer offen ist für Neues.«

»Hör auf, mir Honig um den Mund zu schmieren«, knurrte sie, musste aber auch grinsen. »Erst der Bär und jetzt ein neues Gebäude. Was kommt als Nächstes, Junge?«

Er rutschte etwas näher an sie heran und setzte das Gesicht auf, das sie an ihm kannte, seit er ein kleiner Junge gewesen war. »Denk in Ruhe darüber nach, ja? Es würde viele Möglichkeiten bieten.«

»Ich habe mir auch etwas überlegt«, sagte sie nach einer Weile, in der sie ihn im Unklaren gelassen hatte, ob sie über seinen für sie völlig absurden Vorschlag nachdenken wollte. »Ich möchte Essensgutscheine an unsere Mitarbeiterinnen verteilen.«

Richard nickte. »Siehst du, genau das meine ich. Du hast ein so großes Herz, und du verharrst nicht auf der Stelle.«

»Was hat das mit einem meiner Meinung nach vollkommen überflüssigen Neubau zu tun?«

»Das liegt doch auf der Hand. Wie ich bereits sagte: Er bietet neue Möglichkeiten. Mehr Platz, mehr Licht, niedrigere Kosten dank einer neuartigen Baukonstruktion.« Er machte eine kurze Pause. »Essensgutscheine finde ich famos. Du versorgst die halbe Belegschaft ja ohnehin regelmäßig mit Wurst- und Marmeladenbroten. Was würdest du auch davon halten, wenn wir unsere Leute bei der Suche nach bezahlbaren Wohnungen und Häusern unterstützen? In Form von finanzieller Unterstützung wie günstigen Darlehen.«

Darüber hatte sie auch bereits nachgedacht, mochte das aber nicht zugeben, weil er glaubte, sie dann am Haken zu haben.

Wie Fritz früher. Er hatte sie stets mit seiner Begeisterung, seinem Schwung und seinen Ideen angesteckt.

»Dir gefällt die Idee.« Richard schmunzelte. »Ich seh's dir an.«

Konnte sie sich so schlecht verstellen? Früher war sie gut darin gewesen, sehr gut. »Möchtest du noch ein Stückchen?« Sie zeigte auf den Kuchen.

»Du willst mich mästen.« Er strich über seinen flachen Bauch. »Nein, danke, aber richte Johanna aus, dass ich mich kaum bremsen konnte.«

»Ja, mir gefällt deine Idee, Richard«, gab Margarete schließlich zu und hob die Hand. »Die mit dem Baudarlehen. Ich spreche nicht von einem neuen, ganz und gar überflüssigen Neubau.«

Er zeigte keinerlei Regung. »Wie du meinst. Aber du wirst darüber nachdenken?«

Zögernd und etwas widerwillig nickte sie. Aber sie gab sich noch lange nicht geschlagen, oh nein.

»Das genügt mir.« Er rieb sich die Hände, trank seinen Kaffee aus und brachte sie zur Tür.

»Du gibst niemals auf, was?«

»Nein.« Er zwinkerte ihr zu. »Das muss wohl in der Familie liegen.«

Kapitel 34

Margarete saß im Rollstuhl vor ihrem Bett, auf dem die Hutschachtel lag. Immer und immer wieder hatte sie es vor sich hergeschoben, aber heute war der Tag, an dem sie endlich ernst machen wollte. Ein letztes Mal hatte sie Hans' Briefe und Karten in die Hand genommen und betrachtet. Gelesen hatte sie keine einzige Zeile mehr, das war auch gar nicht nötig, inzwischen kannte sie fast jeden Brief auswendig.

Entschlossen wandte sie sich ab und verließ das Zimmer.

Johanna stand in der Stube am Fenster und summte leise ein Lied. Als sie Margarete bemerkte, wirbelte sie herum. »Grete! Gott im Himmel! Wie lange stehst du schon da?«

»Lange genug, um deiner hübschen Stimme zu lauschen.«

Sie machte eine wegwerfende Handbewegung. »Ich und hübsche Stimme. Was hältst du von einem kleinen Spaziergang?«

»Sehr viel.« Margarete holte tief Luft. »Da ist etwas, um das ich dich bitten möchte.«

»Wenn du mir jetzt wieder mit Testament oder dergleichen kommst ... Du wirst noch viele Jahre leben.« Johanna kam langsam näher, bis sie vor ihr stehen blieb. »Wir beide werden noch viele gemeinsame Jahre haben.«

Margarete stutzte kurz, dann brach sie in lautes Lachen aus. »Das klingt, als wären wir verheiratet.«

Auch ihre Freundin lachte. »Das ist mir auch aufgefallen, aber da war's schon heraus. Worum möchtest du mich bitten?«

»Um einen Gefallen.« Margarete deutete hinter sich in Richtung Schlafkammer. »Auf meinem Bett steht eine Hutschachtel. Ich ...« Sie musste sich räuspern, plötzlich war es eng in ihrem Hals. »Die Briefe darin ... Ich will, dass sie verbrannt werden.«

Johanna sah ganz bestürzt aus. »Was ist denn damit?«, fragte sie leise.

»Ich hab sie schon viel zu lange aufbewahrt.«

»Liebesbriefe?«, flüsterte ihre Freundin fast ehrfürchtig.

»Nein. Sie sind von einem Mann, den ich kannte, den ich sehr mochte.«

»Und du warst in ihn verliebt.«

Sie atmete heftig aus. »Ich weiß es nicht, Johanna, ich weiß es einfach nicht mehr. Es ist schon so lange her, mehr als zwanzig Jahre.« Mit einem Mal wurde sie so traurig, dass sie befürchtete, in Tränen auszubrechen.

»Weißt du was? Ich setze uns Wasser für einen Kaffee auf, und dann erzählst du mir alles. Einverstanden?«

Margarete nickte betrübt. Vielleicht war es wirklich gut, wenn sie es endlich einmal jemandem erzählte.

»Und du hast nie wieder etwas von ihm gehört? Er ist einfach sang- und klanglos verschwunden?«

»Verschollen.« Margarete hielt sich an ihrer leeren Tasse fest. »Er war so froh, so glücklich, dass er es endlich nach Island geschafft hatte. Er hatte noch so viel vor, er wollte schreiben, vielleicht sogar berühmt werden.«

Johanna seufzte schwer. »Eine Tragödie.« Sie sah Margarete mitfühlend an. »Gab es etwas zwischen euch, das über eine Freundschaft hinausging?«

»Nur ein Kuss, ein einziger Kuss, mehr nicht. Er war nicht in mich verliebt.« Margarete schüttelte den Kopf. »Natürlich nicht, wie könnte er?«

Johanna beugte sich vor und griff nach ihrer Hand. »Fragst du dich das allen Ernstes? Nur, weil du nicht gehen kannst?«

»Diese Tatsache genügt, um die Männer in die Flucht zu schlagen.«

»Nur die, die dich nicht richtig kennen.«

»Unsinn.« Margarete schüttelte erneut den Kopf. »Mit Kennen oder gar Schätzen hat das nichts zu tun. Ich konnte keinem Mann ein Kind schenken, das war es, was all die Jahre an mir genagt hat, glaub mir. Ich wäre so gern Mutter geworden, am liebsten hätte ich einen ganzen Stall voller Kinder um mich gehabt. So wie Fritz und Anna. Neun Kinder. Wie hab ich sie beneidet.«

»Neun Kinder.« Johanna seufzte. »Also ich beneide niemanden darum.«

»Hast du dir nie Kinder gewünscht?«

»Doch, natürlich. Aber es sollte nun mal nicht sein.«

»Ja, es sollte nicht sein«, sagte Margarete leise.

Es entstand ein längeres Schweigen, das Johanna schließlich mit einer Frage unterbrach. »Und du weißt wirklich nicht, was Hans dir bedeutet hat?«

»Nein, ich weiß es wirklich nicht. Vielleicht wusste ich es damals und wollte es nicht wahrhaben. Es hätte keine Zukunft für uns gegeben. Vielleicht wusste ich es aber auch damals nicht. Die Wahrheit ist – ich erinnere mich nicht mehr, Johanna. Es kommt mir selbst verrückt vor, aber ich erinnere mich nicht an meine Empfindungen. Ich weiß nur noch, wie gern ich mit Hans zusammen war, wie viel wir gelacht haben, wie unbeschwert und leicht alles mit ihm war, selbst wenn wir über ernste Dinge gesprochen haben.«

»So ist das manchmal mit den Erinnerungen.« Es klang, als spräche Johanna aus leidvoller Erfahrung.

Margarete mochte nicht weiter in sie dringen. »Meine Eltern haben damals gehofft, dass er mich heiratet. Sie wären froh gewesen, mich versorgt zu wissen.«

»Aber du hast dich lieber selbst versorgt.« Ihre Freundin lächelte. »Du bist ein Vorbild für viele Frauen, Grete.«

Wieder schwiegen sie eine Zeit lang, tranken noch eine Tasse Kaffee und hingen ihren Gedanken nach.

»Warum willst du die Briefe verbrennen, wenn sie doch eine so schöne Erinnerung sind?«

Margarete hob den Kopf. »Die Erinnerung an Hans wird bleiben, auch ohne die Briefe. Ich brauche sie nicht mehr.«

»Ist das der einzige Grund?«, hakte ihre Freundin nach.

»Herrgott im Himmel, musst du mir immer mitten in die Seele schauen? Na schön, ja, es gibt noch einen Grund. Ich will nicht, dass jemand sie liest, wenn ich nicht mehr bin.«

Johanna nickte und stand auf. Gedankenverloren strich sie über ihren dunkelgrauen Rock. »Das verstehe ich gut. Komm, lass uns ein hübsches Feuer machen und zuschauen.«

Margarete hatte geweint, als der letzte Brief von den Flammen gefressen wurde und zu Asche zerfiel. Sie hatte in die Glut gestarrt und für einen kurzen Augenblick überlegt, ob sie Hans nun vergessen würde.

»In deinem Herzen wirst du ihn immer bei dir tragen«, hatte Johanna mit leiser Stimme gemeint, und sie hatte sich erneut gefragt, ob ihre Freundin ihre Gedanken lesen konnte oder sie einfach nur durchschaute. »Egal, ob du nun verliebt warst oder nicht. Es spielt doch keine Rolle, nicht wahr?«

Danach waren sie ins Haus zurückgegangen und hatten sich in die aufgeräumte, blitzsaubere Stube gesetzt.

»Gib acht auf den Teppich«, hatte Johanna gesagt, als Margarete darüber gefahren war. »Er gibt sich störrisch, seit ich ihn kräftig ausgeklopft habe. Nicht, dass er dich zu Fall bringt.«

Wenig später kam Richard. »Ich möchte dir gern etwas zeigen, Tante.«

»Schon wieder einen neuen Plan für ein Firmengebäude?«, fragte sie matt.

Zwei hatte er bereits vorgelegt, beide hatten sie eher erschreckt als überzeugt. Grundgütiger, was sollten sie mit einem so großen hässlichen Glasklotz? Ganz Giengen würde sich schütteln.

»Nein, einen fertigen Bären.« Er sprang auf und lief zurück auf den Flur.

»Geht er schon wieder?«, fragte Johanna verwirrt.

»Nein.« Margarete seufzte. »Ich fürchte, er hat ihn gleich mitgebracht.«

»Wen?«

»Den Bären.«

In diesem Moment kehrte er zurück – und tatsächlich hielt er einen großen Bären aus braunem Mohairplüsch im Arm. Gott im Himmel, er war viel zu groß! Er setzte ihn Margarete in den Schoß und sah sie an. »Was sagst du?«

Sie sagte gar nichts, sie war sprachlos. »Er ist ... ganz nett.« Vorsichtig drehte sie am Kopf und zupfte an Armen und Beinen.

Die Gliedmaßen ließen sich nach vorn und hinten bewegen.

Aber wie lange? Was, wenn das Kind sie schon nach kurzer Zeit herausreißen würde? Wenn der Kopf abfiel? Das Gesicht des Kindes konnte sie sich lebhaft vorstellen.

»Mehr als ›ganz nett‹ fällt dir nicht ein?« Richard war enttäuscht. »Franz findet ihn famos, und auch Hugo und Paul sagen …«

Sie hob die Hand. »Genug, Richard. Ich weiß, was du sagen willst. Dass alle ganz begeistert von deinem Bären sind. Hat er schon einen Namen?«

All ihre Stofftiere erhielten einen Namen.

»Noch nicht. Bisher ist er der 55 PB.«

»Ein hübscher Name«, sagte sie trocken.

»Es ist ja nur vorläufig.« Ihr Neffe ging unruhig durchs Zimmer. Da war etwas in seinem Schritt, sie kannte ihn gut genug. Er war missgestimmt, ungehalten. Weil sie mit ihrer mangelnden Begeisterung seine Pläne durchkreuzte.

»Ein Stofftier muss weich sein, Richard«, sagte sie zum wiederholten Male. »Was soll ein Kind mit diesem … diesem Ungetüm?«

»Ungetüm?« Er hatte sich zu ihr umgedreht. »Ich verstehe dich nicht, Tante.«

»Was gibt's da nicht zu verstehen? Dein Bär hat nichts mit dem gemein, was ich unter einem Spielzeug verstehe.«

Er nahm ihr den Bären ab und schwenkte ihn an den Armen hin und her. »Er ist mein erstes Modell, und du zerreißt ihn schon jetzt in der Luft mit deiner … deiner Ablehnung.«

»Zerreißen werden ihn die Kinder früher oder später«, gab sie trocken und bissiger als beabsichtigt zurück. »Glaubst du wirklich, Arme und Beine werden von langer Dauer sein? Ein Stofftier ist zum Spielen da, es muss einiges aushalten. Es muss aushalten, dass das Kind sich draufsetzt, es überall mit hinnimmt, dass es wild damit spielt. Wie soll das bei deinem … 55 BP funktionieren?«

»PB«, korrigierte er müde.

»Lass uns nicht streiten, Richard. Ich hasse das, wie du weißt, und mir gehen die Argumente aus.« Was sie ebenfalls nicht mochte.

Sein Mundwinkel zuckte, er sagte jedoch nichts.

»Du möchtest es unbedingt versuchen? Dann tu's. Wie gesagt, du hast meinen Segen.«

Er kam näher und hockte sich vor sie hin. »Es ist ein Jammer, dass du ihn nicht magst.«

»Wer sagt, dass ich ihn nicht mag? Er ist ein hübscher Bär, leider viel zu groß geraten und mit Armen und Beinen, die eher früher als später abfallen werden.«

Er ging nicht darauf ein.

»Nimm ihn mit nach Leipzig, und versuch dein Glück. Auch wenn ich nicht glaube ... Nein, schon gut.«

»Was wolltest du sagen?«

»Gar nichts.«

»Raus mit der Sprache, Tante. Du glaubst, ich werde mit wehenden Fahnen und enttäuscht bis ins Mark aus Leipzig zurückkommen.«

Zögernd nickte sie. »Ich hoffe, du wirst mit der Enttäuschung zurechtkommen.«

Er stand auf und strich über seinen Bauch. »Irgendetwas hier drin sagt mir, dass du dich irrst.«

»Sei's drum, lassen wir es auf einen Versuch ankommen. Was hältst du von einer Wette?«

»Du willst mit mir wetten?« Er grinste belustigt. »Fein, wetten wir. Ich wette, dass mein Bär ...«

»Was bedeutet eigentlich 55 PB?«

»55 steht für 55 Zentimeter und PB heißt ...«

»Plüschbär.« Es war ihr in diesem Moment eingefallen.

»Nein, das B steht für ›beweglich‹. Also, ich wette, dass er ein

Erfolg wird. Vielleicht wird man ihn mir nicht gleich aus den Händen reißen, aber er wird ein Erfolg.« Er schaute sie listig an, und sie musste sich das Lachen verkneifen. »Was wirst du tun, wenn ich recht habe?«

Sie dachte kurz nach, doch er kam ihr zuvor.

»Ich mache dir einen Vorschlag, wenn ich darf. Wenn ich recht behalte, wirst du auch zu einem neuen Firmengebäude Ja sagen.«

»Einverstanden«, erklärte sie vergnügt. »Und sollte *ich* recht behalten, wirst du den Plan begraben.«

Er streckte die Hand aus. »Abgemacht.«

Auch er sah mit einem Mal ganz vergnügt aus, und Margarete fragte sich, ob es klug gewesen war, sich auf diese verrückte Wette einzulassen.

Kapitel 35

Als Richard nach Leipzig aufgebrochen war, hatte Margarete ihm viel Glück gewünscht und es aufrichtig gemeint. Das Bedürfnis, sich für ihre Skepsis und Ablehnung nicht nur zu rechtfertigen, sondern auch zu entschuldigen, hatte sie niedergerungen. Einen Misserfolg wegzustecken sollte ihrem Neffen gelingen. Er würde andere, neue Pläne haben und in die Tat umsetzen. Sein Geist sprudelte geradezu vor Ideen. Den beweglichen Bären hätte er rasch vergessen und würde sich anderen Einfällen widmen.

In der Nacht hatte Margarete unruhig geschlafen und das erste Mal seit Jahren wieder von Hans geträumt. Er fiel einen Abhang hinunter und rief laut nach ihr.

Sie stand oben am Berg – sie stand tatsächlich auf ihren eigenen Beinen – und blickte auf ihn herab.

»Hilf mir, Margarete! So hilf mir doch!«

Doch sie stand nur unbeweglich da aus Angst, ihren Beinen nicht trauen zu können.

»Nun steh nicht herum! Hilf mir!«

»Ich kann nicht!«, schrie sie verzweifelt. »Ich wünschte, ich könnte!« Ihre Stimme hallte als Echo aus allen Richtungen wider. Es klang unheimlich.

»Du willst es nicht genug!«, war das Letzte, das sie hörte.

Nass geschwitzt und mit tränennassem Gesicht war sie hochgeschreckt. Sie hatte die Bettdecke aufgeschlagen und auf ihre Beine gestarrt, ihre unbeweglichen Beine.

Als Kind hatte sie in all ihren Träumen gehen, laufen, wild rennen können. Doch mit der Zeit und der bitteren Erkenntnis, dass sie gelähmt bleiben würde, hatten sich auch ihre Träume verändert. Nun wieder zu träumen, sie könne gehen, fühlte sich seltsam an. Und auf eine seltsame Weise falsch.

Johanna war hereingekommen. »Du hast laut geschrien.«

»Nur ein schlimmer Traum. Geh wieder schlafen, Johanna. Ich komme schon zurecht.«

Am Morgen war sie mit stechendem Kopfweh aufgewacht, und Johanna bestand darauf, dass sie liegen blieb.

Was sie fuchsteufelswild machte. »Wenn du jetzt einfach gehst und mich hier zurücklässt, werde ich dich ...!«

Johanna stand in der Tür und sah sie erschrocken an. So hatte sie sie noch nie erlebt. »Um Gottes willen, was ist denn nur mit dir?«

Sie wollte sie anfahren, zurechtweisen, stattdessen brach sie in Tränen aus. »Du weißt ja nicht, wie es ist, ständig auf andere angewiesen zu sein. Was sollte ich denn machen, wenn du mich hier einfach zurücklassen würdest?«

Johanna setzte sich zu ihr und strich ihr über die Hand. »Wieso sollte ich das tun, Grete? Ich bin doch deine Freundin, und ich hab versprochen, für dich da zu sein.«

»Ich glaube, du verstehst nicht, was ich meine.«

»Natürlich verstehe ich.«

»Nein. Ich spreche nicht davon, dass du mich *verlässt*, Johanna. Ich spreche davon, dass du einfach nur *aus dem Zimmer gehst*, und ich bleibe im Bett liegen. Was sollte ich denn auch tun? Ich könnte lediglich herumbrüllen, dich verfluchen, mit einem Kissen nach dir werfen. Du weißt nicht, wie es ist, wenn man sich so ausgeliefert, so abhängig fühlt. Ich verabscheue es zutiefst, mich so zu fühlen.«

Johanna zupfte an einer Haarsträhne, die ihr aus dem Dutt gerutscht war. »Tut mir leid, ich wollte nicht ... ich dachte nur ...« Sie holte tief Luft. »Du hast recht, ich weiß nicht, wie es für dich sein muss. Ich weiß nur, dass ich dich bewundere, sehr sogar. Du bist eine so tapfere, mutige Frau.«

»Hör schon auf damit«, brummte Margarete.

Johanna schaute sie eine Weile stumm an, dann erhob sie sich. »Ich koche dir einen Pfefferminztee, der hilft bei Kopfweh.«

»Und dann stehe ich auf, und du bringst mich in die Firma.«

»So machen wir's.« Johanna räusperte sich. »Was hattest du vorhin sagen wollen? Was meintest du mit ›Wenn du jetzt gehst, werde ich dich ...‹?«

»Ich weiß es nicht. Vielleicht hätte ich dir gedroht, dich hinauszuwerfen.« Margarete hielt sie an der Schürze fest und umfasste ihr Handgelenk. »Aber ich hätt's natürlich nicht getan.«

»Wir brauchen einander«, sagte ihre Freundin mit belegter Stimme und griff an ihren Dutt. »Du brauchst mich genauso sehr wie ich dich. Ich käme um, wenn ich keine Aufgabe hätte, und wahrscheinlich würde ich mich auch entsetzlich langweilen. Im Grunde haben wir beide es doch recht nett, oder etwa nicht?«

Margarete lächelte. »Und ob, Johanna, und ob.«

Nach dem Frühstück überlegte sie, ob sie nicht doch einen Tag zu Hause bleiben sollte. Die Firma lief auch ganz wunderbar ohne sie, wie sich in der Vergangenheit gezeigt hatte. Sie war mittlerweile abkömmlich, auch wenn die ersten Modelle eines neuen Stofftieres nach wie vor aus ihrer Hand kamen und ihrer besonders kritischen Prüfung standhalten mussten.

»Ich glaube, ich bleibe heute daheim«, verkündete sie und fuhr zum Fenster.

»Ist das Kopfweh nicht besser geworden?«

»Doch. Dein Tee hat gut geholfen. Es ist nur ...« Sie sprach nicht weiter. *Ich werde nicht mehr so gebraucht wie früher.*

Johanna gesellte sich zu ihr, die Arme verschränkt, und blickte ebenfalls hinaus. »Vielleicht bist du wetterfühlig geworden. Ich mag den nasskalten Herbst auch nicht.«

»Wetterfühlig? Nein, bestimmt nicht.«

»Was ist es dann? Du würdest nie freiwillig zu Hause bleiben.«

»Ich fühle mich einfach nicht, das ist alles.« Margarete erschauderte.

»Soll ich dir eine Decke bringen?«

»Das wäre fein.«

Johanna legte ihr kurz darauf eine Decke über die Beine. »Vielleicht hast du dich erkältet.«

»Wetterfühlig, erkältet.« Margarete schnaubte kopfschüttelnd.

»Aber du zitterst.«

»Weil mir kalt ist.«

»Eine Erkältung, sag ich doch.« Johanna verschwand und kam wenig später mit einer weiteren Decke, die sie ihr um die Schultern legte. »Besser?«

»Ja, danke.«

»Was hältst du davon, wenn du dich wieder ins Bett legst und ich dir eine Wärmflasche mache?«

»Nichts.«

»Ich kann dir auch eine Hühnersuppe kochen. Oder was würdest du von einem warmen Bier halten?«

»Gar nichts.«

»Das gab's früher bei uns daheim immer, wenn einer von uns erkältet war.«

»Ich habe keine Erkältung, Johanna. Und warmes Bier – um Himmels willen, da schüttelt's mich erst recht.«

Ihre Freundin seufzte verhalten und nickte schließlich. »Du willst nur dasitzen und der Welt zürnen, ich verstehe. Komm, ich bringe dich wenigstens in die warme Stube.«

Dort angekommen, nahm sie ihr Strickzeug aus dem Korb und begann, mit verkniffenem Mund zu stricken.

Margarete saß wieder am Fenster und schaute missmutig – griesgrämig! – hinaus. Regentropfen platschten ans Fenster, und ein ungemütlicher Wind pfiff ums Haus. Selbst die Kinder hatte es von der Straße ins Haus vertrieben.

Wie die Zeit vergeht, dachte sie und wusste nicht, ob es Wehmut war, was sie fühlte. *Mir ist, als hätte ich erst gestern in der Ledergasse vorm Haus gesessen und Geschichten erzählt.*

Johannas Stricknadeln klapperten, und sie drehte sich zu ihr um. »Ich zürne niemandem.«

»Wer's glaubt.«

»Vielleicht zürne ich nur der Zeit, das ist alles. Ich weiß, dass das lächerlich ist.« Wurde sie etwa wunderlich? Bei ihrer Mutter und ihrer Tante hatte sie das erlebt und oft den Kopf geschüttelt.

»Und du bist besorgt, ich weiß.«

»Besorgt? Weswegen sollte ich besorgt sein?«

Johanna ließ ihre Strickarbeit sinken. »Weswegen? Richard will seinen Bären auf der Messe vorstellen, und du malst dir die ganze Zeit aus, wie er versucht, ihn anzupreisen. Du stellst dir vor, wie die Leute kopfschüttelnd am Stand vorbeigehen. Wie traurig es ihn machen wird.«

Margarete wollte den Kopf schütteln, tat es aber nicht. Weil ihre Freundin recht hatte. »Ich hätte es ihm einfach verbieten können, aber das wollte ich nicht. Ich hab mir auch nie etwas verbieten lassen, bloß weil ich eine Idee hatte, an die außer mir niemand glaubte. Wer an sich selbst glaubt, ist frei.«

Johanna schaute sie nachdenklich an und kratzte sich mit der Stricknadel am Kopf. »Wer an sich selbst glaubt, ist frei«, wiederholte sie. »Ja, das gefällt mir.« Sie strickte weiter.

»Er hat sich an diesem vermaledeiten Bären festgebissen. Was hätte ich da tun können, außer, ihm zu erlauben, dass er ihn in Leipzig vorstellt? Ich habe noch nie irgendwem etwas verboten. Doch, ein einziges Mal.« Margarete lächelte, als sie daran denken musste. »Das war, als Franz und Lina aufs Eis rauswollten. Wie alt waren sie damals?« Sie überlegte kurz. »Vielleicht vier und fünf. Die Brenz war gefroren, aber ich konnte hören, wie das Eis knirschte und ächzte, als ein Mann darüber spazierte. Ich dachte: Gleich fällt er rein, und niemand ist da, der ihm helfen kann.«

»Und? Ist er reingefallen?«

Sie schüttelte den Kopf. »Ich hab ihm zugerufen, dass das Eis gleich bricht und er achtgeben soll. Er hat sich zu mir umgedreht, mich angesehen und ist umgekehrt.« Sie musste lachen. »Franz und Lina hab ich gedroht, wenn sie doch heimlich raufgehen würden, bekämen sie die Tracht Prügel ihres Lebens.«

Johanna lachte ebenfalls. »Von dir?«

»Sie wollten nicht wissen, von wem. Meine Drohung reichte.« Sie seufzte leise. »Was er wohl gerade macht?«

»Franz, meinst du?«

»Richard.«

Johanna fluchte, weil sie zwei Maschen verloren hatte. »Vielleicht rauft er sich gerade die Haare, weil sich niemand für seinen Bären interessiert.« Sie blickte auf, und ein versonnenes Lächeln huschte über ihr Gesicht. »Oder die Leute sind ganz närrisch danach und wollen unbedingt einen haben. Und Richard denkt: *Wenn die Tante Grete das nur sehen könnte.*«

Margarete warf ihr einen bedeutungsvollen Blick zu, sagte jedoch nichts.

Kapitel 36

Zwei Tage später ließ Margarete sich in die Fertigungshalle bringen. Dort hielt sie sich am liebsten auf. Sie saß gern zwischen den Frauen, die schwatzend und bienenfleißig arbeiteten. Es war noch immer schön und auf eine gewisse Weise aufregend mitanzusehen, wie nach und nach ein Spielzeug, ein Stofftier entstand. Wie es Gliedmaßen und ein Gesicht bekam.

Wie es entweder freundlich und gutmütig oder auch schon mal verwegen und frech schaute. Wie es plötzlich lebendig wurde.

Margarete fuhr zu dem Tisch, an dem die Stopferinnen saßen. Alle nickten ihr freundlich zu. »Grüß Gott, Fräulein Steiff. Sind Sie wieder wohlauf?«

Hatte es sich herumgesprochen, dass sie sich nicht gefühlt hatte? Es war ihr unangenehm, sie mochte es nach wie vor nicht, wenn Aufhebens um sie gemacht wurde. »Mir geht es gut«, pflegte sie zu sagen.

So auch jetzt.

Magda Hofer, die sie vor etwa zwei Jahren eingestellt hatte, hob den Kopf und lächelte.

Margarete erwiderte das Lächeln. Sie mochte die Frau, die ihr damals furchtbar leidgetan hatte. Ihr Mann war verstorben, und sie hatte drei Kinder zu versorgen. »Ich mache alles, wirklich alles, wenn Sie mir nur eine Arbeit geben.«

Margarete hatte Richard überredet, sie zu den Stopferinnen zu setzen. »Ich weiß, wir brauchen gerade niemanden, aber sie hat drei Kinder, und ich hab's nicht fertiggebracht, sie wieder wegzuschicken.«

Doch Magda erwies sich vor allem als äußerst geschickte Stickerin, eine Arbeit, die sie liebte.

»Wie geht es Ihrer Jüngsten?«, erkundigte Margarete sich.

»Viel besser.«

»Das freut mich.« Margarete fuhr direkt neben sie, um nicht so laut sprechen zu müssen. »Ich habe mit meinem Neffen gesprochen, und wir sind übereingekommen, Sie ab der nächsten Woche bei den Stickerinnen einzusetzen.«

»Wirklich?« Magda bekam leuchtende Augen. »Ach, das freut mich. Ich danke Ihnen sehr.«

Margaretes Blick fiel auf Henriette, die heute Geburtstag hatte und sich recht sonderbar benahm. Sie lachte ungewöhnlich viel und laut und sah ganz erhitzt aus.

Am anderen Ende der Halle stand Christian Arnold, den Richard erst vor wenigen Wochen eingestellt hatte und der zusammen mit drei anderen Männern für den reibungslosen Versandhandel verantwortlich war.

Margarete bemerkte, dass Henriette immer wieder zu ihm hinüberschaute, sich durchs Haar fuhr oder an ihrem Blusenkragen zupfte. Auch er nahm wieder und wieder Augenkontakt auf, und wenn ihre Blicke sich trafen, taten beide rasch so, als wäre es ganz zufällig und unbeabsichtigt geschehen.

Ach, daher weht der Wind. Margarete lachte in sich hinein. Sollte sie ein bisschen Amor spielen? Es reizte sie, den beiden ein wenig auf die Sprünge zu helfen.

Sie fuhr schuldbewusst zusammen, als eine Arbeiterin links von ihr sie ansprach. »Verzeihung?«

»Der Esel, Fräulein Steiff.« Die Frau legte ihr einen fertiggestopften Esel in den Schoß. »Ich dachte, Sie möchten die Ohren anschauen.«

»Ach ja, richtig, die Ohren«, sagte sie zerstreut. Vor ein paar Tagen hatte sie zwei Esel aus der Fertigung genommen, deren Ohren herabhingen, was sie zwar drollig aussehen ließ, jedoch nicht recht passen wollte. »Richtig, die Ohren«, murmelte sie wieder und nahm das Stofftier in die Hand.

Sie betrachtete es mit einem Lächeln, die Ohren waren perfekt und saßen an Ort und Stelle.

»Mein Mann sagt, es gibt Esel mit Schlappohren«, meinte die Frau.

»Tatsächlich?« Margarete sah sie erstaunt an. »Das wusste ich nicht.«

»Es ist eine seltene Rasse.«

»Die die Kinder nicht kennen werden.« Margarete gab ihr den Esel mit einem zufriedenen Nicken zurück. »Dieser hier ist perfekt.«

»Wie geht es deiner Schwester?«, fragte sie Henriette nach der Mittagspause.

»Ganz famos. Die Ehe scheint ihr zu bekommen.« Hatte sie gerade geseufzt und einen flüchtigen Blick auf Christian Arnold riskiert, der mit dem Rücken zu ihnen stand und eine Kiste mit Holzwolle füllte? »Aber ihr fehlt die Arbeit hier, sagt sie.«

»Tatsächlich?« Auch wenn es verwundert klingen mochte, konnte Margarete Luise durchaus verstehen. Ihr selbst würde es nicht anders gehen. Hätte sie eine Familie gründen dürfen, hätte sie in jedem Fall versucht, beides miteinander zu verbinden.

Warum sollte das nicht möglich sein? Manchmal musste man die Dinge nur angehen, und sie erwiesen sich als weniger schwierig und problematisch, als man gedacht hatte. Viele Schwierigkeiten blieben Schwierigkeiten, weil sie sich wie ein unüberwindbarer Berg vor einem auftürmten und man die Aufgabe scheute, sie aus dem Weg zu räumen. Eben, weil man sie für unüberwindbar hielt.

»Versuch macht klug«, hatte ihr Vater gern gesagt, und sie fand, das war ein Satz, den man beherzigen sollte.

»Wann erwartest du deinen Neffen zurück?«, fragte Henriette.

»Nicht vor morgen. Die Messe geht heute Abend zu Ende.«

»Ob sein Bär wohl ankommt?« Sie errötete, nun aber ganz offenbar nicht wegen Christian Arnold, denn der hatte die Halle soeben verlassen. »Entschuldige, ich wollte nicht vorlaut sein.«

»Vorlaut?« Margarete musste lachen. Wenn Henriette wüsste, wie oft man sie früher vorlaut genannt hatte. »Du bist nicht vorlaut, nur neugierig.«

»Verzeihung, ich wollte auch nicht …«

»Ist schon gut. Wo du schon fragst: Was hältst du von dem Bären?«

»Richard hat ganz offenbar einen Narren daran gefressen.«

»Das ist keine Antwort auf meine Frage, Henriette.«

»Darf ich ganz ehrlich sein?«

»Das sollst du sogar. Deine Meinung interessiert mich.«

Ihre Mitarbeiterin nestelte am Träger ihrer großen Schürze, die alle hier trugen, um ihre Kleidung zu schützen. »Nun, ich finde … ihn hübsch. Er ist drollig und … irgendwie brummig, nicht wahr?«

»Brummig.« Margarete lachte kopfschüttelnd.

»Also er schaut schon recht gutmütig aus«, beeilte Henriette sich zu sagen.

»Ich werde aus deinem Geschwätz nicht schlau.« Sie sagte es bewusst und betont streng.

»Wie gesagt, ich finde ihn hübsch. Aber er ist …«

»Ja? Er ist …?«

Henriette räusperte sich. »Zu groß. Und – ähm – zu plump.«

Margaretes Miene blieb ausdruckslos, zumindest hoffte sie es. »Zu plump, aha.« Das genau war auch ihre Befürchtung.

»Ich hab mich schon gefragt: Was, wenn die Kinder sich vor ihm fürchten?«, sagte Henriette weiter.

Sie wollte etwas entgegnen, doch in diesem Moment ging die große Tür der Halle auf, und Arnold kam wieder herein. Sie musste sich nicht umdrehen, sie sah es an Henriettes Miene. »Er ist nicht verheiratet«, raunte sie.

»Was?« Henriette wurde besorgniserregend rot. »Wieso sagst du mir das, Grete?«

»Ich dachte, es würde dich interessieren.«

»Wieso sollte es mich interessieren?«

Sie machte eine wegwerfende Handbewegung, wandte sich ab und fuhr zu einem der anderen Tische. Sie hatte den Samen in den Boden gestreut, jetzt musste er nur aufgehen.

Richard stand am folgenden Morgen in der Tür, als Margarete in der Küche ihren Kaffee trank und eine Kleinigkeit frühstückte. Appetit hatte sie nicht, wieder hatte sie schlecht geträumt. Es schien mit dem Alter schlimmer zu werden.

Er stürmte herein und gab ihr einen Kuss auf die Wange.

»Gut siehst du aus, Junge. Wie war's in Leipzig?« *Was ist mit deinem Bären?* Das fragte sie jedoch nicht, auch wenn es ihr auf der Zunge lag.

»Möchtest du einen Kaffee, Richard?« Johanna stand mit der Kanne hinter ihm, und er nickte.

»Da sage ich nicht Nein. Ich bin ohne Frühstück aus dem Haus. Ich wollte gleich mit dir reden, Tante.«

Sie schaute ihm ins Gesicht und überlegte, ob er enttäuscht aussah. Doch davon konnte sie nichts erkennen. Im Gegenteil, er strahlte. Nur war Richard jemand, der auch lächelte, wenn ihm nicht danach war. Er konnte sich ungeheuer gut verstellen.

»Setz dich, Junge«, forderte sie ihn auf. »Johanna hat frisches Weißbrot mit Rosinen und Nüssen gebacken. Das solltest du dir nicht entgehen lassen.«

Will ich etwa Zeit schinden?

Er nahm neben ihr Platz und wartete, bis Johanna ein weiteres Gedeck hingestellt und ihm Kaffee eingeschenkt hatte.

»Setz dich zu uns«, bat Margarete sie.

»Nein, ich lasse euch lieber allein. Was ihr zu besprechen habt, geht in erster Linie euch etwas an.«

»Du gehörst zur Familie.«

»Ich weiß.« Johanna schenkte ihr ein Lächeln und strich ihr im Vorbeigehen über den Arm. »Und darüber freue ich mich, Grete. Lasst euch das Brot schmecken.« Sie ging hinaus.

»Die gute Seele«, sagte Margarete leise.

Richard bestrich eine dicke Scheibe Brot mit Butter und biss hinein.

Margarete schaute ihm beim Essen zu. Vielleicht bekäme sie ja auch etwas Appetit.

Doch das war leider nicht der Fall.

Schließlich hielt sie es nicht mehr aus. »Du machst es wirklich spannend, Richard.«

Er trank seelenruhig seinen Kaffee und strich über seinen Schnauzbart. Dann sah er sie plötzlich an, als fiele ihm erst jetzt wieder ein, weshalb er eigentlich gekommen war. »Ach, du fragst wegen des Bären.«

»Richard!« Sie zwickte ihn. »Nun rede endlich.«

Er schenkte sich Kaffee nach. »Du auch?«

»Nein, danke.«

»Tja, also, Tante ...« Er machte eine lange Pause, und sie war versucht, ihn erneut zu zwicken. Diesmal vielleicht etwas stärker. »Er ist gut angekommen.«

»Und was genau heißt das?«

»Ein Mann, ein Amerikaner, hat dreitausend Stück bestellt.«

Margarete starrte ihn an; fassungslos und ungläubig.

Seine Augen leuchteten. »Du glaubst mir nicht. Dachte ich mir.«

»Doch, doch.« Sie konnte nicken, immerhin. Mehr Worte fand sie nicht.

Und dann erzählte er ausführlich.

»Es war, wie du prophezeit hattest. Zunächst gingen die Leute an meinem Bären vorbei, ohne ihn auch nur genauer anzusehen. Im Geiste war ich schon dabei, ihn wieder einzupacken.« Er hielt kurz inne. »Und dann kam dieser Mann angeschlendert. Er nahm den Bären und sah ihn lange an. Er setzte ihn wieder hin und ging weiter. Ich hätte ihm am liebsten nachgerufen, er solle zurückkommen und ihn noch mal anschauen, ihn anfassen.« Er grinste flüchtig. »Ich glaube, ich war ein bisschen verzweifelt. Und dann plötzlich – die Messe war schon fast vorbei – kam er wieder.«

»Und dann? Was war dann, Richard?«

»Er fragte, wie viel ich davon herstellen könnte und wie lange es dauern würde. Er sagte, er würde dreitausend Stück bestellen.«

»Dreitausend. Grundgütiger!« Sie schlug die Hand vor den Mund. Dann hatte sie eben doch richtig gehört.

»Er sagte, der Bär gefiele ihm, auch wenn er seiner Meinung nach etwas zu groß ist. Ja, ich weiß, was du jetzt denkst und am liebsten sagen würdest, Tante.«

Margarete sagte es aber nicht.

Er stand auf und ging umher. Mit großen Schritten durchmaß er den Raum, eine Hand in der Hosentasche. »Dreitausend Stück, Tante Grete, dreitausend!«, rief er plötzlich aus und hockte sich vor sie hin. »Was sagst du dazu?«

Sie war viel zu aufgewühlt, um etwas sagen zu können.

Er griff nach ihrer Hand und drückte sie. »Dich sprachlos zu sehen verbuche ich als persönlichen Erfolg.« Er lächelte sie an. »Ich weiß, dass du nicht daran geglaubt hast. Du hast nicht geglaubt, dass sich irgendwer für meinen Bären interessieren, ja sogar begeistern wird. Aber du hast mir dennoch deinen Segen gegeben. Das bedeutet mir viel.« Er küsste ihre Hand und drückte sie wieder sacht. »Danke.«

»Ich habe immer an dich geglaubt, und das werde ich auch weiterhin tun.« Endlich hatte sie die Sprache wiedergefunden. »Dass ich skeptisch war, heißt nicht, dass ich mich darüber gefreut hätte, wenn sich niemand für deinen Bären interessiert. Ich bin stolz auf dich, Richard.« *Und ich wünschte, dein Vater hätte es noch miterleben dürfen.*

»Ich finde, wir sollten auch kleinere Bären herstellen. Was meinst du?« Er zwinkerte ihr zu.

»Das ist eine gute Idee.« Sie war gerührt, weil sie wusste, dass er ihr einen Gefallen tun wollte.

Eine Zeit lang schwiegen sie. Richard war wieder aufgestanden und lehnte am Türrahmen, die Beine über Kreuz.

»Du siehst sehr zufrieden aus«, meinte sie mit einem Schmunzeln.

»Das bin ich auch. Ich habe die Wette gewonnen.«

»Ja, das hast du, Richard.« Sie zuckte mit keiner Wimper. Darin war sie noch immer sehr gut, das wusste sie. »Und ich gönne es dir von Herzen.«

»Es wird dir gewiss gefallen, Tante.«
»Was?«
»Das neue Firmengebäude.«

Kapitel 37

Eine stürmische Bö rüttelte an Margaretes Kopftuch und fegte es ihr beinahe vom Kopf. »Huch!« Sie musste lachen, als auch Johanna im selben Moment danach griff. »Ein Wetter ist das heute.«

»Früher mochte ich den Herbst.« Ihre Freundin verzog das Gesicht. »Aber je älter ich werde, desto scheußlicher finde ich ihn.«

Sie befanden sich auf der Rampe vor dem neuen Firmengebäude. Ein Gebäude, das Margarete nach wie vor nicht besonders mochte. Aber sie schätzte die Rampen, die dort angebracht waren, weil sie ihr ermöglichten, ins Gebäude zu gelangen, ohne getragen werden zu müssen.

Richard und Franz hatten sich bei der Planung größte Mühe gegeben und unermüdlich versucht, es ihr schmackhaft zu machen. Erfolglos. Sie war eisern geblieben: Ein neues Firmengebäude verursachte Kosten und war ihrer Meinung nach völlig überflüssig.

»Wusstest du, dass die Leute es Jungfrauenaquarium nennen?« Johanna wollte den Rollstuhl schieben, doch Margarete schüttelte den Kopf.

»Lass nur, ich schaff es allein. Ja, ich hab davon gehört.«

Die Giengener hatten dem Bau den Namen gegeben, weil er gläsern war und so viele unverheiratete Frauen dort arbeiteten.

Margarete gefiel der Name, aber den Bürgern der Stadt ging es wie ihr: Sie mochten das neue Gebäude nicht besonders.

»Ein Schandfleck«, hatte der Schuhmacher sogar gemeint.

Und noch hinzugefügt: »Hoffen wir, dass nicht mehr Leute auf die Idee kommen, ihr Firmengebäude so aussehen zu lassen.«

Margarete hatte etwas Ähnliches gedacht, aber geschwiegen.

Sie hatte dem Bau zugestimmt, nicht nur, weil sie eine Wette verloren hatte. Sie hatte sich geschworen, ihren Neffen in allem freie Hand zu lassen. Sie war zwar die Gründerin des Unternehmens, doch es oblag der nächsten Generation, es weiterzuführen und vielleicht sogar noch erfolgreicher zu machen. Und sie vertraute ihren Neffen blind.

Johanna schob die Stahltür auf, sodass sie mit dem Rollstuhl hindurchfahren konnte. Auch die Türen waren besonders breit, auch hier hatte man an sie gedacht.

In der Fertigungshalle herrschte helle Aufregung. Warum bloß?

»Was ist denn hier los, du meine Güte!«, rief Johanna aus.

Alle Tische waren voll besetzt, und dazwischen liefen mehrere Arbeiter umher. Margarete entdeckte Richard und winkte ihm zu. Er hob den Kopf und winkte zurück.

Sie fuhr näher und schaute sich interessiert um. »Was ist geschehen, Richard?«, fragte sie laut.

Er kam zu ihnen. »Tante Grete. Johanna. Die neuen Bestellungen aus Amerika müssen fertig gemacht werden. Ich hatte gehofft, dass wir es heute schaffen …« Er seufzte resigniert. »Aber danach sieht es nicht aus.«

»Braucht ihr meine Hilfe?«

Er sah sie an und nickte zögernd. »Wenn du dich danach fühlst …«

»Mir geht es prächtig«, versicherte sie und sah, wie Johanna die Augen verdrehte. Noch am Morgen hatte sie über Kopfweh und Schwindel geklagt.

»Wie viele Bären sind schon fertig?«, erkundigte sie sich.

»Über fünfhundert.«

»Wie viele fehlen noch?«

»Zweihundert.«

»Wenn ich auch irgendwas tun kann ...«, bot Johanna an, und er schenkte ihr ein Lächeln.

»Das könntest du in der Tat. Wenn du so gut sein willst und die Leute mit deinem berühmten Kaffee und einer deftigen Brotzeit bewirten würdest? Die meisten sind seit heute in der Früh hier und noch nicht zum Essen gekommen.«

Ohne ein weiteres Wort wandte sie sich ab und ging hinaus.

»Die gute Seele«, sagten er und Margarete wie aus einem Mund.

Sein beweglicher Bär hatte sich in Amerika zu einem echten Verkaufsschlager entwickelt. Er hatte auch wie versprochen einen kleineren Bären entwickelt, der sogar noch besser angekommen war.

Margarete fuhr zu einer der Nähmaschinen und nahm die zugeschnittenen Bärenteile, die auf dem Tisch lagen. Sie strich zärtlich über die Maschine. »Du bist zwar nicht Jolande, aber wir werden schon miteinander auskommen.«

Am Nachmittag lagen Berge von fertigen Bären auf den Tischen.

Die Mitarbeiter aus dem Versand waren damit beschäftigt, sie in Kisten zu verpacken. Richard, Franz und Hugo halfen dabei.

Margaretes Arm schmerzte, doch sie versuchte, sich nichts anmerken zu lassen. Sie hatte sich übernommen, das wusste sie wohl. Aber es hatte sein müssen.

Martha und Ruth kamen zu ihr und setzten sich neben sie.

»Du siehst müde aus«, meinte Ruth, und Martha nickte zustimmend.

»Es war vielleicht ein bisschen viel«, gab sie zu. »Aber verratet es bloß nicht meinen Neffen.«

»Keine Sorge.« Martha beugte sich vertraulich vor und raunte: »Hast du schon gehört? Henriette und Herr Arnold haben sich verlobt.«

Margarete strich über ihre schmerzende Hand. »Was? Und wieso sagt mir das keiner?«

»Ich sag's dir doch gerade.«

»Ich meinte, wieso erfahre ich das erst jetzt?« Immerhin hatte sie ein wenig nachgeholfen.

»Es ist noch ganz frisch«, flüsterte Martha und warf einen Blick über ihre Schulter.

Henriette stand an einem der anderen Tische und kontrollierte die letzten fertigen Bären, bevor sie in die Kiste gepackt wurden. Richard hatte ihr diese Aufgabe vor einiger Zeit anvertraut, und sie hatte ihn noch kein einziges Mal enttäuscht.

»Sie wird es dir bestimmt gleich noch sagen«, tuschelte Ruth. »Sag ihr ja nicht, dass du's bereits weißt.« Sie dehnte ihren Rücken. »Ich mache mich dann mal auf den Weg. Ade, bis morgen.«

»Einen Augenblick noch, Ruth.«

»Ja?« Sie drehte sich zu Margarete um, ihren Mantel überm Arm.

»Wie geht's Evchen?«

Ruths Tochter erwartete ihr zweites Kind.

»Gut, aber sie ist froh, wenn das Kind endlich da ist.«

»Und du, wenn du wieder Großmutter wirst.«

Ruth strahlte.

Margarete blickte ihr nach, wie sie die Halle verließ, und seufzte. Es schien eine Ewigkeit her zu sein, dass sie mit ihr und den anderen drei Frauen in der Näherei in der Ledergasse gesessen hatte.

Martha machte: »Schsch, sie kommt!«

Henriette kam herbeigeeilt, das Gesicht gerötet, mit dunklen Rändern unter den Augen. Sie schien wenig Schlaf zu bekommen.

»Grete.« Sie nahm Margaretes Hand. »Du siehst gut aus, nur ein bisschen müde.«

»Und du siehst aus, als würdest du zu viel arbeiten und zu wenig schlafen.«

»Es war eine Menge zu tun, wie du weißt.«

Wann wird sie es herausposaunen?

»Ich – ähm – möchte dir noch etwas sagen, Grete.«

Na also.

»Ich ... also Christian und ich ...«, setzte sie an.

»Welcher Christian?«, fragte Margarete unschuldig und lachte in sich hinein.

»Christian Arnold«, raunte Henriette. »Du hast mir damals verraten, dass er nicht verheiratet ist. Erinnerst du dich?«

»Nein, das muss ja Jahre her sein.« Sie blieb noch immer ernst.

»Es war im letzten Jahr«, sagte Henriette verwundert.

»Tatsächlich?«

»Wir haben uns verlobt.«

»Nein!«, rief Margarete so laut aus, dass viele sich zu ihnen umdrehten. Auch der Bräutigam, wie sie sah. »Ach, wie mich das freut, Henriette! Dann bin wohl nur noch ich übrig geblieben, wie's aussieht«, sagte sie fröhlich. »Macht ihr mir die Freude, euch den Polterabend auszurichten?«

Henriette errötete noch mehr. »Was? Aber das ... können wir unmöglich annehmen.«

»Könnt ihr nicht? Ach, wie schade.« Margarete zuckte die

Schultern. »Aber ich werde deinen Bräutigam auch noch fragen, vielleicht ist er anderer Meinung.«

»Schon gut«, sagte Henriette rasch. »Ich sage Ja. Ich meine, ich danke dir für deine Großzügigkeit. Ich ...« Sie verstummte. Tränen schossen ihr in die Augen. Ob sie weinen würde? Hier, vor allen Leuten? »Danke, Grete, vielen Dank.«

In diesem Moment war ein lautes Fluchen zu hören, und Margarete drehte sich um.

Hugo und Franz standen zusammen etwas abseits. Hugo gestikulierte ausladend, und sein Bruder schüttelte fortwährend den Kopf. Ob sie stritten?

Sie löste die Bremse und fuhr zu ihnen. »Was ist denn hier los?«

Franz wirbelte zu ihr herum. Er sah wütend aus. »Ist das zu fassen! Man versucht schon wieder, uns nachzuahmen.«

Sie runzelte die Stirn und wartete, dass er weitersprach.

»Hugo hat in Frankfurt in einem Geschäft Tiere aus Wollfilz entdeckt; Schafe, Ziegen, Kätzchen. Sie sehen aus wie unsere. Es wird Zeit, dass wir uns etwas einfallen lassen.« Er legte den Finger unters Kinn und ging ein paar Schritte. »Irgendetwas, das unverwechselbar ist, das deutlich macht: Dieses Stofftier ist von uns.«

»Ein Markenzeichen.« Hugo nickte, und auch Richard gesellte sich zu ihnen.

»Ein kleines Schild am Hals der Tiere«, schlug er halbherzig vor, schüttelte jedoch gleich den Kopf. »Unsinn, viel zu unsicher.«

»Es muss etwas sein, das nicht leicht zu entfernen ist«, überlegte Franz laut.

»Ein Marken- und Erkennungszeichen«, sagte Margarete nachdenklich.

Ihre Neffen schauten sie an.

»Das ist es«, meinte Richard nach einer kleinen Weile. »Es

muss ein Marken- *und* ein Erkennungszeichen sein. Am besten, man sieht auf den ersten Blick, dass das Spielzeug von der Firma Steiff aus Giengen kommt.«

Hugo drosch ihm auf die Schulter. »So ist es, Bruder. Dann mal ran an den Speck.«

»Lasst mich nur machen«, sagte Franz leise. »Mir fällt schon was ein.«

Kapitel 38

Es war eisig kalt an diesem Abend wenige Tage vor Weihnachten.

Johanna hatte die Wohnung festlich geschmückt und sogar zwei große Adventskränze für die Fertigungshalle gebunden.

Margarete hatte ihre Zither mitgebracht und nach langer Zeit mal wieder darauf gespielt. »Nur noch eins!«, hatte immer irgendwer gerufen, sobald sie sie in den Koffer legen wollte.

»Schön, aber das ist das Letzte«, hatte sie jedes Mal gesagt, bis ihre Finger so wehtaten, dass sie die Zither wirklich einpacken musste.

Henriette und Martha brachten sie zur Tür.

»Es schneit!«, rief Henriette aus und fing ein paar Flocken in der Hand auf.

»Wie es sich gehört für Weihnachten«, meinte Martha und umarmte Margarete so plötzlich, dass die zusammenzuckte. »Gesegnete Weihnachten, Grete.«

»Das wünsche ich euch auch.«

Auch Henriette nahm sie fest in die Arme, dazu musste sie sich tief zu ihr herunterbeugen. Sie war ungewöhnlich groß für eine Frau. »Und vielen Dank noch mal«, raunte sie ihr ins Ohr.

»Wofür?« Margarete zwinkerte ihr zu. »Schon gut. Es war mir ein Vergnügen. Und es war ein schöner Polterabend, nicht wahr?«

Henriette nickte und blies in ihre Hände. »Nur etwas zu kalt. Wir hätten im Sommer heiraten sollen.«

»Wenn man's nicht abwarten kann …«, meinte Martha und wich lachend ihrem Klaps aus.

Margarete drehte sich noch mal um und betrachtete die Arbeiter und Arbeiterinnen, die noch in der Halle waren. Dann holte sie Luft und rief, so laut sie konnte: »Genug für heute! Genug für dieses Jahr! Geht heim zu euren Familien! Frohe Weihnachten zusammen! Und kommt alle gut ins neue Jahr!«

Margarete wandte sich um und seufzte. Wie immer, wenn ein Jahr zu Ende ging, wurde sie melancholisch, manchmal sogar regelrecht trübsinnig.

Früher hatte sie die Jahreswechsel gemocht: Etwas Altes verging, und etwas Neues begann.

Sie verabschiedete sich von Martha und Henriette und machte sich auf den Weg zu Richard, der sicher noch im Büro war.

Sie klopfte an, und auf sein lautes »Herein!« öffnete sie die Tür. »Hast du einen Moment, Richard?«

»Für dich immer, Tante.« Er kam herbei, um ihr die Tür aufzuhalten. »Hast du was auf dem Herzen?«

»Nein, ich wollte dir nur noch mal ein gesegnetes Fest wünschen und dir danken.«

»Wofür?«, fragte er erstaunt.

Mit einem Mal wusste sie mit verblüffender Gewissheit, dass sie nicht mehr oft in die Firma kommen würde. Alles fiel ihr sehr viel schwerer als noch vor wenigen Jahren. Ihre Hände schmerzten bei der kleinsten Belastung, und sie fühlte sich rasch erschöpft. »Ich kann mich stets auf dich, auf euch, verlassen, Richard. Das macht es mir sehr viel leichter.«

Das hatte sie gar nicht sagen wollen.

»Was meinst du damit?«

Sie winkte ab. »Vergiss, was ich gerade gesagt habe. Ich fürchte, ich werde ein bisschen wunderlich hier oben.« Sie tippte sich an die Stirn, meinte aber eigentlich ihr Herz.

Im Geist war sie nach wie vor hellwach, aber ihr Gemüt kam oft nicht recht hinterher. Sie war gelegentlich ungewohnt launisch und kurz angebunden, was ihr selbst wohl am meisten missfiel.

Sie wandte sich ab, um wieder hinauszufahren, doch ihr Neffe hielt sie zurück. »Einen Moment noch, Tante.« Er räusperte sich. »Else und ich werden uns Weihnachten verloben.«

»Wie schön, Richard!«

»Die Hochzeit soll im Mai sein.«

»Wie schön«, sagte sie wieder und spürte Tränen aufsteigen, die heiß in ihrem Hals brannten. Auch das noch!

Heul jetzt bloß nicht, das fehlte noch.

»Ich freue mich sehr für euch, mein Junge.« Das tat sie wirklich, sie hatte die hübsche Else mit dem scheuen Blick auf Anhieb ins Herz geschlossen. »Ade.« Sie schloss rasch die Tür hinter sich und schluckte gegen die Tränen an.

Die Tür wurde wieder geöffnet. »Schaust du noch bei Franz vorbei?«

»Er ist also auch noch da.« Sie nickte. »Ihr arbeitet zu viel, alle miteinander.«

»Wir arbeiten gern.« Er grinste. »Alle miteinander.«

Sie schüttelte den Kopf und musste erneut schlucken.

»Franz möchte dir etwas zeigen, Tante.«

»Ach ja? Na, dann ...« Sie nickte ihm zu und schlug den Weg nach rechts ein. Am Ende des Flurs lag Franz' Büro.

Darin waren Schritte zu hören und eine leise raunende Stimme. Offenbar war jemand bei ihm.

Sie klopfte an und öffnete die Tür. »Störe ich, Franz?«

Außer ihm war niemand im Zimmer. Eigenartig. Mit wem hatte er dann gesprochen?

»Du störst überhaupt nicht, ganz und gar nicht.« Er wirkte aufgeregt, erhitzt.

»Ich war gerade bei Richard und dachte, ich schaue auch noch mal nach dir.«

»Gut, gut.« Er nickte eifrig und lief um seinen Schreibtisch herum, um ihr behilflich zu sein.

Doch das war gar nicht nötig, auch diese Türen waren so breit, dass sie bequem hindurchfahren konnte.

Franz nickte wieder, murmelte: »Gut, fein«, und ging zum Fenster. Einen Augenblick schaute er hinaus, murmelte: »Oh, es schneit«, und kehrte zu seinem Schreibtisch zurück.

»Du machst mich ganz nervös, Junge. Kann es sein, dass du zu viel arbeitest?« Natürlich tat er das, und natürlich würde er es abstreiten, genau wie Richard.

Sie verscheuchte den neuerlichen Anflug von Wehmut. Es gab keinen Grund für Wehmut oder gar Traurigkeit. Sie sollte sich zusammenreißen.

»Du kennst das doch, wenn etwas so viel Freude macht, sieht man es gar nicht als Arbeit an, nicht wahr?«

Margarete nickte mit einem Lächeln. »Genau, so ist es, Junge.«

»Komm, ich zeige dir was.« Er öffnete eine Schublade seines Schreibtisches und zog ein Blatt Papier heraus. »Hier. Willst du mal schauen?«

Sie fuhr neben ihn. »Was ist das?« Sie wusste es wirklich nicht.

»Unser neues Markenzeichen.« Franz deutete auf die Skizze. »In jedes unserer Stofftiere kommt diese Marke.«

Margarete nickte nachdenklich und versuchte, es sich vorzustellen. »Das ist ein ... Knopf«, stellte sie erstaunt fest.

Ihr Neffe nickte. »Ein Knopf, ja.«

»Was ist darauf zu sehen?« Ihre Augen hatten deutlich nachgelassen.

»Ein Elefant.« Franz lächelte. »Schließlich war das Elefäntle das erste Spielzeug.« Er deutete auf das Regal, in dem ein weißes Elefäntle mit blauem Sattel stand.

Margarete wurde schon wieder ganz schwer ums Herz. Diese verdammte Rührseligkeit!

Er nahm die Skizze und ging damit durchs Zimmer. »Ich hab lange überlegt, wie wir es am besten anstellen. Und dann ist mir die Idee gekommen.«

Sie schaute ihn erwartungsvoll an.

»Die Marke kommt ins Ohr, Tante. Jedes Stofftier bekommt einen Knopf ins Ohr. Er wird durch das Material gedrückt – womit, weiß ich noch nicht genau, daran tüftele ich noch. Er muss in jedem Fall so fest sein, dass man ihn nicht einfach herausziehen kann.«

Margarete hatte aufmerksam zugehört. Was Franz sagte, klang nicht nur nachvollziehbar, sondern auch vielversprechend.

Ein Knopf im Ohr als Markenzeichen ihres Unternehmens.

»Das hört sich sehr gut an, Franz.«

»Ja, nicht wahr?«

Sie erwiderte sein strahlendes Lächeln, und wieder dachte sie, wie gut es war, ihre Neffen in der Firma zu haben. *Ich kann ganz beruhigt gehen, und etwas von mir wird für alle Zeiten bleiben.*

»Frohe Weihnachten, mein Junge«, sagte sie mit belegter Stimme.

»Auch für dich, Tante.« Er legte ihr die Hand auf die Schulter und sah sie an. »Du hast etwas ganz Wunderbares geschaffen und aufgebaut.« Er räusperte sich, vielleicht hatte auch ihn die Rührseligkeit ergriffen. »Und wir werden alles tun, damit es weiter vorangeht und du stolz auf uns sein kannst.«

»Ach, das bin ich doch jetzt schon.« Bevor sie wirklich weinen würde, wandte sie sich hastig ab und fuhr zur Tür.

Auf dem Flur liefen die Tränen, und Margarete wischte sie ungeduldig mit dem Handrücken weg. Es gab keinen Grund zum Weinen, im Gegenteil. Seit wann war sie so rührselig?

Die Firma war in den allerbesten Händen, sie konnte sich ruhigen Gewissens zur Ruhe setzen. Das hatte sie sich verdient.

Du atmest jetzt tief durch, Margarete, und freust dich über das, was ist. Und darauf, was noch sein wird.

Nachwort

Margarete Steiff starb im Mai 1909 an einer Lungenentzündung und hinterließ ein erfolgreiches Unternehmen.

Sie war eine bemerkenswerte Frau, die sich mit Zähigkeit und einem eisernen Willen ihren Platz im Leben trotz ihrer Behinderung erkämpft hat. Zu ihrer Zeit war es für eine Frau mehr als ungewöhnlich, ein Unternehmen zu gründen und zu leiten.

Margarete war aber nicht nur eine kluge Geschäftsfrau, sie war auch eine warmherzige, fürsorgliche Chefin. Ihr Kontakt zu ihren Mitarbeiterinnen und Mitarbeitern war eng.

Es ist wahr, dass sie Essensgutscheine verteilt und dafür gesorgt hat, dass ihre Angestellten günstige Darlehen erhielten.

Viele Ereignisse haben so oder ganz ähnlich stattgefunden.

Margarete ist wirklich gern umhergereist, ihrer Lähmung zum Trotz, und sie liebte es, Zither zu spielen. Das machte sie so gut, dass sie Unterricht geben konnte.

Um der Geschichte etwas Romantik einzuhauchen, habe ich Hans Richter erfunden. Auch ihre ersten Mitarbeiterinnen Martha, Ruth und die Brandner-Schwestern sind meiner Fantasie entsprungen.

Andere Personen wie ihre Freundin Johanna, die ihr den Haushalt führte und sich bis zu ihrem Tod liebevoll um sie gekümmert hat, sind nicht erfunden.

Ebenfalls nicht erfunden sind Margaretes Motorradausflüge im Beiwagen ihres Neffen. Es konnte ihr nie schnell genug gehen.

Erfunden habe ich dagegen die Wette zwischen ihr und Richard, als er den beweglichen Bären auf der Spielzeugmesse vorstellen wollte.

1906 erhielt der Bär dann den Namen »Teddybär«, nach dem Spitznamen des damaligen amerikanischen Präsidenten Theodore Roosevelt, der sich bei einem Jagdausflug weigerte, auf einen festgebundenen und damit hilflosen Bären zu schießen.

1908 erhielt der Teddybär seine Brummstimme.

Für meine Recherchen waren zahlreiche Internetseiten sehr hilfreich, u. a. natürlich die Website des Steiff-Unternehmens, die sehr liebevoll gestaltet und anschaulich und informativ ist. Außerdem das Buch *Ich gebe, was ich kann* von Ulrike Halbe-Bauer.

Mein großer Dank geht an meine Lektorinnen Wiebke Bolliger und Ingola Lammers – es ist immer wieder eine Freude, mit Dir zusammenarbeiten zu dürfen, Ingola –, an Renate Mailänder vom Amt für Tourismus in Giengen und an Sabine Gozdzik von der Stadt Heidenheim.